EXTRAS

Obras do autor publicadas pela Galera Record

Além-mundos
Amores infernais
Impostores
Tão ontem
Zeróis
Zumbis x Unicórnios

Série Vampiros em Nova York
Os primeiros dias
Os últimos dias

Série Feios
Feios
Perfeitos
Especiais
Extras

Série Leviatã
Leviatã
Beemote
Golias

SCOTT WESTERFELD
EXTRAS

Tradução
André Gordirro

2ª edição

2024

CIP-BRASIL. CATALOGAÇÃO NA PUBLICAÇÃO
SINDICATO NACIONAL DOS EDITORES DE LIVROS, RJ

W539e   Westerfeld, Scott
  Extras / Scott Westerfeld ; tradução André Gordirro. - 2. ed. - Rio de Janeiro : Galera Record, 2024.
  (Feios ; 4)

  Tradução de: extras
  ISBN 978-65-5981-337-7

  1. Ficção americana. I. Gordirro, André. II. Título. III. Série.

23-84652   CDD: 813
                            CDU: 82-3(73)

Gabriela Faray Ferreira Lopes - Bibliotecária - CRB-7/6643

Título original em inglês:
Extras

Copyright @ 2007 by Scott Westerfeld
Publicado mediante acordo com Simon Pulse, um selo de Simon & Schuster Children's Publishing Division.

Todos os direitos reservados. Proibida a reprodução, no todo ou em parte, através de quaisquer meios. Os direitos morais do autor foram assegurados.

Texto revisado segundo o Acordo Ortográfico da Língua Portuguesa de 1990.

Direitos exclusivos de publicação em língua portuguesa somente para o Brasil adquiridos pela
EDITORA GALERA RECORD LTDA.
Rua Argentina, 120 – Rio de Janeiro, RJ – 20921-380 – Tel.: 2585-2000
que se reserva a propriedade literária desta tradução

Impresso no Brasil

ISBN 978-65-5981-337-7

Seja um leitor preferencial Record.
Cadastre-se no site www.record.com.br
e receba informações sobre
nossos lançamentos e nossas promoções.

Atendimento e venda direta ao leitor:
sac@record.com.br

Para todos aqueles que me escreveram para revelar a definição secreta da palavra "trilogia".

Parte I
VEJA ISSO

Todos vocês dizem que precisam de nós. Bem, talvez sim, mas não para ajudá-los. Vocês já têm ajuda suficiente incluindo milhões de novas mentes borbulhantes prestes a serem libertadas, e todas as cidades que finalmente vão despertar. Juntos, são mais do que capazes de mudar o mundo sem a gente. Então, de agora em diante, David e eu estamos aqui para ficar no seu caminho. A liberdade costuma destruir as coisas, sabem.

— Tally Youngblood

NA PIOR

— Moggle? — sussurrou Aya. — Você está acordada?

Algo se moveu na escuridão. Uma pilha de uniformes de dormitório se mexeu como se houvesse um pequeno animal embaixo. Então uma silhueta saiu das dobras de seda e algodão, ergueu-se e flutuou até a cama de Aya. Pequenas lentes encararam seu rosto, curiosas e alertas, refletindo a luz das estrelas que entrava pela janela aberta.

Aya sorriu.

— Pronta pra ir pro trabalho?

Em resposta, Moggle piscou os faróis noturnos.

— Ai! — Aya fechou os olhos com força. — Não faz isso! Detona a visão!

Ela ficou deitada na cama por mais um instante, esperando os pontos de luz sumirem. A câmera flutuante se esfregou em seu ombro pedindo desculpas.

— Tudo bem, Moggle-chan — sussurrou ela. — Eu só queria ter visão infravermelha também.

Um *monte* de gente da sua idade tinha visão infravermelha, mas os pais de Aya tinham uma cisma com as cirurgias. Eles gostavam de fingir que o mundo tinha parado na Era da Perfeição, quando todo mundo tinha que esperar fazer 16 anos para ser modificado. Os coroas às vezes eram tão fora de moda.

Então Aya continuava com seu nariz grande — definitivamente feio — e a visão normal. Quando ela saiu de casa para morar no dormitório, os pais tinham permitido que instalasse uma tela ocular e uma dermantena, mas apenas para que conseguissem contatá-la sempre que quisessem. Ainda assim, era melhor do que nada. Ela mexeu o dedo para ligar a interface da cidade no campo de visão.

— Epa — falou para Moggle. — É quase meia-noite.

Ela não se lembrava de ter cochilado, mas a festa dos Tecnautas já devia ter começado. Agora provavelmente estava tão cheia de Viciados em Cirurgia e Cabeças de Mangá que ninguém notaria uma extra feia bisbilhotando.

Além disso, Aya Fuse era especialista em ficar invisível, como bem provava sua reputação. Sua posição atual não saía do canto da visão: 451.396.

Ela soltou um longo suspiro. Em uma cidade de um milhão de habitantes, estava apenas no nível de um extra. Aya transmitia o próprio canal há quase dois anos, divulgara uma grande matéria há uma semana, e ainda assim continuava anônima.

Bem, aquela noite finalmente mudaria isso.

— Vamos nessa, Moggle — sussurrou ela, saindo da cama.

Havia um manto cinza amarrotado aos seus pés. Aya o vestiu sobre o uniforme do dormitório, amarrou na cintura e subiu no parapeito da janela. Virou devagar para o céu e saiu, uma perna atrás da outra, para o ar fresco.

Colocou os braceletes antiqueda e olhou para o chão 50 metros abaixo.

— Certo, estou ficando tonta.

Pelo menos não havia inspetores à espreita por ali. Essa era a vantagem de dormir em um quarto no 13º andar — ninguém imaginava que a pessoa fosse fugir pela janela.

As luzes de uma construção do outro lado da cidade eram refletidas nas nuvens baixas e densas. O frio tinha gosto de folhas de pinheiro e de chuva. Aya se perguntou se iria congelar no disfarce, mas também não dava para colocar o casaco do dormitório por cima do manto e esperar que as pessoas não notassem.

— Espero que você esteja carregada, Moggle. É hora de pular.

A câmera flutuante passou por cima do ombro de Aya, saiu pela janela e colou no peito da menina. Era do tamanho de meia bola de futebol, coberta por plástico resistente e quente ao toque. Ao abraçar Moggle, Aya sentiu os braceletes tremerem, atraídos pelos campos magnéticos dos sustentadores da câmera flutuante.

Ela fechou os olhos com força.

— Pronta?

Moggle tremeu em seus braços.

Agarrada à câmera com toda força, Aya se atirou no vazio.

Fugir era tão mais simples naqueles dias.

No aniversário de 15 anos de Aya, o melhor amigo de seu irmão mais velho, Ren Machino, modificou Moggle. Ela só pediu que a câmera ficasse veloz o suficiente para acompanhar sua prancha voadora. Porém, como a maioria dos Tecnautas, Ren se orgulhava das modificações que fazia. A nova Moggle era à prova d'água e de choques, e possante o suficiente para carregar um passageiro do tamanho de Aya pelo ar.

Quase o que ela pedira. Com os braços em volta da câmera, Aya caiu tão rápido quanto uma flor girando no ar até o chão. Era mais fácil do que roubar uma jaqueta de bungee jump. Desconsiderando o momento de tensão do pulo, foi meio divertido.

Aya observou as janelas passando. Elas davam para quartos sem graça com decoração padrão decadente. Ninguém famoso vivia em Akira Hall, apenas um montão de extras de baixa reputação e aparências comuns. Alguns egomaníacos estavam sentados falando para as câmeras, mas ninguém estava assistindo. A média de reputação ali ficava na casa dos 600 mil, um valor patético e desesperador.

A obscuridade em todo o seu horror.

Aya se lembrava vagamente da Era da Perfeição, quando bastava pedir por roupas fantásticas ou por uma nova prancha voadora para elas surgirem de um buraco na parede como se fosse mágica. Mas, hoje em dia, o buraco não dava nada decente a não ser que a pessoa fosse famosa ou tivesse méritos para gastar. E ganhar méritos significava ter aulas ou realizar tarefas — o que quer que o Comitê da Boa Cidadania mandasse, basicamente.

Os sustentadores de Moggle entraram em contato com a malha magnética subterrânea e Aya dobrou os joelhos para rolar ao cair. A grama molhada parecia uma esponja encharcada, macia, porém gelada de dar calafrios.

Ela soltou Moggle e ficou deitada por um instante na terra molhada pela chuva enquanto seus batimentos desaceleravam.

— Você está bem?

Moggle piscou os faróis noturnos outra vez.

— Estou... mas isso *ainda* detona a visão.

Ren também modificou o cérebro da câmera flutuante. Inteligência artificial de verdade ainda era ilegal, mas a nova Moggle era mais do que apenas um conjunto de circuitos e sustentadores. Com os ajustes de Ren, a câmera aprendeu os ângulos favoritos de Aya, quando era o momento de fazer um enquadramento panorâmico ou dar zoom, e até mesmo a perceber pelo olhar da menina quando deveria gravar.

Mas, por alguma razão, Moggle não entendeu o lance de piscar os faróis noturnos.

Aya manteve os olhos fechados e tentou ouvir com atenção enquanto esperava os pontos de luz em seus olhos sumirem. Não ouviu passos nem o zumbido de robôs inspetores. Nada além de música abafada vindo do dormitório.

Ela ficou de pé e passou a mão na roupa para tirar a sujeira. Não que alguém fosse perceber a grama molhada grudada no manto, pois os Arautos da Fama se vestiam para não serem notados. A roupa tinha um capuz e parecia um saco, o disfarce perfeito para entrar de penetra em festas.

Ao acionar o bracelete antiqueda, uma prancha voadora saiu de um esconderijo em meio aos arbustos. Aya subiu e encarou as luzes brilhantes da Vila Perfeita.

Era engraçado que as pessoas ainda usassem esse nome, mesmo que a maioria dos moradores não fosse mais perfeita — não no velho sentido da palavra, de qualquer forma. A Vila Perfeita estava cheia de Pixelados, Viciados em Cirurgia e vários outros grupos, manias e modas estranhas. A pessoa podia escolher entre um milhão de tipos de beleza e esquisitice, ou mesmo manter o rosto com que nascera pela vida toda. Agora, "perfeito" significava qualquer coisa que atraísse a atenção.

Mas uma coisa sobre a Vila Perfeita permanecia a mesma: a entrada não era permitida se a pessoa fosse menor de 16 anos. Muito menos à noite, quando as coisas legais aconteciam.

Especialmente se a pessoa fosse um extra, um perdedor, um desconhecido.

Ao olhar a cidade, ela se sentiu engolida pela própria invisibilidade. Cada uma das luzes brilhantes representava uma pessoa dentre o milhão de habitantes que jamais ouvira falar de Aya Fuse. E que provavelmente jamais ouviria.

Aya suspirou e avançou sobre a prancha.

As transmissões do governo sempre diziam que a Era da Perfeição acabara para sempre, que a humanidade estava livre de séculos de tolice. Afirmavam que as divisões entre feios, perfeitos e coroas não existiam mais. Que os últimos três anos desencadearam um mar de novas tecnologias que colocariam o futuro em movimento novamente.

Mas, no entendimento de Aya, a libertação não mudara tudo...

Ainda era um saco ter 15 anos.

TECNAUTAS

— Está gravando isso? — sussurrou ela.

Moggle já estava gravando. O brilho dos fogos de artifício seguros refletia nas lentes. Balões de ar quente flutuavam sobre a mansão e fanfarrões pulavam do telhado gritando com jaquetas de bungee jump. Parecia uma festa das antigas: extravagante e radiante.

Pelo menos era assim que o irmão mais velho de Aya sempre descrevia a Era da Perfeição. Naquela época, todo mundo fazia uma grande operação no aniversário de 16 anos. A cirurgia tornava a pessoa linda, mas mudava secretamente a personalidade e deixava o sujeito descerebrado e facilmente controlável.

Hiro não foi um avoado por muito tempo, pois fez 16 anos poucos meses antes da libertação ocorrer e curar os perfeitos. Ele gostava de dizer que aqueles meses foram horríveis — como se ser superficial e fútil tivesse sido um *grande* sacrifício para Hiro. Mas nunca negou que as festas fossem maravilhosas.

Não que Hiro estivesse ali hoje; ele era famoso demais para isso. Aya checou a tela ocular: a reputação média lá dentro era de vinte mil. Comparada com seu irmão mais velho, essa gente na festa era um bando de extras.

Comparados com uma feia de reputação na casa de meio milhão, porém, os festeiros eram lendários.

— Tenha cuidado, Moggle — disse, baixinho. — Não somos bem-vindos aqui.

Aya puxou o capuz do manto e saiu das sombras.

Dentro da mansão, o ar estava cheio de câmeras flutuantes. De modelos do tamanho de Moggle até um enxame de câmeras de paparazzi menores que uma rolha de champanhe.

Nas baladas dos Tecnautas sempre havia muita coisa para ver, gente bizarra e equipamentos para exibir. Talvez as pessoas não fossem tão bonitas quanto na Era da Perfeição, mas as festas eram muito mais interessantes: Viciados em Cirurgia radicais com cobras no lugar de dedos e cabelos de medusa; roupas de tecido adaptável que tremulavam como bandeiras na brisa; fogos de artifício que corriam pelo chão, desviando de pés e queimando incenso ao passarem.

Os Tecnautas viviam para as novas tecnologias. Eles adoravam exibir seus últimos truques e os divulgadores gostavam de transmiti-los em seus canais. O ciclo interminável de invenção e publicidade aumentava a reputação de todo mundo, e todos ficavam contentes.

Todos que fossem convidados, é claro.

Uma câmera passou perto, quase baixo o bastante para ver o rosto de Aya. Ela inclinou a cabeça e avançou em direção a um grupo de Arautos da Fama. Em público eles ficavam encapuzados como um bando de monges budistas Pré-Enferrujados. Já estavam anunciando, em cântico, o nome de algum integrante qualquer do grupo para tentar convencer a interface da cidade a aumentar sua reputação.

Aya se curvou diante do grupo e se juntou ao cântico, mantendo o rosto feio encoberto.

O objetivo dos Arautos era dissecar os algoritmos de reputação da cidade: quantas menções de um nome eram necessárias para chegar entre os mil primeiros lugares? Com que velocidade a reputação caía se todo mundo parasse de mencionar um nome? O grupo era uma grande experiência controlada, e era por isso que todos os integrantes usavam as mesmas roupas impessoais.

Mas Aya imaginava que a maioria dos Arautos não se importava com a matemática. Eram apenas extras trapaceiros e ridículos que falavam sobre si mesmos para ficarem famosos. Era assim que se criavam celebridades na época dos Enferrujados, com um bando de canais mencionando alguns avoados e ignorando o resto.

Qual o sentido da economia da reputação se alguém te *dizia* sobre quem falar?

Mas Aya entoou o nome como uma boa integrante dos Arautos e manteve a atenção na tela ocular, vendo o que as lentes de Moggle captavam. A câmera flutuante vasculhava um por um os rostos na multidão.

A turma secreta que ela descobriu *tinha* que estar em algum lugar por ali. Somente os Tecnautas conseguiriam armar um truque como aquele...

Ela vira o grupo havia três noites pegando carona em cima de um dos novos trens magnéticos, passando a uma velocidade insana pela zona industrial — tão rápido que a imagem ficou borrada demais para usar.

Aya precisava encontrar a turma de novo. Quem quer que divulgasse um truque inusitado de como pegar carona em um trem magnético ficaria famoso instantaneamente.

Mas Moggle já estava distraída com um grupo de Neogourmets sob uma bolha rosa que flutuava no ar. Eles bebiam o conteúdo da bolha com canudos de um metro de comprimento como astronautas recuperando uma xícara de chá entornado.

Os Neogourmets eram notícia velha — Hiro tinha divulgado uma matéria sobre o grupo no mês passado. Eles comiam cogumelos extintos criados a partir de esporos antigos, faziam sorvete com nitrogênio líquido e injetavam sabores em substâncias estranhas. A coisa rosa flutuante parecia um aerogel, um jantar com a densidade de uma bolha de sabão.

Uma bolhinha se soltou e passou flutuando por Aya. Ela fez uma careta ao sentir o cheiro de arroz e salmão. Comer substâncias esquisitas podia ser uma ótima maneira de aumentar a reputação, mas Aya preferia que seu sushi fosse mais pesado que o ar.

Porém, ela curtia andar com os Tecnautas, mesmo que tivesse que se esconder. A maior parte da cidade continuava presa ao passado, tentando redescobrir haicai, religião, a cerimônia do chá — as coisas que se perderam na Era da Perfeição, quando todo mundo tinha lesões cerebrais. Mas os Tecnautas estavam construindo o futuro e tirando o atraso de três séculos de progresso.

Aquele era o local para descobrir matérias.

Aya reconheceu algo que apareceu na tela ocular.

— Espera, Moggle — sussurrou ela. — Vire para a esquerda.

Atrás dos Neogourmets havia um rosto familiar observando enquanto eles corriam atrás de bolhinhas soltas.

— Lá está um deles! Dê um zoom.

A garota tinha uns 18 anos, era uma nova perfeita de beleza clássica com olhos um pouco ao estilo mangá. Ela estava vestida com aparato de aerobol e flutuava delicadamente a 10 centímetros do chão. E só podia ser famosa: havia uma bolha de reputação ao redor, um séquito de amigos e admiradores para manter os extras a distância.

— Chegue mais perto para poder ouvir — sussurrou Aya para Moggle, que foi para o limite da bolha.

Logo os microfones captaram o nome da garota. Os dados correram pela tela ocular de Aya...

Eden Maru era a lateral esquerda do time de aerobol dos Swallows, que venceu o campeonato municipal no ano passado. Ela também era lendária por suas modificações de sustentadores.

De acordo com todos os canais, Eden tinha acabado de dar um pé na bunda do namorado por terem "ambições diferentes". Claro que isso significava "ela ficou famosa demais para ele". A reputação de Eden alcançou a casa dos 10 mil depois do campeonato, enquanto o sabe-se-lá-quem estacionou pelos 250 mil. Todo mundo sabia que ela devia arrumar alguém do mesmo nível de fama.

Mas nenhum dos rumores mencionava o novo grupo dos trens magnéticos de Eden. Ela devia estar mantendo-o em segredo, esperando pelo momento certo para revelar o truque.

A divulgação em primeira mão tornaria Aya famosa da noite para o dia.

— Siga — falou para Moggle e então voltou ao cântico.

Meia hora depois, Eden Maru saiu.

Foi uma alegria abandonar os Arautos — Aya entoou o nome "Yoshio Nara" um milhão de vezes. Esperava que Yoshio curtisse o aumento irrisório de reputação, porque nunca mais queria ouvir seu nome de novo.

Segundo a visão aérea de Moggle, Eden Maru estava saindo sozinha, sem o séquito. Só podia estar a caminho de um encontro com o grupo secreto.

— Fique perto dela, Moggle — disse Aya com a voz rouca. Todo aquele falatório deixara sua garganta seca. Ela notou uma bandeja flutuante com drinques por perto. — Alcanço você em um minuto.

Aya pegou um copo qualquer e bebeu de uma vez. O álcool provocou um arrepio — não era exatamente o que precisava. Ela pegou outro drinque com muito gelo e avançou até a porta.

Havia um grupo de Pixelados no caminho. Os corpos trocavam de cores como camaleões bêbados. Aya passou por eles e reconheceu alguns dos rostos dos canais dos Viciados em Cirurgia. Um arrepio de reputação percorreu seu corpo.

Na escadaria do lado de fora da mansão, Aya derramou o drinque por entre os dedos para ficar só com os cubos de gelo. Virou o copo na boca e começou a mastigá-los. Depois da festa escaldante, um bocado de gelo era divino.

— Plástica interessante — disse alguém.

Aya travou... o manto havia caído, revelando seu rosto feio.

— Hã, valeu.

As palavras saíram abafadas. Aya engoliu pedaços de gelo. A brisa bateu no rosto suado e ela percebeu como deveria parecer fora de moda.

O rapaz sorriu.

— De onde você tirou a ideia para esse nariz?

Aya conseguiu dar de ombros, sem saber o que falar. Viu Eden Maru voando pela cidade na tela ocular, mas era impossível tirar os olhos do garoto. Ele era um Cabeça de Mangá, tinha enormes olhos brilhantes e feições delicadas, uma beleza sobrenatural. Dedos finos e compridos tocavam a bochecha perfeita enquanto o rapaz a encarava.

Essa era a parte esquisita: *ele* estava encarando *Aya*.

Mas o rapaz era lindo, e ela era feia.

— Deixe-me adivinhar — disse ele. — Você tirou de alguma pintura Pré-Enferrujada?

— Hã, não exatamente. — Ela tocou o próprio nariz e engoliu os últimos pedaços de gelo. — Foi mais... hã... gerado aleatoriamente?

— Claro. É tão original. — Ele fez uma reverência. — Frizz Mizuno.

Enquanto Aya o cumprimentava, a tela ocular revelou a reputação do garoto: 4.612. Ela sentiu um arrepio ao descobrir que estava falando com alguém importante, bem relacionado, relevante.

O rapaz estava esperando que ela dissesse o próprio nome. E assim que Aya fizesse isso, Frizz descobriria a reputação dela e seus belos olhos iriam procurar algo mais interessante. Mesmo que ele gostasse de sua cara feia por algum motivo ilógico, ser uma extra era simplesmente ridículo.

Além disso, seu nariz era grande *demais*.

Ela acionou o bracelete antiqueda para chamar a prancha voadora.

— Meu nome é Aya. Mas eu meio que preciso ir agora.

O rapaz se curvou.

— Claro, você tem pessoas para ver, nomes para cantar.

Aya riu ao olhar para o manto.

— Ah, isso aqui. Eu não sou realmente... estou disfarçada.

— Disfarçada? — O sorriso dele era uma delícia. — Você é muito misteriosa.

A prancha surgiu ao lado da escadaria e Aya olhou para ela, hesitante. Moggle já estava a meio quilômetro de distância, seguindo Eden Maru pela escuridão em alta velocidade, mas parte de Aya gritava para que ficasse.

Porque Frizz continuava a encará-la.

— Não estou tentando ser misteriosa. É apenas o que o disfarce causa.

Ele riu.

— Gostaria de saber o seu sobrenome, Aya. Mas acho que não me dirá de propósito.

— Desculpe — respondeu baixinho e pisou na prancha.
— Mas tenho que ir atrás de alguém. Ela meio que está... escapando.

O rapaz se curvou e sorriu ainda mais.

— Aproveite a perseguição.

Ela se inclinou e disparou na escuridão com a risada de Frizz ainda nos ouvidos.

SUBTERRÂNEO

Eden Maru sabia como voar.

Um uniforme completo de flutuação era o equipamento padrão dos jogadores de aerobol, mas a maioria das pessoas jamais ousaria usá-lo. Cada peça tinha o próprio sustentador individual: caneleiras, ombreiras e até mesmo as botas tinham o seu. Um movimento errado dos dedos podia mandar cada um dos ímãs em direções diferentes, o que era uma ótima maneira de deslocar o ombro ou girar até bater de cabeça em uma parede. Ao contrário de um tombo de prancha voadora, os braceletes antiqueda não conseguiriam salvar uma pessoa da própria falta de jeito.

Mas nada disso parecia preocupar Eden Maru. Pela tela ocular de Aya, ela ziguezagueava por uma nova zona de construção e usava os prédios inacabados e manilhas como se fossem seu circuito de obstáculos particular.

Até mesmo Moggle, que era cheia de sustentadores e voava a apenas vinte centímetros de distância, tinha dificuldades em acompanhá-la.

Aya tentou prestar atenção no próprio voo, mas ainda continuava meio hipnotizada por Frizz Mizuno, impressionada com a atenção que recebera. Desde que a libertação rompera as barreiras entre idades, Aya tinha conversado com vários perfeitos. Não era como antigamente, quando a pessoa não falava mais com os amigos após a operação. Mas nenhum perfeito jamais olhou para ela *daquele* jeito.

Ou Aya estava se enganando? Talvez o olhar intenso de Frizz fizesse todo mundo se sentir assim. Os olhos eram tão *grandes*, iguais aos velhos desenhos Enferrujados em que os Cabeças de Mangá se baseavam.

Aya estava morrendo de vontade de perguntar sobre ele para a interface da cidade. Ela nunca o vira nas transmissões, mas com uma reputação abaixo dos 5 mil, Frizz tinha que ser conhecido por alguma coisa além da beleza de encher os olhos.

Mas agora era preciso correr atrás de uma matéria e construir uma reputação. Se algum dia Frizz olhasse para ela de novo daquele jeito, Aya não podia ser tão desconhecida.

A tela ocular começou a piscar, pois estava perdendo o sinal de Moggle. A câmera ficou fora da área de cobertura da rede da cidade ao seguir Eden pelos subterrâneos.

O sinal foi tomado pela estática e então escureceu de vez.

Aya manobrou de lado até parar e sentiu um arrepio. Sempre ficava nervosa ao perder o contato com Moggle. Era como olhar para o chão em um dia de sol e perceber que a própria sombra tinha sumido.

Ela olhou para a última imagem enviada pela câmera flutuante: o interior de uma manilha, uma cena granulada e distorcida pela visão infravermelha. Eden Maru estava toda encolhida, era uma bala de canhão humana disparando pelo interior do túnel tão subterrâneo que o transmissor de Moggle não alcançava mais a superfície.

A única maneira de encontrar Eden novamente era segui-la até embaixo.

Aya se inclinou para a frente e disparou sobre a prancha. A nova zona de construção surgiu com uma dezena de esqueletos de ferro e crateras ao redor.

Depois da libertação, ninguém quis morar nos prédios fora de moda da Era da Perfeição. Ninguém famoso, na verdade. Então, a cidade estava se expandindo freneticamente, saqueando o metal das ruínas mais próximas das cidades dos Enferrujados. Havia até rumores de que o governo planejava abrir o solo para procurar por mais ferro, como os Enferrujados que arruinaram o planeta haviam feito três séculos antes.

As torres inacabadas passaram voando e as estruturas de aço fizeram a prancha tremer. As pranchas precisavam de metal para voar, mas a presença de muitos campos magnéticos provocava tremor. Aya diminuiu a velocidade outra vez para procurar por Moggle.

Nada. A câmera flutuante continuava no subterrâneo.

Uma enorme escavação surgiu à frente, as fundações de algum futuro arranha-céu. Espalhadas pelo chão sujo, poças formadas pela chuva que caíra à tarde refletiam o céu de estrelas como pedaços de espelho.

Em um canto da escavação, ela notou a boca de um túnel, uma entrada para a rede de galerias de águas pluviais dos subterrâneos da cidade.

Há um mês, Aya divulgara uma matéria sobre uma nova turma de grafiteiros. Eram feios que deixaram um legado de arte para futuras gerações. Eles grafitavam o interior de túneis e galerias inacabados para que o trabalho fosse selado como cápsulas do tempo. Ninguém veria os desenhos até que a cidade desmoronasse e as ruínas fossem descobertas por alguma civilização futura. Era tudo muito libertador, uma reflexão sobre como a eterna Era da Perfeição havia sido mais frágil do que parecia.

A matéria não aumentou sua reputação — reportagens sobre feios jamais conseguiam isso —, mas Aya e Moggle passaram uma semana brincando de esconde-esconde pela zona de construção. Ela não tinha medo dos subterrâneos.

Aya desceu com a prancha e passou por baixo de robôs carregadores desligados e suportes flutuantes em direção à boca do túnel. Ela dobrou os joelhos, recolheu os braços e mergulhou na mais completa escuridão...

A tela ocular piscou uma vez. A câmera flutuante tinha que estar por perto.

O cheiro de sujeira e água empoçada de chuva era forte. O único som vinha dos canos pingando. Quando o brilho dos refletores acima diminuiu para um tom suave de laranja, Aya quase parou a prancha e se guiou com uma das mãos tateando o interior do túnel.

O sinal de Moggle voltou... e ficou constante.

Eden Maru estava de pé, flexionando os braços em algum lugar espaçoso e escuro, que se estendia até aonde as câmeras infravermelhas de Moggle podiam ver.

O que havia lá embaixo?

Mais formas humanas surgiram na escuridão granulada. Elas flutuavam acima da planície escura com as silhuetas losangulares das pranchas voadoras brilhando sob os pés.

Aya sorriu, pois havia encontrado as garotas que pegavam carona em trens magnéticos.

— Aproxime-se e escute — sussurrou.

Enquanto Moggle se aproximava, Aya se lembrou de um lugar que os feios grafiteiros se orgulhavam de terem descoberto — um enorme reservatório onde a cidade armazenava o excedente de água durante a época das chuvas, um lago subterrâneo na mais completa escuridão.

Pelos microfones de Moggle, ela ouviu o eco de algumas palavras.

— Obrigada por ter chegado aqui tão rápido.

— Eu sempre disse que a fama te traria problemas, Eden.

— Bem, isso não deve levar muito tempo. Ela está bem atrás de mim.

Aya travou. *Quem* estava bem atrás de Eden? Ela olhou por sobre o ombro...

Não havia nada além do brilho da água pingando pelo túnel.

Então a tela ocular apagou de novo. Aya praguejou e mexeu o dedo anular: liga/desliga... mas a visão continuava às escuras.

— Moggle? — sussurrou.

Nenhum sinal na tela ocular, nenhuma resposta. Ela tentou acessar o diagnóstico da câmera flutuante, o canal de áudio, o controle de voo remoto. Nada funcionava.

Mas Moggle estava tão próxima — no máximo a 20 metros de distância. Por que não se conectava?

Aya avançou devagar com a prancha e prestou muita atenção, tentando ver no escuro. A parede fugiu da mão e surgiram os ecos de um grande espaço se abrindo ao seu redor. Ouviu o coro de uma dezena de manilhas pingando água da chuva e a umidade do reservatório lhe causou arrepios.

Ela precisava *ver*...

Então Aya se lembrou do painel de controle da prancha. Naquela escuridão, até mesmo uns poucos pontinhos de luz fariam diferença.

Ela ajoelhou e ligou os controles. O brilho azul suave revelou grandes paredes antigas de tijolos, remendadas em alguns pontos com cerâmica moderna e material inteligente. Um amplo teto de pedra tornava um arco suspenso, como a abóbada de uma catedral subterrânea.

Mas nada de Moggle.

Aya avançou lentamente pela escuridão e prestou muita atenção enquanto correntes de ar levavam a prancha. Havia um lago de águas plácidas e escuras embaixo dela.

Então Aya ouviu algo próximo, uma respiração sutil, e se virou...

Iluminado pelo brilho azul suave, um rosto feio a encarava. A garota estava sobre uma prancha voadora com Moggle nos braços e sorriu friamente.

— A gente achou que você viria atrás dela.

— Ei! — falou Aya. — O que você fez com a minha...

Um chute vindo da escuridão fez a prancha de Aya balançar.

— Cuidado! — gritou Aya.

Ela foi empurrada por mãos fortes e cambaleou dois passos para trás. A prancha se remexeu ao tentar permanecer sob os pés. Aya abriu os braços e balançou como uma criança em patins de gelo.

— Pare com isso! O que você...

Mais mãos surgiram de várias direções empurrando e cutucando Aya. Ela girou freneticamente, sem enxergar e sem ter como se defender. Então sua prancha foi chutada para longe e Aya tentou se equilibrar no ar.

A água acertou seu rosto como um tapa forte e gelado.

TESTE

Aya foi envolvida pela escuridão, um rugido mesmo abafado pela água, soava como um trovão dentro dos ouvidos. O impacto lhe tirou qualquer sentido de direção deixando apenas a desorientação causada pelo frio. Ela bateu braços e pernas enquanto a água penetrava pelas narinas e pela boca apertando seu peito...

Então sua cabeça rompeu a superfície. Aya arfou e cuspiu, as mãos bateram na água à procura de algo sólido na escuridão.

— Ei! Qual é o *problema* de vocês?

O grito ecoou no vazio escuro do enorme espaço, mas não houve resposta.

Ela ainda batia os braços na água enquanto tentava recuperar o fôlego e ouvir alguma coisa.

— Olá...?

A mão de alguém segurou seu pulso e Aya se viu sendo puxada pelo ar. Ficou pendurada com os pés balançando, tremendo, de forma que a água escorria em cascata do manto ensopado.

— O que... o que está acontecendo?

— Não gostamos de divulgadores — respondeu uma voz.

Aya já tinha percebido isso: elas queriam divulgar a própria matéria sobre a carona nos trens e ficar com toda a fama.

Talvez fosse o momento de mentir.

— Mas eu não sou uma divulgadora!

Alguém bufou de irritação e então uma voz mais próxima disse:

— Você me seguiu até aqui desde aquela festa, ou pelo menos mandou sua câmera. Você estava atrás de uma matéria.

— Eu não estava atrás de uma matéria, e sim de *vocês*. — Aya tremeu de frio outra vez e lutou para não bater os dentes. Precisava convencê-las a não ser jogada no lago novamente. — Vi vocês naquela noite.

— Viu onde? — disse a voz mais próxima.

A mão que estava agarrando seu pulso mudou de posição. Só podia ser Eden, pois ninguém conseguiria segurá-la daquela forma sem a ajuda de um aparato de aerobol.

— Em cima de um trem magnético. Vocês estavam pegando carona nele. Eu tentei descobrir quem eram, mas não havia nada nos canais.

— É assim que a gente prefere — afirmou a primeira voz.

— OK, já entendi! — disse Aya. — Hã, você vai me deixar pendurada desse jeito?

— Prefere que eu solte? — perguntou Eden.

— Na verdade, não. É que meu pulso está doendo.

— Chame sua prancha então.

— Ah... certo.

Com o pânico, Aya esquecera completamente da prancha. Ela levantou o braço livre e acionou o outro bracelete antiqueda. Poucos segundos depois, a prancha cutucou seus pés e a mão forte a soltou.

Aya balançou um instante sobre a prancha e esfregou o pulso.

— Obrigada, eu acho.

— Você está querendo nos dizer que não é uma divulgadora?

Era a primeira voz outra vez, talvez da mulher feia que Aya vira de relance. O som de um rugido grave ecoou pela escuridão como se ela tivesse feito uma cirurgia na garganta para soar assustadora.

— Bem, eu já divulguei algumas coisas no meu canal, como todo mundo.

— Fotos do seu gato? — disse alguém que deu um risinho debochado em seguida.

— Então você sempre vai às festas disfarçada de Arauto da Fama e com uma câmera flutuante a tiracolo? — perguntou Eden.

Aya se encolheu. O manto molhado grudava na pele e ela começaria a bater os dentes a qualquer instante.

— Olha, eu queria me juntar ao seu grupo, então tinha que encontrar vocês. A Moggle é boa nisso.

— Moggle? — perguntou a voz cruel.

— Hã... minha câmera flutuante.

— Sua câmera flutuante tem *nome*?

Risadas ecoaram de todos os cantos. Aya percebeu que havia mais gente do que ela tinha pensado. Talvez dez pessoas escondidas na escuridão.

— Espera aí — disse a voz de Eden. — Quantos anos você tem?

— Hã... 15?

Uma lanterna foi acesa, um brilho ofuscante na escuridão.

— Ai! — Ela fechou os olhos com força.

A pessoa que estava segurando a lanterna acrescentou:

— Bem que eu achei que o nariz parecia grande, mesmo na visão infravermelha.

Enquanto seus olhos se ajustavam à claridade, Aya começou a notar os rostos. Elas pareciam com as Normais, o grupo de garotas que não queriam ser lindas ou com traços diferentes, apenas comuns — se é que esse conceito ainda existia. À exceção da silhueta musculosa e com o uniforme de aerobol de Eden Maru, as formas flutuantes ao redor pareciam com corpos genéricos, projetados para desaparecer na multidão. Todas eram garotas, até onde Aya podia notar, assim como na noite em que as viu pegando carona no trem magnético.

— Então você gosta de sair escondida à noite? — perguntou Eden.

— Acho que sim. É melhor do que ficar sentada no quarto do dormitório.

— Você fica entediada facilmente? — A outra garota rosnou. — Então talvez *devesse* surfar de vez em quando.

— Surfar? — Aya engoliu em seco. — Quer dizer que vou poder pegar carona com vocês?

Surgiram alguns resmungos na escuridão.

— Mas ela tem apenas 15 anos — disse a garota que segurava a lanterna.

— Você ainda vive na Era da Perfeição? — perguntou a menina que rosnava. — Quem se importa com a idade? Ela entrou de penetra na Vila Perfeita e veio até aqui sozinha. Provavelmente, tem mais coragem que a maioria de vocês.

— E quanto à câmera flutuante? — perguntou Eden. — Se ela divulgar a matéria, os guardas virão para cima da gente.

— Ela ainda pode chamar os guardas se quiser. — A garota da voz cruel se aproximou de prancha até que o nariz estivesse a poucos centímetros do de Aya. — Ou nós a deixamos aqui largada ou a trazemos para o nosso lado.

Aya engoliu em seco e olhou para o lago escuro que reluzia.

— Hã, eu tenho direito a voto?

— Ninguém além de mim tem direito a voto — disse a garota, que então sorriu. — Mas, que tal assim? Você pode fazer uma escolha.

— Ah, é?

A menina esticou o braço com Moggle na mão e Aya viu que havia uma trava na câmera. Ela ficaria desligada, inerte, até que alguém removesse a trava.

— Você pode pegar sua câmera e ir embora, ou posso deixá-la cair agora e você vem surfar conosco.

Aya ficou atônita enquanto ouvia a água gelada que continuava a pingar do manto. Ren dissera que tornara Moggle à prova d'água, mas como seria possível encontrar o caminho de volta até aquele ponto exato?

— Sair daquele quartinho chato do dormitório é importante para você?

Aya engoliu em seco.

— Muito.

— Então a escolha é fácil, certo?

— A questão é que... essa câmera me custou muitos méritos.

— Ela é um brinquedo. Assim como a reputação e os méritos, não *significa* nada a não ser que você queira.

Reputação não significava nada? Aquela garota era sem-noção, porém tinha razão sobre uma coisa: nada era mais importante do que sair do quarto chato e patético do dormitório Akira.

Talvez Ren pudesse ajudá-la a encontrar o caminho de volta até ali...

Aya fechou os olhos.

— OK, eu quero ir com vocês. Pode soltar.

O espirro da água ecoou como um tapa.

— Boa escolha. Aquele brinquedo não é o que você realmente precisa.

Aya abriu os olhos, que ardiam com o choro preso.

— Eu sou Jai — disse a garota ao se curvar.

— Aya Fuse — devolveu a saudação e abaixou o olhar para a ondulação no lago. Moggle estava perdida mesmo.

— A gente se vê em breve — disse Jai.

— Em *breve*? Mas você disse...

— Acho que você já teve diversão demais por uma noite, para quem tem 15 anos.

— Mas você prometeu!

— E você disse que não era uma divulgadora. Quero ver se falou a verdade quanto a isso.

Aya ia protestar, mas ficou sem palavras. Não havia sentido em discutir agora, pois já havia perdido Moggle.

— Mas eu nem sei quem são vocês.

Jai sorriu.

— Somos as Ardilosas e entraremos em contato. Vamos, galera. Temos um trem para pegar.

As garotas deram voltas com as pranchas ao redor de Aya e encheram a câmera subterrânea com o eco dos gritos. As lanternas foram apagadas e ela ouviu cada uma voar embora, os berros sendo engolidos pelas galerias pluviais.

Aya estava sozinha no escuro, prendendo as lágrimas.

Entregara Moggle por nada. Assim que as Ardilosas verificassem seu canal, conheceriam suas matérias. E se descobrissem que seu irmão era um dos mais famosos divulgadores da cidade, jamais confiariam nela outra vez.

— Hiro idiota — murmurou. Se não fosse pelo Sr. Famoso, ser uma extra não seria tão difícil. Ela não teria tanto a provar.

E não teria trocado Moggle... por nada.

Aya fechou os punhos com força, descendo com a prancha até ouvir os sustentadores baterem de leve na água. Ela se ajoelhou e esticou uma das mãos na escuridão. Tocou gentilmente a superfície com a palma. Ainda podia sentir a ondulação formada pela queda de Moggle.

— Sinto muito — sussurrou. — Mas logo estarei de volta.

IRMÃO MAIS VELHO

Aya passou voando por enormes mansões iluminadas por tochas. No início da manhã, havia fogueiras queimando por toda parte, uma enorme exibição das taxas de emissão de carbono permitidas por morador. Acima flutuavam piscinas de bolhas de água, unidas por linhas invisíveis de força. Ao voar por baixo delas, Aya viu a silhueta de pessoas sobre boias observando o nascer do sol.

A mansão de Hiro flutuava a 300 metros do chão, era uma longa torre reluzente de vidro e aço. Para ninguém ficar cansado da bela vista, o prédio inteiro girava a cada passar de hora. A massa era sustentada por suportes flutuantes e havia apenas um elevador que saía do chão. A torre era como uma bailarina gigante que girava sobre o dedão do pé.

Naquela vizinhança, todos os prédios se moviam, flutuavam, se transformavam e faziam outras coisas fantásticas. E todos os moradores mantinham um notório ar de tédio em relação a tudo aquilo.

Hiro vivia na parte famosa da cidade.

Assim que a prancha se aproximou dos degraus da mansão, Aya se lembrou de como seu irmão era lindo, bem relacionado e atencioso durante a Era da Perfeição. Ele ia a todas as festas, é claro, mas sempre voltava para casa nos feriados trazendo presentes para Aya e os coroas.

A libertação mudara tudo isso — a não ser o rosto perfeito.

No primeiro ano depois da cura, Hiro pulou de grupo em grupo: Cirurgias Radicais, o time de aerobol da cidade, e até mesmo uma temporada na natureza como aprendiz de guardião. Porém, ele não se firmou em nenhum deles, não tinha objetivos, não sabia o que fazer com a liberdade.

Claro que, naquele primeiro ano caótico, muitas pessoas ficaram confusas. Algumas até decidiram reverter a cura — não somente os velhos coroas, mas os novos perfeitos também. Até mesmo Hiro falou sobre voltar a ser um avoado.

Então, há dois anos veio a notícia de que a economia ia mal. Na Era da Perfeição, os avoados podiam pedir por qualquer coisa que desejassem: os brinquedos e roupas de festa saíam de um buraco na parede sem restrições. Mas ficou evidente que os humanos criativos e dotados de livre escolha eram mais gananciosos do que os avoados. Vários hobbies, novas construções e grandes projetos como os trens magnéticos estavam consumindo muitos recursos. E ninguém mais se oferecia para fazer os trabalhos pesados.

Algumas pessoas queriam voltar a usar o "dinheiro" dos Enferrujados com tudo que ele tinha direito: aluguéis, juros e fome se a pessoa não pudesse comprar comida. Mas o Conselho Municipal não chegou a esse ponto; em vez disso, o governo votou por uma economia baseada na reputação. Dali em diante, méritos e fama diriam quem ficaria com as melhores mansões, as melhores taxas de emissão de carbono, as maiores zonas de construção. Méritos eram dados a médicos, professores, guardas e até crianças por fazerem deveres de casa e tarefas domésticas — enfim, para todos que faziam a cidade funcionar de acordo com o determinado pelo Comitê da Boa Cidadania. Reputação era dada para o resto da cultura, de artistas a astros dos esportes e cientistas. A pessoa podia usar os recursos como bem quisesse, desde que cativasse o imaginário coletivo da cidade.

E para manter o sistema de reputação justo, cada cidadão acima da idade infantil ganhava o próprio canal — um milhão de histórias espalhadas pelo ar para ajudar a entender a libertação.

O termo "divulgador" ainda nem tinha sido inventado, mas de alguma forma Hiro percebeu a ideia instintivamente: como tornar um grupo famoso da noite para o dia, como convencer todo mundo a querer um novo objeto e, acima de tudo, como se tornar lendário ao fazer isso.

Assim que Aya pousou do lado de fora da porta do elevador da mansão, suspirou baixinho. Hiro ficou tão *inteligente* desde que curaram seu cérebro...

Se ao menos ele não tivesse virado um grande egocêntrico arrogante com toda a fama.

— O que você quer, Aya-chan?

— Preciso falar com você.

— É cedo demais.

Aya gemeu. Sem Moggle para levá-la até a janela, ela teria que esperar o amanhecer para voltar ao dormitório. E Hiro achava que *ele* estava cansado?

Hiro não podia ter tido uma noite pior do que a dela. Aya não parava de pensar em Moggle inerte e fria no fundo do lago subterrâneo.

— Por favor, Hiro. Eu acabei de gastar um monte de méritos para trocar as aulas da manhã para poder visitar você.

Um resmungo.

— Volte em uma hora.

Aya olhou com raiva para a porta do elevador. Ela não podia sequer subir e bater em sua janela; as mansões na parte famosa da cidade não permitiam que as pessoas voassem perto dos prédios.

— Bem, você ao menos pode me dizer onde o Ren está? O localizador dele está desligado.

— Ren? — Uma risada surgiu através da porta. — Ele está no meu sofá.

Aya respirou aliviada. Hiro ficava um milhão de vezes mais agradável quando seu melhor amigo estava por perto.

— Posso falar com ele, então... *por favor*?

A porta ficou calada por tanto tempo que Aya se perguntou se Hiro tinha voltado a dormir. Mas, finalmente, a voz de Ren surgiu.

— Ei, Aya-chan. Entra aí!

A porta abriu e Aya entrou.

Os aposentos de Hiro eram decorados com milhares de grous.

Era um velho hábito da época dos Pré-Enferrujados, um dos poucos que haviam sobrevivido à Era da Perfeição: quando uma menina fazia 13 anos, ela criava uma corrente com mil pássaros de origami com as próprias mãos. Passava semanas dobrando quadradinhos de papel em asas, bicos e rabos para então uni-los com linhas e agulhas antiquadas.

Depois da libertação, algumas garotas começaram uma nova moda: mandar os origamis para novos rapazes perfeitos de grande reputação e por quem tinham uma queda. Garotos como Hiro, em outras palavras.

Bastou ver os grous para os dedos de Aya doerem com a lembrança dos mil origamis que ela mesma fizera. Os pássaros de papel estavam por toda parte no apartamento, exceto sobre a cadeira sagrada onde Hiro assistia aos canais.

Ele estava jogado ali, vestido com um agasalho de aerobol, esfregando os olhos. Chá verde jorrava de torneiras no buraco da parede e enchia o ar com cheiro de grama cortada e cafeína.

— Pode pegar as xícaras?

— Bom dia para você também. — Ela fez uma reverência sarcástica e foi pegar o chá. Só duas xícaras, obviamente. Para Hiro e Ren, não para ela, que não suportava chá verde.

— Bom dia, Aya-chan — cumprimentou Ren meio grogue do sofá.

Ele se sentou e vários grous amassados caíram das costas. Havia garrafas vazias espalhadas por toda parte e um robô de limpeza estava aspirando os restos de comida e champanhe derramada.

Aya entregou a xícara de Ren.

— Vocês estavam comemorando alguma coisa ou apenas relembrando a época em que eram avoados?

— Você não sabe? — gargalhou Ren. — Bem, é melhor cumprimentar Hiro-sensei.

— Hiro-*sensei*? Como assim?

— É isso mesmo — disse Ren, concordando com a cabeça. — Seu irmão finalmente chegou aos mil.

— Os mil primeiros? — Aya ficou atônita. — Está de brincadeira?

— No momento, 896 — disse Hiro ao olhar para a tela na parede. Aya reparou então: 896 em numerais de um metro de altura. — Claro que minha própria irmã me ignora. Onde está o meu chá?

— Mas eu não...

Aya ficou tonta com o cansaço por um instante. Aquela era a primeira manhã em séculos em que ela não tinha verificado a reputação do irmão. E Hiro chegara entre os *mil* primeiros? Se mantivesse a posição, ele seria convidado para a Festa dos Mil Famosos de Nana Love no mês seguinte.

Hiro, assim como a maioria dos rapazes, sentia uma grande atração por Nana Love.

— Foi mal... a noite passada foi bem agitada. Mas isso é fantástico!

Ele esticou um dedo languidamente e apontou para a xícara de chá na mão de Aya.

Ela levou e ofereceu com uma saudação verdadeira.

— Parabéns, Hiro.

— Hiro-*sensei* — lembrou ele.

Aya simplesmente revirou os olhos.

— A pessoa não precisa chamar o próprio irmão de "sensei", Hiro, não importa o tamanho de sua reputação. Então, qual foi a matéria?

— Você não se interessaria, pelo visto.

— Ora, vamos, Hiro! Eu sempre assisto às suas matérias... exceto ontem à noite.

— Foi sobre um bando de coroas. — Ren se recostou no sofá. — Eles são como os Viciados em Cirurgia, mas não ligam para beleza ou modificações estranhas. Só querem prolongar a vida: fígados retificados a cada seis meses, novos corações clonados uma vez ao ano.

— Prolongamento de vida? — perguntou Aya. — Mas matérias sobre coroas nunca bombam.

— Essa tinha um viés conspiratório — disse Ren. — Os coroas têm uma teoria de que os médicos sabem o segredo de como manter as pessoas vivendo eternamente. Eles dizem que a única razão para as pessoas morrerem de velhice é manter o controle populacional. É como a operação dos avoados na Era da Perfeição: os médicos estão escondendo a verdade!

— Isso é de virar a cabeça — murmurou Aya, sentindo um arrepio na espinha.

Era tão fácil acreditar em conspirações depois que o governo manipulara o cérebro de todo mundo por séculos. E viver para sempre? Até as crianças se interessariam por isso.

— Você esqueceu a melhor parte, Ren — disse Hiro. — Esses coroas estão planejando processar a cidade... por *imortalidade*. É um direito humano ou algo assim. As pessoas exigem uma investigação! Olha só.

Hiro gesticulou e, na tela, sua reputação deu lugar a uma teia de conexões, um enorme diagrama que mostrava como a matéria tinha repercutido pela interface da cidade durante a noite toda. Enormes espirais de debate, desentendimento e críticas abertas surgiram a partir da transmissão de Hiro com 250 mil pessoas participando da conversa.

Será que a imortalidade era uma ideia fictícia? O cérebro de alguém podia ficar borbulhante para sempre? E se ninguém morresse, onde as pessoas seriam *postas* no mundo? Será que a expansão acabaria engolindo o planeta inteiro?

A última pergunta deixou Aya tonta outra vez. Ela se lembrou do dia na escola em que mostraram fotos de satélite da era dos Enferrujados, antes do controle populacional. As cidades eram tão grandes que podiam ser vistas do espaço:

bilhões de extras lotando o planeta, a maioria vivendo na mais completa obscuridade.

— Olha isso! — gritou Hiro. — Todo mundo já está abandonando minha matéria. Minha reputação baixou para 900. As pessoas são tão fúteis!

— Vai ver a imortalidade está ficando velha — disse Ren, rindo para Aya.

— Rá, rá. Quem será que está roubando minha audiência? — falou Hiro.

Ele gesticulou outra vez e a tela se dividiu em uma dúzia de painéis. Os rostos familiares dos 12 divulgadores mais famosos da cidade apareceram. Aya notou que Hiro havia pulado para a quarta posição.

Ele estava inclinado para a frente na cadeira, devorando as transmissões para descobrir onde tinha perdido a audiência.

Aya suspirou. Aquilo era a cara de Hiro — ele já tinha esquecido que a irmã viera conversar. Mas ela ficou quieta, encolhida ao lado de Ren no sofá, tentando não amassar muitos pobres passarinhos. Talvez não fizesse mal deixar Hiro curtir as transmissões antes de admitir que perdera a câmera flutuante no fundo de um lago.

E Aya não se importava em passar um pouco de tempo assistindo aos canais. As vozes familiares acalmavam seus nervos e tinham o efeito de uma conversa com velhos amigos.

Os rostos das pessoas eram tão diferentes depois da libertação, as novas modas, turmas e invenções eram tão imprevisíveis. Às vezes a cidade parecia sem sentido. As pessoas famosas eram a cura para toda aquela aleatoriedade, como os Pré-Enferrujados que se sentavam em volta de fogueiras todas as noites para ouvir os mais velhos. Os seres humanos precisavam de rostos conhecidos por questões de conforto e familiaridade, mesmo que fossem de uma egocêntrica como Nana Love simplesmente contando o que tinha comido no café da manhã.

No canto superior direito, Gamma Matsui estava divulgando uma nova religião tecnológica. Algum grupo de historiadores tinha aplicado um software de cálculo aos livros espirituais mais importantes do mundo e o programado para cuspir decretos divinos.

Por alguma razão, o programa disse para não comer porcos.

— Quem faria isso para início de conversa? — perguntou Aya.

— Os porcos não estão extintos? — riu Ren. — Eles precisam mesmo atualizar esse programa.

— Deuses são tão ultrapassados — falou Hiro e Aya sorriu.

Ressuscitar velhas religiões virou moda depois da libertação, quando todo mundo ainda estava tentando descobrir o que as novas liberdades *significavam*. Mas hoje em dia tantas outras coisas tinham sido redescobertas — reuniões familiares, crime, mangá e o Festival das Cerejeiras. À exceção de alguns cultos Youngblood, a maioria das pessoas estava ocupada demais para se importar com super-heróis divinos.

— O que o Anônimo anda aprontando? — perguntou Hiro ao mudar o som para outro canal.

O Anônimo era como os dois chamavam Toshi Banana — o famoso mais sem noção da cidade. Ele era mais um difamador do que um divulgador de verdade, sempre atacava alguma nova turma ou moda e incitava o ódio contra qualquer coisa desconhecida. Achava que a libertação fora um desastre apenas porque os novos hobbies e obsessões das pessoas podiam ser perturbadores ou totalmente esquisitos.

Ren e Hiro nunca diziam o nome dele e trocavam o apelido de poucas em poucas semanas antes que a interface da cidade pudesse descobrir a quem eles se referiam — até debochar das pessoas aumentava a reputação. Nessa economia, a única forma de atingir alguém de verdade era ignorá-lo completamente. E era muito difícil ignorar uma pessoa que fazia o sangue ferver. O Anônimo era amado e odiado por quase todo mundo na cidade, o que mantinha sua reputação na casa dos cem.

Naquela manhã ele estava criticando a nova moda dos donos de animais de estimação e suas horríveis experiências de cruzamento. A transmissão mostrava um cachorro pintado de rosa e com tufos de pelo no formato de corações. Aya achou até bonitinho.

— É apenas um poodle, seu tolo mentiroso! — gritou Ren e jogou uma almofada na tela da parede.

Aya riu. Fazer um penteado engraçado em um cachorro não era uma atitude Enferrujada como usar casacos de pele ou comer porcos.

— Ele é um desperdício de gravidade — disse Ren. — Tire o Anônimo do ar!

— Troque pelo famoso acima dele — falou Hiro para o aposento e o rosto irritado do Anônimo desapareceu.

Os olhos de Aya vasculharam os painéis. Nada parecia tão impressionante quanto surfar um trem magnético. As Ardilosas *tinham* que ser mais dignas de fama do que poodles, comer porcos e rumores de imortalidade. Aya precisava apenas ser a primeira divulgadora a colocar o grupo no seu canal.

Então ela viu quem tomara o lugar do Anônimo no canto esquerdo da tela e arregalou os olhos.

— Ei — murmurou Aya. — Quem é aquele cara?

Mas ela já sabia o nome do rapaz lindo com olhos de mangá...

Era Frizz Mizuno.

FRIZZ

— *Esse* avoado é o 13º divulgador dos Tecnautas mais popular agora? — reclamou Hiro. — Subiu rápido.

— Liga o som — pediu Aya.

— Nem pensar! — disse Hiro. — Ele é uma piada.

Hiro gesticulou e o rosto de Frizz deu lugar à outra transmissão.

— Hiro!

Ren se aproximou dela no sofá.

— Ele é o fundador de um novo grupo, Honestidade Radical. Hiro só está irritado porque Frizz decidiu divulgar a turma por conta própria, em vez de deixar um de nós ajudar.

Aya franziu a testa.

— Radical o quê?

— Honestidade. — Ren apontou para a têmpora, sua tela ocular. Como um verdadeiro Tecnauta, ele tinha uma em cada olho. — Frizz criou uma nova cirurgia cerebral. É como na Era da Perfeição, só que em vez da pessoa virar uma avoada, a operação altera a mente para ser incapaz de mentir.

— É, a ideia é ser o novo horizonte da interação humana — resmungou Hiro da cadeira. — Mas eles só ficam tagarelando sobre seus sentimentos o dia inteiro.

— Um amigo meu tentou por uma semana — falou Ren. — Ele disse que acaba com qualquer tédio porque, se a pessoa nunca mente, tem *sempre* alguém com raiva dela.

Hiro e Ren gargalharam e os dois voltaram a analisar os outros canais e ver a reputação dos divulgadores aumentar e diminuir. O software religioso foi um fracasso — Gamma-sensei perdeu reputação a manhã inteira. Mas o poodle estava dando certo, como sempre acontecia com animais com visual engraçado, e o Anônimo foi para a posição 63, uma acima do prefeito.

Aya permaneceu calada olhando para o canto da tela que Frizz ocupara brevemente. Estava tentando se lembrar de cada palavra que ele dissera, como tinha gostado do seu nariz gerado aleatoriamente, que achara Aya misteriosa e queria saber seu nome todo.

E como ele não mentiu sobre nada daquilo.

Claro que, quando Frizz descobrisse que ela não possuía um gosto tão refinado assim em narizes gerados aleatoriamente, que nascera com aquele só porque era uma feia e uma extra que entrava de penetra em festas, o que ele diria então? Frizz não seria educado. A operação de honestidade *faria* com que demonstrasse sua decepção sobre a diferença de ambições entre eles.

A não ser que ela não fosse mais uma extra até lá.

— Ei, Ren — perguntou, baixinho. — Você já roubou imagens de alguém?

— Você quer dizer como os difamadores de moda? Nem pensar. Isso é antidivulgação.

— Não, não quis dizer imagens de pessoas famosas. Mas tipo se disfarçar para conseguir uma matéria.

— Não sei — respondeu Ren, parecendo desconfortável. Ele era um divulgador de tecnologias; seu canal continha mais projetos de equipamentos e interfaces modificadas do que matérias sobre pessoas. — O Conselho Municipal vive mudando de ideia a esse respeito. Eles não querem bancar os Enferrujados ao tornarem as pessoas donas da informação e tal. Mas ninguém gosta daqueles canais que apenas mostram casais sendo traídos ou difamadores de moda debochando de roupas e cirurgias plásticas.

— É, todo mundo odeia esses canais. Exceto as zilhões de pessoas que *assistem*.

— Hum. Você devia perguntar para o Hiro. Ele acompanha esse tipo de coisa.

Aya olhou para o irmão, que estava fascinado pelas transmissões enquanto absorvia as 12 telas ao mesmo tempo. Com certeza ele planejava a grande sucessora da matéria sobre imortalidade. Não era o momento certo para mencionar a própria reportagem, especialmente quando isso implicava falar sobre uma certa câmera flutuante que sumira.

— Talvez não agora. Então, no que você está trabalhando?

— Nada demais. Um grupo de cientistas perfeitos de meia-idade me pediu uma divulgação. Eles possuem alguns méritos, mas nenhuma fama. Estão tentando recriar todas aquelas espécies que os Enferrujados extinguiram usando resquícios de DNA e lixo genético, sabe.

— Sério? Parece muito divulgável!

— É, até que descobri que eles estão começando com vermes, lesmas e insetos. Aí eu disse: "Vermes? Falem comigo quando chegarem aos tigres!" — gargalhou Ren. — Eu vi sua matéria sobre os grafites no subterrâneo, por falar nisso. Bom trabalho.

— Sério? — Aya percebeu que ficou corada. — Você achou aqueles caras interessantes?

— Vão ser — murmurou Hiro da cadeira — dentro de uns mil anos quando o trabalho deles for desenterrado.

Ren sorriu e sussurrou:

— Viu? Hiro assiste ao seu canal também.

— Não que ela devolva o favor — disse Hiro sem tirar os olhos da tela de parede.

— Então, o que você vai divulgar a seguir, Aya-chan? — perguntou Ren.

— Bem, é meio segredo por enquanto.

— Um segredo? — disse Hiro. — Uhh, misteriosa.

Aya suspirou. Ela fora até ali para pedir ajuda ao irmão, mas obviamente Hiro não estava a fim de ajudar. Ele ficaria insuportável depois de alcançar os mil primeiros lugares.

Talvez fosse uma perda de tempo de qualquer forma. Ela nem tinha certeza de que as Ardilosas manteriam sua promessa de entrar em contato e não sabia como encontrá-las outra vez caso não a procurassem.

— Não se preocupe, Aya-chan — falou Ren. — Não vamos contar para ninguém.

— Bem... OK. Vocês já ouviram falar das Ardilosas?

Ren olhou para Hiro, que se virou devagar na cadeira para encará-la. Havia uma expressão estranha no rosto dos dois.

— Eu ouvi falar delas, mas não são de verdade — disse Hiro.

Aya riu.

— Não são de verdade? Tipo, elas são robôs ou algo assim?

— É mais uma espécie de boato — respondeu o irmão. — As Ardilosas não existem.

— Mas o que você sabe sobre elas? — perguntou Aya.

— Nada. Não há nada *para* se saber sobre elas porque não são de verdade!

— Ora, vamos, Hiro — disse Aya. — Unicórnios não são de verdade e eu sei coisas sobre eles. Tipo... os unicórnios têm chifres nas testas e podem voar!

Hiro gemeu.

— Não, é o Pégaso que voa. Unicórnios têm apenas um chifre e isso os torna bem mais reais do que as Ardilosas, sobre quem eu não tenho *nada* a dizer. É só um termo qualquer que os divulgadores usam. Como no ano passado, quando estavam pulando de pontes usando paraquedas caseiros e ninguém sabia quem eram, todo mundo dizia que foram as Ardilosas. Porque *ardil* significa astúcia ou sutileza.

Aya revirou os olhos.

— Eu sei o que quer dizer, Hiro-sensei. Mas e se elas realmente existissem?

— Aí elas não seriam mais um segredo, não é? Quer dizer, alguns grupos começam discretamente e várias pessoas armam truques ardilosos, mas ninguém se mantém no anonimato para sempre. — Ele passou os olhos pelo apartamento com a imensa tela de parede, os enfeites de origamis, as janelas do chão ao teto com uma vista que se alterava aos poucos. — Graças à economia da reputação, as Ardilosas prefeririam ser famosas. Você sabia que, desde a libertação, todos os criminosos de verdade acabaram confessando?

Aya concordou com a cabeça. *Todo mundo* sabia disso e que os criminosos chegavam aos mil primeiros lugares pelo menos por alguns dias.

— Mas e se...?

— Isso não é real, Aya. Seja lá o que for.

— E se eu trouxesse umas imagens das Ardilosas? O que você diria, então?

Hiro virou de volta para a tela.

— A mesma coisa que diria se você enfiasse um chifre de plástico em um cavalo e começasse a divulgar a existência de unicórnios: pare de desperdiçar meu tempo.

Aya cerrou os punhos e sentiu os olhos arderem. As dúvidas quanto à divulgação de imagens das Ardilosas tinham passado. Ela faria Hiro engolir suas palavras.

Aya virou para Ren.

— Qual é um bom modelo de câmera para pedir? Uma que seja pequena o bastante para esconder? — Tocou em um botão do uniforme do dormitório. — Deste tamanho.

— Isso é fácil — respondeu Ren e, então, franziu a testa. — Onde está sua câmera flutuante, por falar nisso? Você não costumava ir a lugar algum sem a Moggle.

— Ah... bem, era meio por isso que eu estava procurando por você, Ren.

Ele sorriu.

— O que foi, quebrou outra lente? Você tem que parar de pular da janela.

— Hã, é tipo pior do que isso — disse Aya, baixinho, mas notou que Hiro estava escutando. Por que ela sempre era invisível para o irmão até que cometesse um erro? — Sabe, eu meio que... perdi a Moggle.

Ren ficou de olhos arregalados.

— Mas como...?

— Você *perdeu* a câmera? — Hiro virou para eles com uma expressão furiosa no belo rosto. — Como você conseguiu perder uma câmera flutuante? Elas voam para casa se forem deixadas por aí!

— Eu não *deixei* por aí! — exclamou. — Quero dizer, eu nunca...

— Você sabe quanto tempo Ren perdeu naquela modificação?

— Olha, Hiro, eu meio que sei onde a Moggle está. — Aya sentiu um nó na garganta. — Só preciso de uma ajudinha para encontrá-la e... trazê-la à superfície.

— Superfície do *quê*? — gritou Hiro.

— Tem uma espécie de lago subterrâneo e...

A garganta se contraiu ao dizer as palavras e Aya fechou os olhos. Se Hiro continuasse gritando, ela não seguraria o choro.

Aya sentiu a mão de Ren no ombro.

— Calma, Aya-chan.

— Foi mal — conseguiu dizer.

— Bem, parece que é uma matéria capaz de render fama. — Ren soltou o ar devagar. — Acho que tenho algum tempo amanhã. Talvez eu possa ajudar a tirar a Moggle desse... lago subterrâneo?

Aya concordou com a cabeça, de olhos ainda fechados.

— Obrigada, Ren-chan.

— Ela vai perder a câmera de novo — disse Hiro.

— Não vou, não! — gritou ela. — E vou provar que você está errado sobre as Ardilosas também!

Mas Hiro não respondeu... apenas balançou a cabeça.

* * *

Aya voltou para casa ainda tentando não chorar.

Sentia-se exausta, Ren a odiava, e o irmão estúpido ficava mais famoso e horrível a cada segundo. Se Ren não conseguisse encontrar Moggle, Aya não teria como arrumar méritos suficientes para uma nova câmera flutuante.

Tudo o que ela queria fazer era dormir até a manhã seguinte, quando Ren prometeu que a encontraria na nova zona de construção. Mas a tarde estava repleta de aulas, as mesmas que havia reprogramado do período da manhã e mais a temida aula de Inglês Avançado. Não dava para matar: o estudo era o jeito mais fácil de acumular méritos quando a pessoa era feia. Os melhores empregos ficavam nas mãos dos perfeitos e coroas.

Quando chegou ao dormitório Akira, ela foi até o porão e encontrou uma tela de parede vazia.

— Aya Fuse — falou para o aparelho.

A tela ligou e mostrou suas mensagens e tarefas enquanto exibia sua pobre reputação de 451.441.

Ela estava ansiosa para pesquisar sobre Frizz Mizuno e a Honestidade Radical, mas não até terminar os deveres de casa. Ao examinar a lista de tarefas, os olhos pararam em um ping...

Não tinha remetente e era cheio de animações como os coraçõezinhos flutuantes que as crianças usavam para decorar suas mensagens. Mas os desenhos não eram corações, pontos de exclamações ou sorrisos, e sim de olhos — sem graça, sem terem passado por cirurgias, olhos de Normais — que piscavam para ela.

Aya abriu o ping...

Vimos sua matéria sobre os grafiteiros. Nada mal para uma divulgadora. Encontre-nos à meia-noite onde a linha do trem magnético sai da Vila Feia.

Mas se trouxer uma câmera, não vamos te deixar brincar.

— suas novas amigas

ARDILOSAS

— Não posso usar a minha própria prancha?
— Esse brinquedo? Lento demais. O trem vai estar a 150 quilômetros por hora no momento em que você pular nele — disse Jai com desdém.
— Ah. — Aya olhou para a longa curva reluzente da linha do trem magnético. Ela passava por prédios industriais baixos, um arco branco através da fraca iluminação laranja. As Ardilosas a haviam levado para o limite da cidade, onde o cinturão verde dava espaço para fábricas e novas expansões. — Eu só achei que vocês pegassem o trem enquanto estava parado.
— Os guardas estão *esperando* por isso, não é? — Jai balançou os pés despreocupadamente, como se não houvesse uma queda livre de 100 metros abaixo delas. — Eles têm monitores espalhados por todo o pátio.
— Mas 150 quilômetros por hora não é meio rápido demais? — O dispositivo de segurança da maioria das pranchas limitava a velocidade a 60 quilômetros por hora.
— Isso não é nada para um trem magnético — disse Eden Maru. — Vamos pegá-lo quando diminuir a velocidade para fazem a curva. — Ela apontou para o mato. — Os trens atingem 300 quilômetros por hora assim que pegam a linha reta para fora da cidade.

— Trezentos? E ainda estaremos surfando?

— Tomara que sim. — Jai sorriu. — Considerando a alternativa.

Aya olhou para os braceletes magnéticos presos aos pulsos dela. Eram parecidos com os modelos antiqueda que usava para os tombos de prancha, só que bem maiores. Mas seriam fortes o suficiente para lutar contra um vento contrário de 300 quilômetros por hora?

Ela se encolheu e tentou não olhar para a queda preocupante. As três estavam equilibradas em cima de uma torre de transmissão, alta o suficiente para ver a escuridão no horizonte, o ponto onde a cidade acabava.

Aya nunca tinha visto a floresta antes, exceto em canais sobre a natureza. De alguma maneira, pensar em se aventurar naquela desolação sem luz era ainda mais assustador do que pular sobre um trem em velocidade.

A ausência de Moggle a deixou duplamente receosa. Era assustador pensar que nada daquilo estava sendo gravado. O que quer que acontecesse teria acabado na manhã seguinte, como um sonho. Aya sentiu que estava isolada do mundo, que ela mesma não existia.

— O próximo trem passa em três minutos — disse Jai. — Então, qual é a coisa mais importante para se lembrar assim que estivermos surfando?

Um suor gelado percorreu a espinha de Aya.

— Os avisos de decapitação.

— E como eles funcionam?

— Quando alguém na minha frente piscar uma luz amarela, significa "abaixar". Luz vermelha é sinal de que vem um túnel, então é para deitar sobre o trem.

— Só não se empolgue demais ou vai perder a cabeça.
— Jai riu.

Aya se perguntou se as Ardilosas já tinham pensado em fazer a viagem inteira deitadas, o que diminuiria o risco de decapitação. Ou se já tinham se tocado que não surfar trens magnéticos *em hipótese alguma* tornaria inconcebível a ideia de perder a cabeça, como deveria ser.

— Parece que já dominou os sinais — disse Jai.

— É, ela é praticamente uma especialista — falou Eden com desdém.

— Relaxa, rainha da fama. Nem todas somos estrelas do aerobol — respondeu Jai.

— Nem todas somos meninas de 15 anos. Ou divulgadoras.

— Ela nem tem mais uma câmera.

Aya ouviu a discussão e imaginou qual seria a reputação de Jai. Muita gente que evitava os canais era famosa, obviamente. Na verdade, a pessoa mais famosa da cidade — do mundo todo — não tinha um canal próprio. Mas todo mundo falava dela sempre que mencionavam a libertação.

— Você não precisa se preocupar comigo — disse Aya. — Só porque sou feia não quer dizer que sou burra.

— Claro que não. Na verdade, eu acho sua feiura encantadora — afirmou Jai.

— Tenho ouvido muito isso ultimamente — disse Aya, pensando em Frizz Mizuno.

— Falta um minuto! — Eden gritou e pulou da torre. O aparato de aerobol impediu a queda e ela deu uma pirueta no ar para encará-las. — Só tome cuidado, Aya.

— Ela vai. — Jai se soltou e pisou na prancha, que a esperava. — Elas sempre tomam cuidado na primeira vez!

Jai gargalhou e deu meia-volta. As duas dispararam juntas em direção à linha férrea.

Aya pisou com cuidado na prancha de alta velocidade que recebeu das Ardilosas. Ela cedeu um pouco com o peso como uma prancha de mergulho, mas dava para sentir a energia passando debaixo dos pés.

Agora era possível ver o trem que se aproximava, saindo devagar do pátio, carregado de mercadorias para outras cidades. Aya não tinha ouvido o barulho ainda, mas sabia que três toneladas de metal em alta velocidade iriam sacudir a terra como a decolagem de uma nave suborbital assim que o trem passasse.

Ela seguiu Jai e Eden pela zona industrial até o esconderijo onde as demais esperavam, no telhado de um prédio baixo próximo aos trilhos. Alguns caminhões automatizados passaram pelas ruas abaixo fazendo barulho enquanto atendiam às fábricas e aos prédios. Não havia ninguém em lugar algum.

Enquanto Aya manobrava para pousar, o cascalho solto foi esmagado por sua prancha. Ela se escondeu atrás de um exaustor alto que emanava fumaça do interior da fábrica. Um cheiro de enxofre e cola quente tomou conta do ar.

Agachada ali, ouvindo o barulho do trem ao longe, Aya se viu pensando em Frizz Mizuno outra vez. Ele parecia cruzar sua mente de poucos em poucos minutos. Como uma conversa qualquer podia mexer tanto com a cabeça?

Os professores sempre alertavam sobre se envolver demais com os perfeitos. Desde a libertação, eles não eram tão inocentes quanto pareciam. Podiam mexer com a cabeça facilmente, bastava olhar aqueles olhos grandes e lindos.

Obviamente, Frizz não era assim. Ela verificou a interface da cidade após as aulas e Ren estava certo sobre a Honestidade Radical: o grupo não podia mentir ou sequer *insinuar* uma falsidade. A parte do cérebro responsável por mentir fora desligada, assim como os avoados não tinham força de vontade, criatividade ou desespero.

Mas o fato de Frizz ser sincero só o tornava mais perturbador. Assim como sua reputação, que crescia com o passar das horas. Ele era um perfeito havia apenas alguns meses e já estava a caminho dos mil primeiros lugares.

— Nervosa? — perguntou uma voz da escuridão.

Era uma das Ardilosas agachada atrás de outro exaustor. Ela parecia mais jovem que Jai e Eden, com a mesma cirurgia de Normal e roupas sem graça que todas usavam.

— Não, estou bem.

— Mas surfar é mais *divertido* se você estiver com medo.

Aya riu. Com o cabelo castanho descuidado, a garota quase parecia uma feia. Os olhos eram tão sem vida que Aya se perguntou se ela fizera uma cirurgia para deixá-los assim.

— Isso deve ser bem divertido então.

— Ótimo. — A garota sorriu. — É para ser divertido!

Ela parecia estar se divertindo com certeza. À medida que o barulho do trem aumentava, seu sorriso reluzia como o de um perfeito na escuridão. Aya se perguntou o que a deixava tão empolgada a ponto de arriscar a vida daquele jeito. Quantas pessoas sequer sabiam que a garota era uma Ardilosa?

— Ei, você não é do meu dormitório? — perguntou Aya. — Qual é o seu nome?

A garota riu.

— Você vai verificar a minha reputação depois?

— Ah. — Aya afastou o olhar. — Fui muito óbvia?

— A fama é sempre óbvia, essa é a questão. — Ela olhou para o esconderijo de Jai. — Sei que você divulga matérias de vez em quando. Vamos ter que dar um jeito nesse hábito.

— Foi mal ter perguntado.

— Não tem problema. Olha, para você se sentir melhor, meu primeiro nome é Miki. E minha reputação está em torno de 997.000.

— Você está brincando... né?

— Bem ardilosa, hein? — Miki falou com um sorriso.

Aya balançou a cabeça, tentando pensar com o barulho cada vez mais alto do trem. Qualquer pessoa que armasse truques como aquele já deveria ter entrado para os cem mil primeiros, não importava se fosse divulgada ou não. A interface da cidade captava qualquer menção a um nome, especialmente fofoca, lendas e rumores.

E a posição de 997.000 era quase um *milhão*! Era o território dos mais extras possíveis, como os recém-nascidos e os coroas que nunca tomaram a pílula da libertação. Pessoas praticamente inexistentes.

Miki riu diante de sua expressão atônita.

— Obviamente Jai é ainda mais ardilosa. Por isso é a chefe.

— Você quer dizer que ela é *menos* famosa?

Miki deu uma piscadela.

— Beirando o milhão.

— Fiquem prontas! — gritou Eden Maru, quase inaudível sobre o rugido do trem.

— Hora de surfar! — berrou Miki, ajoelhando-se.

Aya pegou a prancha pela ponta e tentou se concentrar. A matéria de repente tinha ficado mais estranha do que apenas gente que surfava em trens magnéticos. Por alguma razão, as Ardilosas tinham virado a economia de reputação de cabeça para baixo.

Elas *queriam* desaparecer. Mas por quê?

Os braceletes antiqueda se uniram à prancha e Aya ficou bem presa. O próprio telhado da fábrica estava tremendo agora, o cascalho dançava como granizo caindo na grama.

Ela finalmente poderia divulgar uma matéria como as do Hiro: com grandes entrevistas surpreendentes, várias telas contando as histórias das Ardilosas, imagens radicais do surfe no trem e de reuniões nos subterrâneos. Como se fosse possível filmar sem que elas descobrissem... e com a câmera no fundo de um lago.

Aya olhou sobre o ombro para Jai, dando um sorriso cruel. Finalmente sabia como se vingar por terem jogado Moggle na água. Ela iria divulgar a matéria para todo mundo e tornar as Ardilosas mais famosas do que poderiam imaginar em seus piores pesadelos.

Daria um jeito de que *todos* soubessem seus nomes.

— Ei, você está meio esquisita — falou Miki acima do rugido. — Não está finalmente ficando com medo, né?

Aya riu.

— Não, só estou me aprontando!

O trovão ficou cada vez mais alto e finalmente explodiu quando o trem chegou, um borrão de luzes e som que passou em alta velocidade. Uma dúzia de redemoinhos de poeira surgiu no telhado.

Então o trem apontou para a curva e Aya ouviu um zumbido cada vez mais alto, como uma orquestra de taças de vinho sendo afinada. Trezentas toneladas de metal flutuante e material inteligente estavam se curvando e diminuindo aos poucos a velocidade.

— Agora! — gritou Eden.

E elas alçaram voo.

SURFANDO

A prancha disparou e puxou Aya pelos pulsos.

Ela girou como se estivesse em uma derrapagem séria, daquelas em que os braceletes antiqueda quase arrancavam os braços do piloto. Mas uma derrapagem nunca durava tanto assim. A prancha de Aya continuava acelerando, cada vez mais rápida sobre a curva da linha do trem.

Aya se segurou ao máximo contra a prancha, com os pés para fora da traseira e o casaco do dormitório estalando como uma bandeira em uma ventania.

Com os olhos apertados contra o vento, Aya mal conseguia enxergar alguma coisa. A alguns metros à frente, Miki não era nada mais do que um borrão. Felizmente a prancha tinha sido programada para voar sozinha até que alcançasse a velocidade do trem.

Quando fugira na noite anterior para procurar por Eden e suas amigas, Aya jamais esperava que *ela mesma* surfaria o trem. Imaginou que seguiria a uma distância segura enquanto Moggle capturaria as imagens mais de perto para o canal.

E ali estava ela, pegando a carona mais radical de sua vida, e nem estava sendo filmada!

O chão passou voando abaixo, mas o trem ao lado de Aya parecia estar diminuindo a velocidade gradualmente. A prancha realmente o estava alcançando.

Logo Aya teria que subir no trem.

Por um instante ela pensou em se afastar e disparar noite adentro. Ainda era possível divulgar a existência de um grupo secreto que gostava de armar truques e evitar fama.

Obviamente, ela não teria nada que corroborasse a reportagem além de dois braceletes antiqueda, uma prancha de alta velocidade e uma câmera flutuante encharcada. À exceção de Eden Maru, Aya sequer sabia os nomes completos das meninas. Ninguém iria acreditar nela — especialmente Hiro.

Para conseguir as imagens que precisava, era necessário fazer com que as Ardilosas pensassem que Aya Fuse era uma delas. E, para isso, ela precisava surfar aquele trem.

No vento uivante, era possível sentir as poderosas forças ao redor à espera de um erro qualquer. O trem magnético pareceu tomar seu lugar ao lado de Aya assim que a prancha alcançou sua velocidade.

O piloto automático da prancha voadora piscou uma vez. Tinha feito seu trabalho.

Agora Aya estava no comando.

Jai havia alertado sobre esse momento. Qualquer variação de peso poderia fazer com que a prancha colidisse com o trem ou girasse até bater em um prédio.

Na frente de Aya, Miki estava balançando de um lado para o outro para testar o controle.

Aya prendeu a respiração... e ergueu os dedos da mão direita. O vento os empurrou dolorosamente e a prancha tremeu ao se afastar do trem.

Ela fechou o punho e os estabilizadores entraram em ação para controlar a prancha voadora. A mão inteira doía.

Aquilo era veloz... Se ao menos Moggle estivesse assistindo.

À frente, Miki estava a apenas um metro do trem, enquanto outra garota mais adiante quase alcançou o topo com a mão. Aya precisava subir a bordo antes que terminasse a curva.

— Lá vai — disse, entre dentes.

Aya dobrou o polegar esquerdo quase sem tirá-lo da ponta da prancha, que deu uma resposta mais estável dessa vez e embicou para o topo do trem magnético. Aya se aproximou aos poucos, com cuidado, como quem controla uma pipa com puxões de leve na linha.

A alguns metros do trem, a prancha começou a pular e tremer outra vez. Jai também tinha avisado sobre isso: a onda de choque, uma fronteira invisível de turbulência criada pela passagem do trem.

Aya lutou contra o turbilhão com gestos e forçou todos os músculos. Seus ouvidos estalavam com a mudança de pressão e os olhos lacrimejavam por causa do vento.

De repente ela saiu da turbulência e cruzou o espaço que faltava para bater suavemente contra a lateral de metal do trem. Aya sentiu as vibrações do veículo reverberando na prancha enquanto os ímãs faziam a conexão.

O barulho do vento ficou abafado — ela estava dentro da fina bolha de tranquilidade que envolvia o trem como o olho de um furacão.

Aya desmagnetizou o bracelete antiqueda esquerdo e arrastou lentamente a mão da superfície aderente da prancha para o topo do trem.

Sua mão o atingiu com força e firmeza.

Mas Aya ficou nervosa ao pensar em desligar o outro bracelete antiqueda. A prancha voadora tinha o seu tamanho, enquanto o trem magnético era imenso e poderoso. Era como se um rato pegasse carona em um dinossauro em disparada.

Aya fechou os olhos, soltou a mão direita, impulsionou o corpo na direção do teto do trem e bateu com o pulso para baixo.

Havia conseguido! O trem rugia embaixo de Aya como um vulcão agitado e a ventania meio abafada ainda sacudia seus cabelos e roupas, mas ela estava a bordo.

O zumbido ficou mais alto — as juntas de material inteligente do trem estavam se endireitando outra vez. Ela conseguira bem a tempo.

O topo do trem se estendia em uma linha reta à sua frente com nove Ardilosas em cima. Ao olhar para trás, com o vento jogando cabelo em sua boca, Aya viu as outras três — todo mundo conseguira.

A ventania aumentava à medida que o trem acelerava, e a maioria delas já estava surfando de pé com os braços abertos para pegar o vento. Era igual a voar, como Eden dissera.

Aya suspirou. Como se pegar carona em um trem magnético já não fosse perigoso o bastante *sem ficar de pé*!

Mas para o grupo aceitá-la, Aya precisaria ser tão destemida quanto elas. E ninguém surfava de verdade deitado.

Ela soltou as tiras do bracelete da mão direita, tirou-o e colocou sobre seu pé. Foi meio desajeitado, mas depois de um minuto se equilibrando, conseguiu amarrá-lo firme no tornozelo.

Aya magnetizou o bracelete antiqueda e sentiu a planta do pé ficar presa ao topo de metal.

Com cuidado, soltou o outro pulso... o vento não a levou. Tinha chegado o momento do medo.

Aya se ergueu aos poucos, com os pés afastados e os braços abertos como uma criança em uma prancha voadora pela primeira vez. Lá na frente, o corpo de Miki ficou de lado contra o vento, como um esgrimista se esgueirando para dificultar um ataque. Aya a imitou enquanto se levantava.

Quando mais erguia o corpo, mais o vento ganhava força. Redemoinhos invisíveis batiam contra seu corpo e davam nós em seus cabelos.

Mas Aya finalmente conseguiu ficar de pé com todos os músculos retesados.

Ao redor, o mundo era um borrão frenético.

O trem chegou ao limite da nova área de expansão para onde a cidade crescia a cada dia. Refletores passaram voando como cometas de cor laranja, seguidos por escavadeiras do tamanho de mansões. A floresta estava logo à frente, uma massa escura constante contra o redemoinho de luzes, barulho e vento cortante.

Então o último brilho da obra passou e o trem mergulhou em um mar de escuridão. Como a rede ficou para trás, a dermantena de Aya perdeu a conexão com a interface da cidade. O mundo rapidamente ficou vazio: sem canais, sem reputação, sem fama.

Como se o vento uivante tivesse arrancado tudo.

Mas, de certa forma, Aya não sentia falta de nada daquilo — ela estava rindo. Tinha a sensação de que era enorme e nada podia detê-la, como uma criança em cima de um cavalo em disparada.

A potência impressionante do trem fluía pelas mãos. Ao colocar as palmas contra o vento, Aya foi levantada pela corrente de ar, que forçou as tiras do bracelete no tornozelo como um pássaro lutando para voar. Cada gesto provocava uma mudança de posição no corpo como se o vento fosse uma extensão de sua vontade.

Porém, logo à frente, a silhueta escura de Miki se agachou. Havia algo em sua mão.

Uma luz amarela.

— Droga! — Aya virou as mãos para baixo e dobrou os joelhos.

Ao ficar encolhida sobre o topo do trem, algo enorme e invisível cortou o ar acima de sua cabeça e silvou como a lâmina de uma espada. A onda de choque passou por ela como um golpe.

Então foi embora. Aya nem viu o que foi.

Ela engoliu em seco e apertou os olhos contra o vento. À frente, uma corrente de luzes amarelas se estendia até a ponta do trem. Elas foram apagando uma a uma com o passar do perigo.

Como Aya não tinha percebido as luzes?

"Não se empolgue demais", havia alertado Jai, "ou vai perder a cabeça".

Tremendo, ela se levantou devagar. A sensação momentânea de poder passou. A escuridão se estendia à frente até onde era possível enxergar.

De repente, Aya Fuse se sentiu muito pequena.

TÚNEL

Havia quatro coisas sobre a natureza que Aya estava realizando.

Não tinha forma. A floresta que passava como um borrão dos dois lados do trem era uma massa impenetrável, um vazio de velocidade.

Era interminável, ou talvez o tempo houvesse parado. Aya não tinha noção se estava surfando há minutos ou horas.

Terceiro, a natureza possuía um céu enorme — o que não fazia sentido, pois afinal ele deveria ser do mesmo tamanho em qualquer lugar. Mas a escuridão acima se espalhava sem ser interrompida pelos prédios da cidade ou perturbada por outras luzes. Era enorme e cheio de estrelas.

E, por fim, a natureza era fria. Isso talvez fosse por causa do vento de 300 quilômetros por hora no rosto de Aya.

Da próxima vez, ela levaria dois casacos.

Algum tempo depois, Aya viu a silhueta escura de Miki se agachando. Ela olhou preocupada para as outras garotas à frente, mas não havia nenhuma luz avisando sobre decapitação.

Miki parecia estar brincando com o bracelete ao redor do tornozelo — e então, de repente, ela se soltou e deslizou sentada e de costas pelo topo do trem, levada pelo poderoso vento contrário.

— Miki! — gritou Aya, ajoelhando-se e esticando a mão.

Assim que chegou ao alcance de Aya, Miki bateu com o bracelete no topo e parou. Ela estava rindo, os cabelos sacudindo freneticamente ao vento.

— Ei, Aya-chan! — Miki gritou. — Como vão as coisas?

Aya recolheu a mão.

— Você me assustou!

— Foi mal. — Miki deu de ombros. — O vento sempre carrega a pessoa para a traseira do trem. Está curtindo?

Aya respirou fundo.

— Claro. Mas está um gelo aqui.

— Nem brinca. — Miki levantou a camiseta padrão e mostrou o traje de guardião. — Mas isso aqui resolve.

Aya esfregou as mãos e desejou que Jai tivesse avisado sobre o frio.

— Eu vim até aqui porque estamos quase nas montanhas — gritou Miki, erguendo-se sobre um joelho. — É o momento em que o trem diminui a velocidade de novo.

— E nós pulamos fora?

— Sim. Mas primeiro vem o túnel.

— Ah, certo. — Aya estremeceu. — A luz vermelha de aviso. Eu quase perdi a primeira amarela.

— Não se preocupe. É difícil ser atacada de surpresa por uma montanha. — Miki passou o braço pelos ombros de Aya. — E lá não venta tanto.

Aya estremeceu de novo e se encolheu.

— Mal posso esperar.

A cadeia de montanhas surgiu lentamente no horizonte, uma silhueta escura contra o céu estrelado.

Com a aproximação, Aya percebeu como as montanhas eram imensas. A que se encontrava bem à frente parecia mais larga do que o estádio de futebol local e mais alta do que a torre central da cidade. Ao se aproximarem, a montanha pareceu devorar o céu como uma parede de escuridão vindo na direção das Ardilosas.

Agora, Aya estava se acostumando com o tamanho inesperado de tudo na natureza. Imaginava como alguém conseguira cruzá-la na época dos Pré-Enferrujados, antes dos trens magnéticos, das pranchas voadoras ou mesmo dos carros terrestres. A escala era suficiente para fazer qualquer um perder a cabeça.

Não era de estranhar que os Enferrujados tivessem tentado pavimentar a natureza.

— Aqui vamos nós — disse Miki, apontando.

Uma luz vermelha brilhou na ponta do trem e outra apareceu atrás. Uma sequência de mais sete luzes se acendeu como uma corrente de sinalizadores.

Miki tirou uma lanterna do bolso e ligou. Ela mudou para luz vermelha e apontou para a traseira do trem.

Aya já estava soltando o bracelete do tornozelo. Queria estar com os dois pulsos magnetizados na hora em que alcançassem o túnel.

— Você está bem? — perguntou Miki. — Parece esquisita.

— Estou bem. — Aya estremeceu. De repente, sentiu-se pequena outra vez, como quando o trem entrou pela primeira vez na natureza.

— Não tem problema estar insegura ainda. Eu não surfo apenas porque é divertido, sabe? Surfar também provoca mudanças em mim. E demora um pouco para se acostumar com isso.

Aya balançou a cabeça. Não queria parecer indiferente. As Ardilosas precisavam acreditar que ela era uma delas, que adotara a energia do grupo a ponto de desistir da divulgação de uma vez por todas.

Mas era verdade — algo mudara dentro de Aya, algo que ainda não entendia o que era. A viagem de trem a levou rapidamente do terror ao êxtase e, então, na mesma velocidade, à insignificância...

Ela olhou para a paisagem escura e tentou desembaralhar as emoções. A sensação não era como o pânico do anonimato que a consumia sempre que via as luzes da cidade, aquela horrível certeza de que jamais seria famosa, de que todas aquelas pessoas nunca iriam se importar com ela.

De alguma forma, ao olhar para a escuridão, Aya ficou contente que o mundo fosse tão maior do que ela. Atônita, mas tranquila.

— Eu sei o que você quer dizer... estar aqui fora é de virar a cabeça.

— Ótimo. — Miki sorriu. — Agora, abaixe a cabeça.

— Ah, certo. O túnel.

Elas deitaram no trem e bateram os braceletes no topo com força. A montanha se aproximava cada vez mais, até que surgiu acima delas como uma onda enorme vinda de um mar escuro.

Aya apertou os olhos e viu as luzes vermelhas desaparecerem uma por uma, engolidas pela boca do túnel juntamente com metade do trem.

Então, com um forte estremecer do ar, a escuridão consumiu as duas. O rugido do trem ficou duas vezes mais forte com o eco e a reverberação. O corpo inteiro de Aya sentiu a diferença da vibração do trem.

A escuridão do túnel era cem vezes mais intensa do que o céu estrelado lá fora, mas Aya sentiu o teto passando perto o bastante para ser tocado, se quisesse perder a mão.

Sentiu a pressão de toneladas de rocha acima da cabeça, uma massa infinita como se o céu tivesse virado pedra. Alguns segundos antes o trem magnético pareceu ser enorme, mas ficou instantaneamente pequeno diante da montanha, que espremeu Aya no pequeno espaço entre os dois.

— Sentiu isso? — perguntou Miki.

Aya virou a cabeça.

— O quê?

— Acho que estamos diminuindo a velocidade.

— Já? — Aya franziu a testa. — A curva não fica do lado de fora do túnel?

— Sim, mas ouça.

Aya prestou atenção no rugido ao redor. Aos poucos os ouvidos começaram a separar os sons. Havia um ritmo dentro do barulho do trem, uma batida constante causada por algum defeito na linha.

E essa batida estava diminuindo.

— Você está certa. O trem costuma parar aqui?

— Não que eu saiba. Uau! Sentiu isso?

— Hã, sim.

O corpo de Aya foi para a frente. O trem estava freando mais rápido agora. Presos pelos braceletes, seus pés giraram por causa da inércia.

O rugido morreu aos poucos enquanto o trem executava uma parada suave e silenciosa. O sossego provocou arrepios na pele de Aya.

— Deve ter acontecido algo de errado com o trem — falou Miki baixinho. — Espero que consertem rápido.

— Eu achava que os trens de carga não conduziam pessoas.

— Alguns têm. — Miki soltou o ar devagar. — Acho que temos que esperar e...

O teto do túnel refletiu uma luz que surgiu do lado direito do trem, indo de um lado para o outro como uma lanterna na mão. Pela primeira vez, Aya viu que o interior era um cilindro de rocha lisa envolvendo o trem. O teto estava a uns 20 centímetros de sua cabeça. Ela levantou a mão e tocou a pedra fria.

— Droga! — Miki reclamou. — Nossas pranchas!

Aya engoliu em seco. As pranchas voadoras ainda estavam presas ao lado direito do trem, a poucos metros acima da altura da cabeça. Se a pessoa que estivesse lá fora olhasse para cima, com certeza iria se perguntar o que era aquilo.

— Vamos ver o que está acontecendo — sussurrou Miki. Ela soltou os pulsos e foi até a borda do topo do trem.

Aya também soltou os braceletes e seguiu Miki. Se as pranchas fossem vistas, elas tinham que avisar as demais imediatamente.

As duas olharam sobre a beirada. Havia um grupo de três figuras no espaço apertado entre o trem e a pedra. As lanternas distorciam as sombras. Aya percebeu que as figuras flutuavam usando aparatos de aerobol como o de Eden.

Mas não viram as pranchas. Na verdade, o trio nem olhava para o trem, e sim para a parede do túnel.

Que estava se mexendo.

A pedra da montanha estava se transformando, ondulando suavemente e mudando de cor como óleo na superfície de água agitada. Um som como o zumbido de uma taça de vinho encheu o túnel. Aya sentiu um gosto diferente no ar, como na temporada de chuvas quando uma tempestade está prestes a cair.

Uma por uma, as camadas da pedra líquida se afastaram até que uma porta larga se abriu na parede do túnel.

O trio jogou a luz das lanternas para o interior da passagem, mas Aya não conseguiu enxergar lá dentro de cima do trem. Ela ouviu um eco vindo de um espaço grande e notou um brilho laranja na porta que se misturou às sombras provocadas pelas lanternas.

Um painel se abriu na lateral do trem, do mesmo tamanho da passagem na parede do túnel. O trem se ajeitou sobre os sustentadores magnéticos até que as duas aberturas ficassem alinhadas.

Uma das figuras se mexeu e Aya recolheu a cabeça para as sombras. Quando voltou a olhar, as três haviam recuado para ver um grande objeto sair pela abertura do trem.

Parecia ser um cilindro de metal sólido, mais alto que Aya e com um metro de largura. Devia ser pesado: os quatro robôs carregadores presos à base do objeto tremiam ao transportá-lo através do vão ao ritmo lento de um cortejo fúnebre.

Antes que o objeto sumisse no interior da montanha, surgiu outro igualzinho ao primeiro. E mais um terceiro saiu do trem.

— Você está vendo essas pessoas? — sussurrou Miki.

— Sim, mas quem são elas?

— Não são humanas.

— Não são... *o quê*?

Aya virou para o rosto de Miki e percebeu que ela não estava observando os objetos passarem flutuando, e sim encarando, de olhos arregalados, as pessoas lá embaixo.

Aya olhou na escuridão e finalmente notou que as sombras causadas pelas lanternas não estavam distorcendo as figuras como havia pensado. As pessoas flutuando nas trevas eram simplesmente *erradas* — tinham pernas absurdamente longas e magras, os braços se dobravam em vários pontos, os dedos eram tão compridos quanto pincéis de caligrafia. E os rostos... os olhos grandes estavam muito separados, a pele era branca e não tinha pelos.

Como Miki dissera, não eram humanas.

Aya arfou e Miki a puxou de volta, para longe da beirada do trem. Ficaram deitadas lado a lado, Aya de olhos bem fechados e com o coração disparado ao imaginar que uma daquelas mãos compridas ia alcançar o topo do trem para pegá-la.

Ela se esforçou para respirar devagar e cerrou os punhos até o pânico passar.

Aya finalmente voltou à beirada do trem e olhou para baixo. Desejou pela centésima vez que Moggle estivesse flutuando perto de seu ombro, mas só tinha os próprios olhos e o cérebro.

As figuras inumanas ainda flutuavam por ali enquanto observavam a procissão de robôs carregadores ir da porta no túnel ao trem. Eles levavam cadeiras, telas de parede, sintetizadores de comida e recicladores industriais de água, inúmeros contêineres de lixo. Até mesmo um aquário completo era transportado por dois robôs com o borbulhador ainda funcionando e os pobres peixes indo de um lado para o outro.

Certamente alguém estava de mudança do espaço escondido no túnel... mas o que eram aquelas coisas de metal que os robôs levavam para *dentro*?

Finalmente o trem se fechou e o zumbido tomou conta do ar outra vez. Filamentos pretos se entrelaçaram sobre a abertura no túnel como uma teia de aranha sendo tecida em câmera lenta. Então as camadas de pedra ondularam sobre os filamentos até que a passagem foi totalmente encoberta.

— Matéria inteligente — sussurrou Miki ao lado de Aya.

Enquanto ela concordava com a cabeça, a superfície tremeu pela última vez e virou uma perfeita imitação de rocha. As lanternas foram apagadas, o que devolveu a escuridão absoluta ao túnel.

— Vamos nessa — sussurrou Miki, puxando Aya para o centro do topo do trem, que logo entrou em movimento. O vento recomeçou a girar ao redor delas. — Nós vamos pular em breve e aí contamos para as outras.

— Mas quem eram aquelas pessoas, Miki?

— Acho que você quer dizer *o que* eram elas?

— É.

Aya ficou ali deitada na escuridão, exausta, tentando repassar na mente o que tinha visto. Precisava de tempo para pensar; precisava da interface da cidade. E, mais do que tudo, precisava de Moggle.

Aquela matéria tinha acabado de ficar muito mais complicada.

RESGATE

— Sabe, quando eu tornei a Moggle à prova d'água, não pensei que você fosse *precisar* disso um dia.

— Foi mal — suspirou Aya. Dissera isso umas mil vezes desde que encontrara Ren naquela manhã, e ela mesma precisava admitir que aquilo estava ficando chato. — Hã, quero dizer, isso não vai acontecer de novo.

Ren baixou o olhar de volta para as águas escuras e plácidas.

— Para começo de conversa, você ainda não me contou o que aconteceu aqui.

— Elas devem ter pego a Moggle de surpresa. Usaram uma trava, disso eu tenho certeza absoluta. — Aya pisou na ponta da prancha e olhou para baixo. Nem tinha certeza se estava sobre o ponto certo. As memórias daquela noite eram sombrias e caóticas, e como agora as lâmpadas flutuantes de Ren iluminavam o reservatório com um brilho alegre, nada batia com as imagens que tinha na mente. — Elas jogaram a câmera aqui, eu acho.

— Elas... as Ardilosas, você quer dizer?

— Sim, Ren, elas são reais. Você só não as viu porque as Ardilosas não gostam muito de divulgadores. — Aya apontou para a superfície escura. — Daí minha câmera flutuante estar debaixo d'água.

Ele fez um som de desdém enquanto os polegares acionavam um instrumento nas mãos e as telas oculares giravam. Ren fazia as próprias caixas de truques, aparelhos que podiam conversar com qualquer máquina na cidade.

— Bem, elas usaram uma trava avançada. A Moggle não está aparecendo de jeito nenhum: não há sinal de conexão com a cidade ou de um canal particular, nem mesmo um pontinho de bateria.

Aya gemeu. O som rebateu na superfície da água e ecoou pelas antigas paredes de tijolos como um coro de derrota. O reservatório era ainda maior do que ela se lembrava, grande o suficiente para armazenar toda a água que caía durante a temporada de chuvas. Encontrar uma pequena câmera flutuante lá embaixo seria impossível.

— O que vamos fazer?

— Bem, nós, Tecnautas, temos um ditado: se não for possível usar a mais nova tecnologia, use apenas os olhos. — Ele mexeu nos controles do aparelho e uma das pequenas lâmpadas flutuantes jogou um facho de luz ofuscante dentro d'água. Ela voou e parou ao lado de Aya para iluminar as profundezas do reservatório.

Aya desceu com a prancha até a superfície da água e ajoelhou para ver o fundo.

— Uau... a gente bebe isso mesmo?

— Eles filtram antes, Aya-chan.

A água era turva, cheia de sujeira boiando e detritos que desciam pelas galerias pluviais. Tinha cheiro de terra molhada e folhas podres.

— A luz pode ficar mais forte?

— Talvez isso ajude. — Ren mexeu a mão e a lâmpada flutuante desceu até sua ponta romper a superfície.

O facho de luz ficou mais intenso e uma meia esfera de água luminosa surgiu debaixo de Aya, como se ela estivesse flutuando sobre um pôr do sol de cabeça para baixo, em tons de verde e marrom.

Ela finalmente conseguiu ver o fundo do reservatório: uma fina camada de lodo, galhos e entulho de construção com poucos pontos onde os velhos tijolos apareciam.

Mas nada de Moggle.

— Hum, talvez esse seja o ponto errado.

— Que pena. — Ren deitou-se sobre a prancha e ficou olhando para o teto arqueado. Levantou as mãos e gesticulou para acionar algum jogo. — Quando encontrar o ponto certo, me avise.

— Mas, Ren-chan...

— Até mais tarde, perde-câmera.

Ela começou a reclamar outra vez, mas as telas oculares de Ren passaram a piscar em ritmo de imersão completa. Seus dedos se agitavam e mexiam muito, ele estava totalmente envolvido no jogo.

Aya suspirou e se deitou de bruços na prancha com o queixo apoiado na ponta. Se deixou flutuar lentamente pela água enquanto olhava através da sujeira iluminada.

Ren tinha razão: isso era chato, definitivamente. Todas as vezes que a lâmpada flutuante a seguia, sua ponta agitava a superfície e Aya tinha que esperar a água acalmar para observar de novo. Ela viu alguns entulhos surpreendentes — um bumerangue, os restos de uma pipa-caixa amassada, uma espada quebrada —, mas ainda assim nada de Moggle. Dava para entender por que Ren preferia jogar a ficar olhando para o fundo do lago cheio de lixo.

Pelo menos as notas do dia anterior tinham sido altas, e o trabalho como babá depois do almoço seria suficiente para conseguir os últimos méritos necessários para adquirir uma pintura de camuflagem preta para Moggle

Quando aquela matéria fosse finalmente divulgada, ela ficaria famosa o suficiente para jamais se preocupar em juntar créditos.

Enquanto vasculhava as misteriosas profundezas do lago subterrâneo, Aya voltou a pensar no que ela e Miki tinham visto na noite anterior. O que seria tão secreto que precisava ser escondido dentro de uma montanha? Por que aquelas pessoas tinham uma aparência tão estranha? Nem mesmo os Viciados em cirurgia mais radicais alteravam o corpo *daquela* forma.

Naquela noite, as Ardilosas iam sair de novo para procurar pistas. Ren deu para Aya uma câmera espiã do tamanho de um botão de camisa, mas que só conseguia fazer *closes* granulados. Para registrar as Ardilosas em todo o seu esplendor, Moggle teria que segui-las escondida.

Lá embaixo, surgiu uma pequena elevação encoberta de lodo no fundo do reservatório.

— Moggle? — murmurou ela, esfregando os olhos.

O calombo era da forma e tamanho perfeitos como uma bola de futebol cortada ao meio.

— Ei, Ren — gritou Aya. — *Ren!*

A luz que indicava imersão parou de piscar e o brilho da tela ocular saiu do rosto.

— A Moggle está lá embaixo!

Ele se espreguiçou e passou as pernas pela lateral da prancha.

— Ótimo. Hora da fase dois que é *bem* mais estimulante.
— Que bom, eu já estava meio entediada.
Ren sorriu.
— Acredite, você não vai achar isso chato.

A fase dois envolvia um tanque de hélio comprimido do tamanho de um extintor de incêndio com um balão atmosférico vazio pendurado no bocal.

Aya olhou para o aparato.
— Não entendi.
Ren jogou o tanque na direção de Aya, que gemeu com o peso. A prancha bateu na água ao descer antes que os sustentadores compensassem o aumento de massa.
— Percebeu como é pesado? — perguntou ele.
— Claro que *sim*. — A superfície da prancha se encheu de água e molhou seus tênis aderentes.
— Isso é para resolver seu problema de flutuação.
— Eu tenho um problema de flutuação?
— Sim, Aya-chan. Como a maioria das pessoas, você flutua. É tudo culpa desse ar inconveniente nos seus pulmões. O tanque é pesado o bastante para levar você diretamente ao fundo.

Aya ficou atônita.
— Ren, espera aí... eu *gosto* do meu problema de flutuação. Adoro o ar nos meus pulmões! Eu não vou descer lá!
Ele riu.
— E de que outra maneira vai pegar a Moggle?
— Eu não sei. Pensei que você fosse criar uma espécie de... pequeno submarino?
— Como se eu não tivesse coisas mais importantes com que gastar meus méritos. — Ele apontou para o tanque de

hélio. — Há um ímã no fundo. Basta equilibrar o tanque em pé sobre a Moggle e a câmera deve grudar.

— Mas como eu volto para cima? Essa coisa pesa uma tonelada!

— Esse é o truque: apenas gire isto aqui. — Ele se aproximou e abriu a válvula do tanque, que apitou por um segundo antes de ser fechada outra vez. — O balão fica cheio e puxa você e a Moggle para a superfície! Muito bacana, hein?

— OK, mas eu não respiro hélio. Onde está minha máscara de mergulho? — Ela olhou para o compartimento de carga aberto na prancha.

— Basta prender a respiração.

— Prender a *respiração*? Essa é a sua fantástica solução de Tecnauta?

Ren revirou os olhos.

— O fundo só tem 5 ou 6 metros, é a profundidade máxima de uma piscina de salto em altura.

— Ah, valeu por mencionar salto em altura, Ren. Meu esporte aterrorizante favorito. — Ela franziu a testa. — E está *frio* lá embaixo!

— Ótimo — disse Ren concordando com a cabeça. — Talvez da próxima vez você pense nisso *antes* de perder a sua câmera.

Aya encarou Ren e percebeu que Hiro estava por trás daquilo. Se os dois ao menos soubessem como aquela matéria era sensacional, eles entenderiam por que valeu a pena ter sacrificado Moggle. Mas não podia explicar agora, não até descobrir o que estava escondido naquela montanha.

— Tudo bem. — Ela abraçou o tanque de hélio e olhou para a água iluminada até ver Moggle outra vez. — Mais alguma coisa que eu deveria saber?

Ele sorriu.

— Só tenha cuidado, Aya-chan.

— Tanto faz.

Aya respirou fundo... e pulou.

O impacto ecoou em seus ouvidos durante um momento, mas o peso do tanque fez com que Aya atravessasse rapidamente a turbulência até as águas plácidas das profundezas. O brilho das lâmpadas flutuantes entrava pelas pálpebras fechadas e o frio era intenso.

Os pés bateram no fundo do reservatório e os tênis aderentes escorregaram por um instante na sujeira. O tanque pesado ameaçou deixá-la de joelhos, mas Aya conseguiu se manter ereta.

Ela abriu os olhos...

Folhas podres e galhos giravam ao redor de sua cabeça em um pequeno redemoinho formado por sua chegada. A luz tinha um tom opaco de verde por causa da profundidade e as sombras dançavam pelo fundo do reservatório.

Um brilho chamou sua atenção — um dos adesivos reluzentes de Moggle que refletiu a luz da lâmpada como o olho de uma fera das profundezas.

Ela andou em câmera lenta até Moggle com os pés vacilando nos tijolos escorregadios. Cada passo provocava redemoinhos de lodo e limo, nuvens escuras que circulavam ao redor de Aya. Moggle quase desapareceu entre eles.

Mas não havia tempo para deixar a sujeira assentar. Seu coração estava começando a martelar contra suas costelas pedindo oxigênio e os dedos das mãos e pés começaram a ficar dormentes com o frio. Ela se sentia tonta com a pressão da água, como se duas mãos apertassem sua cabeça.

Franzindo os olhos para enxergar na água turva, Aya colocou o tanque de hélio sobre Moggle e deixou-o cair. O som da batida chegou até seus tímpanos como um barulho de confirmação final.

Ela se atrapalhou com a válvula enquanto os pulmões gritavam e o coração disparava, mas seus dedos congelados conseguiram girá-la. Um rugido tomou conta da água e o balão atmosférico começou a se expandir.

Aya soltou o tanque e se lançou a partir do fundo do reservatório. Bateu as pernas com força para ganhar impulso em direção aos sóis ofuscantes das lâmpadas flutuantes.

Com um último olhar para baixo, viu o balão crescendo e lutando com o peso do tanque ao começar a flutuar. Aos poucos o aparato inteiro passou a subir.

Aya arfou ao romper a superfície e respirou o ar muito bem-vindo.

— Tudo bem com você? — Ren estava ajoelhado na prancha.

— Está bem atrás de mim! — gritou ela enquanto nadava.

O balão atmosférico irrompeu pela superfície, jogou as lâmpadas flutuantes para todos os lados e continuou subindo, jorrando água como a cabeça de uma baleia ao sair do mar. Então, caiu de volta sobre a superfície lançando água novamente até parar, boiando.

— Você realmente conseguiu! — disse Ren.

— O que você achava? — perguntou Aya, colocando um bracelete antiqueda com os dedos dormentes de frio. — Que eu ia me *afogar*?

Ele deu de ombros.

— Achei que faria algumas tentativas.

Levado pelo hélio, o balão atmosférico estava subindo de novo. Moggle ainda estava presa ao fundo do tanque e pingava como um cão molhado.

Ren se aproximou de prancha, esticou a mão e fechou a válvula de hélio.

Aya subiu na prancha, tremendo de frio.

— Ainda não acredito que isso deu certo — murmurou Ren.

Aya tossiu água.

— Teria sido mais simples usar uma corda.

— *Simples*? Essa palavra não existe no dicionário dos Tecnautas.

— Só verifique se a Moggle está bem.

Ele riu e soltou a câmera do tanque. Quando ela caiu em suas mãos, o balão disparou e quicou no teto.

— Ei, sabia que seus lábios estão ficando azuis?

— Que beleza.

Aya se abraçou para tentar espremer a água do uniforme do dormitório. Ficou ali sentada, tremendo e observando Ren.

Ele tirou a trava de Moggle e ligou as telas oculares.

— O revestimento à prova d'água funcionou! Eu sou um gênio!

Aya suspirou aliviada e sentiu um arrepio pelo corpo inteiro. Os dentes estavam batendo agora. Ela abraçou Moggle com mais força e prometeu jamais deixar que fosse jogada na água outra vez.

Mas ela possuía uma câmera flutuante. A matéria ia bombar.

HONESTIDADE RADICAL

Ao voar de volta para o dormitório Akira, Aya imaginou se tinha pegado uma virose.

O sol brilhava, mas ela não parava de sentir arrepios pelo corpo. A noite anterior fora tão cansativa e, para piorar, o uniforme estava molhado e coberto de eca do reservatório.

— Lembre-me de tomar alguns remédios quando chegar em casa.

Moggle piscou os faróis noturnos e Aya sorriu. Mesmo melecada e tremendo de frio, o mundo parecia melhor com uma câmera flutuante ao lado. Tudo que precisava agora era um banho quente e as coisas voltariam ao normal. Bem, tão normal quanto possível depois da viagem noturna pela natureza enorme e surpreendente. Tudo parecia tão tranquilo ali na cidade.

Os parques estavam cheios com o tempo bom. Havia pais com suas crianças e um time de beisebol de feios jogava contra coroas. Os campos de futebol ao lado do dormitório Akira tinham sido isolados por cordas para que um grupo de crianças disputasse uma luta de robôs. Elas andavam vestidas como robôs de combate, se atacavam com espadas de plástico e atiravam mísseis de espuma e fogos de artifício. Era tudo muito bobo — mesmo os melhores lutadores jamais se tornavam famosos —, mas ainda assim parecia divertido.

Enquanto ela e Moggle davam a volta pelos campos de futebol, um disco de combate escapou da zona de batalha e foi quicando até o arvoredo. Moggle acompanhou a trilha de fogos de artifício. Aya seguiu rindo e desceu até onde o disco parou de rolar na grama.

Ao sair da prancha, ela pegou o disco de combate na mão. Estava soltando faíscas sem ter gastado todos os fogos de artifício.

Aya sorriu, virou para a batalha e mirou.

— Veja isso!

O lançamento foi desajeitado, mas o disco voltou a funcionar em pleno ar e ganhou velocidade com o girar dos jatos dos fogos.

Ele disparou em meio à batalha, quicando como uma pedra sobre água, até que finalmente acertou um dos robôs de combate bem no meio das costas. Foi um golpe certeiro e o corpo mecânico tremeu ao morrer, balançando os braços e soltando faíscas antes de desabar no chão. A criança saiu de dentro chateada, tentando descobrir quem a abatera.

Aya riu com o golpe de sorte e subiu na prancha. Teve a sensação de que finalmente o destino estava do seu lado e a fama não poderia estar longe.

— Belo lançamento, mas não totalmente dentro das regras — disse uma voz.

Aya virou e viu um rapaz sentado de pernas cruzadas em uma prancha, com a silhueta escondida pela sombra das árvores. Ele deu um sorriso radiante.

Frizz Mizuno, aparecendo do nada outra vez.

— O que você... está fazendo aqui? — perguntou baixinho.

— Vim ver você — respondeu Frizz, cumprimentando-a.

— E como não estava em casa, eu pensei em assistir à batalha. Não vejo um combate entre robôs desde que fiz 16 anos, o que é tipicamente avoado de minha parte porque eu *adorava* robôs.

Aya cumprimentou-o de volta, tentando imaginar Frizz fazendo algo tão pouco popular como comandar um robô de combate. Às vezes era difícil lembrar que ele era apenas um ano mais velho que ela.

— Além disso, eu estava torcendo para que você voltasse para casa — disse Frizz. — Desligar o localizador é muito misterioso. A pessoa se torna difícil de ser encontrada.

— Ah, eu não desliguei meu localizador, só estava meio que... no subterrâneo.

Ele franziu a testa.

— Você não está se sentindo perseguida, né? Eu iria embora nesse caso.

— Hã, não, não me sinto perseguida. Só meio...

— Molhada? E coberta de lodo?

Aya passou os braços ao redor dos ombros, como se isso fosse esconder o uniforme imundo e molhado.

— Hã, sim, coberta de lodo.

— Em termos de visual, é ainda mais misterioso que seu manto de Arauto da Fama.

Aya ficou ali parada tentando pensar no que dizer, mas parecia que o frio do reservatório tinha congelado seu cérebro. Não ajudava em nada o fato de Frizz não tirar aqueles olhos lindos de cima dela, o que a fazia enrolar a língua. De repente, o tamanho absurdo de seu nariz despontou no canto inferior do campo de visão dela.

— Eu estava fazendo um... resgate debaixo d'água.

— Debaixo d'água *e* no subterrâneo? — Ele acenou com a cabeça. — Isso explica por que está ensopada, mas ainda assim estou perplexo.

Aya sentiu outro arrepio e a cabeça ficar quente.

— Eu também. Não disse meu sobrenome. Como me achou?

Frizz sorriu.

— Eis uma história interessante, mas acho que deveria se trocar.

— Trocar? — Aya levou a mão ao nariz.

— Colocar uma roupa seca. Você não para de tremer. E talvez tomar alguns remédios?

Moggle piscou os faróis noturnos.

Frizz ficou esperando lá fora e assistiu à batalha enquanto Aya foi para o quarto.

Ela ficou debaixo da ducha quente por um minuto, tonta ao ver os gravetos e a sujeira descerem pelo ralo, e se perguntou como Frizz a encontrara. Era tão vergonhoso. Ele descobriu seu sobrenome, o que significava que Frizz sabia que era uma extra feia e penetra de festas.

E mesmo assim tinha ido visitá-la.

O que havia de errado com ele? Será que a cirurgia de honestidade tinha prejudicado o cérebro? Sua reputação não parava de subir — estava abaixo dos três mil agora — e Aya era praticamente invisível!

Seca e limpa, ela olhou para o buraco na parede. Nada além de uniformes de dormitório, e Aya não tinha méritos para gastar com roupa descartável. Como já tinha sido vista coberta de sujeira por Frizz, um uniforme limpo não podia ser pior.

Ela se vestiu rapidamente e virou em direção à porta.

Moggle impediu sua passagem e piscou uma vez os faróis noturnos.

— Ah, claro — falou, indo para o quarto. — Remédios, por favor. Estive debaixo d'água, estou quente e sinto arrepios.

Um painel piscou na parede para tirar sua temperatura e provar seu suor. Aya pressionou a palma da mão contra ele e logo o buraco serviu um líquido turvo em sua xícara de chá favorita. Ela engoliu a bebida ácida de cor laranja enquanto encarava a mobília padrão, as roupas comuns, o quarto pequeno, o anonimato de tudo o que lhe dizia respeito.

Pelo menos os remédios não custavam méritos. E a bebida devia ter nanoestruturas porque, quando o elevador chegou ao térreo, a tonteira já tinha quase ido embora.

— Foi fácil encontrar você — disse Frizz. — Eu sabia seu primeiro nome, afinal de contas.

Ela franziu a testa.

— Mas deve haver mil garotas chamadas Aya na cidade.

— Mil e duzentas, para ser mais exato.

Frizz riu quando outro robô explodiu ao morrer. A batalha estava ficando mais intensa e as baixas se espalhavam pelo campo de futebol. Moggle voava no limite do combate e praticava tomadas em movimento com os projéteis de borracha. Ela parecia completamente recuperada de ter ficado submersa em água gelada.

Já Aya não podia dizer a mesma coisa. Sentada à sombra ao lado de Frizz, ela ainda sentia a pele arrepiada, como se o remédio tivesse transformado a febre em nervosismo de reputação. Pelo menos os olhos de mangá, que davam um nó em sua língua, estavam atentos à batalha e não a ela.

Frizz continuou:

— Porém, eu sabia que você tinha divulgado, então verifiquei o ranking de reputação daquela noite. Alguém chamado Yoshio Nara virou Yoshio-sensei do nada.

Aya estremeceu. Sentiu uma pontada leve no cérebro só de ouvir o nome de Yoshio outra vez.

— Mas como você chegou a mim a partir dele?

— Eu vasculhei as conexões procurando pelo nome Aya.

— É possível fazer isso? Pensei que as conversas fossem particulares! Não que tenha sido uma conversa de verdade, eu apenas fiquei falando o mesmo nome por uma hora, porém, ainda assim!

— Não, você está certa. A interface da cidade não revela o que a pessoa diz. — Ele deu de ombros. — Mas a nossa cidade não foi projetada para privacidade e sim para *publicidade*, para gerar conexões, debates e rumores. Então é permitido rastrear os acessos a um nome a partir da fonte, especialmente se foram *muitos* acessos. E você foi a única Aya a mencionar Yoshio Nara três mil vezes naquela noite.

— Ai, para de dizer esse nome — falou Aya e depois suspirou. — Acho que eu não sabia desse detalhe. Meu irmão estuda as próprias conexões por horas, mas as minhas matérias nunca geraram muitos acessos para eu me importar com isso.

— Ele é famoso, não é?

Aya concordou com a cabeça.

— Muito. Vai ver por isso é tão esnobe. Ele acha as minhas matérias estúpidas.

— Não são. Aquela que você divulgou sobre o grafite nos subterrâneos foi linda.

— Ah, hã, obrigada. — Aya corou e ficou surpresa por Frizz ter assistido ao seu canal. — Mas aquilo é coisa de criança. Estou trabalhando em algo muito maior que vai me tornar famosa! É sobre uma turma que age em segredo e...

Frizz levantou a mão.

— Se é um segredo, é melhor não me contar. Não sou bom em manter segredos.

— Certo, por causa da sua... — Aya resistiu à tentação de apontar para a cabeça dele. Era estranho. Os avoados tinham sido as únicas pessoas a passarem por cirurgias no cérebro que ela conhecia, e Frizz não parecia de forma alguma com um tolo. — Mas o que a honestidade tem a ver com manter segredos?

— A Honestidade Radical acaba com todo fingimento — declamou Frizz como se tivesse explicado a operação um milhão de vezes antes. — Eu não posso mentir, distorcer ou fingir que não sei alguma coisa. Não posso ser chamado para uma festa surpresa porque vou contar.

Aya segurou o riso.

— Mas isso não torna tudo menos... surpreendente?

— Você ficaria surpresa com como as coisas se tornam *mais* surpreendentes.

— Ah. — Aya olhou para a batalha, pensando em quantas coisas ela mantinha em segredo todo dia. — Você não tem como esconder quem é. Deve ser assustador.

Frizz virou para Aya.

— Assustador para mim? Ou para o resto das pessoas?

O olhar dele provocou arrepios em Aya, que sentiu uma pontada na espinha e o rosto ficar vermelho outra vez. A honestidade de Frizz *era* assustadora! A cabeça ficou rodando com tantas perguntas que estava ansiosa para fazer, mas não tinha certeza se iria suportar as respostas. Queria saber por que Frizz estava ali e o que achava sobre a diferença de ambições entre eles.

— Você gosta de mim, não é? — perguntou ela.

Frizz riu.

— Eu fui *sutil* demais?

— Não, acho que não. Mas não faz sentido... porque você é tão famoso e eu sou uma Extra! Além disso, sou feia e você sempre me vê vestindo mantos idiotas ou coberta de lama, e, quando nos conhecemos, eu menti sobre o meu nariz!

Aya parou de tagarelar de repente e se perguntou de onde tinham saído todas aquelas palavras. Elas saíram num jato de dentro, como a espuma efervescente de uma garrafa após ser sacudida.

— Uau! — exclamou ela. — A Honestidade Radical é contagiosa ou algo assim?

— Às vezes. — Frizz estava sorrindo. — É uma vantagem imprevisível.

Aya se sentiu corar e tirou os olhos dele. Virou para os campos de futebol, onde apenas alguns robôs permaneciam de pé, lutando com espadas e machados de plástico.

— Mas *por que* você gosta de mim?

Frizz pegou a mão de Aya, que sentiu um aperto no peito por nervosismo de reputação, como se estivesse prendendo a respiração debaixo d'água outra vez.

— Quando eu te vi pela primeira vez naquela festa, você estava em uma missão. Achei bem interessante. E aí, quando seu capuz caiu, pensei "uau, ela é muito corajosa por usar esse nariz fantástico".

Aya gemeu.

— Mas não sou corajosa, apenas nasci com ele. Logo, eu menti um pouco quando falei que o nariz tinha sido gerado aleatoriamente.

— Verdade, mas quando percebi isso, eu já sabia outras coisas sobre você.

— Tipo que sou uma extra e vivo em um dormitório para feios? E que engano as pessoas sobre meu nariz imenso?

— Soube que você entra de penetra em festas de Tecnautas e participa de missões submarinas de resgate. E que divulga grandes matérias, mesmo que não aumentem sua reputação.

Aya suspirou.

— É, minhas matérias fazem isso *muito* bem.

— Claro que fazem. — Ele deu de ombros. — Elas são interessantes demais.

— Isso não faz sentido. — Aya olhou para Frizz. — Se minhas matérias são tão interessantes assim, por que ninguém está interessado?

A tela ocular de Frizz piscou.

— Você andou vendo o canal de Nana Love ultimamente? Ela estava escolhendo a roupa para a Festa dos Mil Famosos. A transmissão de hoje é: "Esse chapéu? Ou *esse* chapéu?" Setenta mil votos até agora, e há outros cem canais comentando.

Aya revirou os olhos. Nana tinha uma beleza natural, um daqueles casos raros de pessoa que não precisaria de cirurgia nem na Era da Perfeição, e por isso era a segunda pessoa mais famosa na cidade inteira.

— Isso não conta. Nana-chan consegue ser interessante sem tentar.

Ele sorriu.

— E você não?

Aya encarou seus olhos grandes e, pela primeira vez, não se sentiu abalada por eles. Era como se alguma barreira tivesse desaparecido entre os dois.

De repente, Aya descobriu o que queria realmente perguntar.

— Como é ser famoso?

Frizz deu de ombros.

— Praticamente a mesma coisa, exceto que mais gente entra para o meu grupo... e o abandona uma semana depois.

— Mas antes da Honestidade Radical crescer tanto, você não sentia que faltava algo? Como olhar para a cidade e se achar invisível? Ou assistir aos canais e quase chorar porque você sabia o nome daquelas pessoas e elas não sabiam o seu? Sentia que era capaz de desaparecer porque ninguém tinha ouvido falar de você?

— Hã, não, na verdade. Você se sente assim?

— Claro! É como aquele paradoxo budista que ensinam na infância. Se uma árvore cai e ninguém vê, então não faz barulho; o mesmo vale para uma única mão batendo palmas. A pessoa tem que ser vista antes que exista de verdade!

— Hum, eu acho que são dois paradoxos, na verdade. E não creio que essa seja a questão.

— Ora, vamos, Frizz! Você não é famoso há tanto tempo assim, deve lembrar como era horrível ser... — Aya gaguejou e parou, tentando ler a expressão em seu rosto. O sorriso radiante havia desaparecido.

— Essa é uma conversa esquisita — disse ele.

Aya ficou atônita. Dez minutos de Honestidade Radical e ela já tinha sido honesta *demais*.

— Estou sendo muito extra, não é? — Aya suspirou. — Acho que vou entrar para a Estupidez Radical.

Frizz riu.

— Você não é estúpida, Aya, e nem invisível para mim.

Ela tentou sorrir.

— Apenas misteriosa?

— Bem, nem tanto agora. Quase óbvia.

— Óbvia?

— Sobre a fama e como se sente em relação a ela, sabe?

Aya engoliu em seco. *Óbvia*. Isso é o que ela era na opinião radicalmente honesta de Frizz. Lembrou-se, tarde demais, de outra coisa que ensinavam na infância: não havia problema em reclamar sobre reputação com outros extras, mas ninguém falava dessa forma na frente de um famoso.

Ela virou para os campos de futebol, pois sabia que, se encarasse novamente o olhar de Frizz, diria mais uma idiotice. Ou Frizz botaria para fora o que *ele* estava pensando, o que provavelmente seria pior. Talvez os canais estivessem certos sobre a diferença de ambições e sobre como famosos e extras jamais deveriam se tornar íntimos demais. As chances de humilhação eram muito grandes.

A luta de robôs tinha acabado e robôs carregadores estavam retirando os últimos combatentes. As crianças formaram uma fila em frente ao dormitório Akira para a próxima atividade.

— Ah, droga. Que horas são? — perguntou Aya.

— Quase meio-dia.

— Eu preciso ir! — Ela ficou de pé num pulo. — Tenho que cuidar de umas crianças. Eu faltaria, mas... — *Preciso dos méritos*, pensou ela.

Frizz continuou sentado de pernas cruzadas na prancha com o rosto encoberto pelas sombras.

— Tudo bem. Você não deve quebrar uma promessa.

Aya se curvou em despedida e imaginou se daquela vez ele estava contente em vê-la partir. Pensou em algo para dizer, mas tudo parecia vergonhoso demais na cabeça dela.

Então ela chamou Moggle e disparou para o dormitório, torcendo para que não estivesse atrasada.

INICIAÇÃO

Um sinal estava tocando...

Aya saiu de um sono profundo e suado e lutou contra ondas de exaustão que a deixavam tonta. Um barulho exigia atenção ao cutucar seus ouvidos sem parar.

Mesmo com os olhos fechados, era possível ver o sinal de despertar piscando na tela ocular. Ele emitia um barulho estridente para avisar que já era quase meia-noite.

Aya gemeu e fechou o punho para silenciar o alarme. Havia pretendido tirar uma soneca à tarde, mas graças à conversa perturbadora com Frizz, às tarefas de babá e a uma hora gasta pintando Moggle com uma tinta de camuflagem preta, às 22 horas ainda não tinha conseguido se arrastar para cama.

Menos de duas horas de sono.

Porém, ela fez um esforço para se sentar ao lembrar como aquela noite poderia torná-la famosa. Para ajudar, verificou o ridículo valor de sua reputação de 451.611 no canto de visão.

Moggle saiu do chão e seu ponto de vista se sobrepôs delicadamente ao de Aya na tela ocular, uma segunda visão em perfeita sintonia com a dela.

Aya sorriu. Naquele dia não perderia nenhuma tomada de arregalar os olhos.

— Pronta para ir? — sussurrou.

Moggle piscou os faróis noturnos e Aya fez uma careta. Os maus hábitos da câmera não tinham passado após 36 horas debaixo d'água.

Ela foi tateando até a janela, piscando para que os pontos de luz sumissem, e subiu no parapeito. Os olhos demoraram a se ajustar até que as luzes da cidade provocaram um aperto na garganta — era o pânico do anonimato de sempre, que piorara depois de ter passado vergonha diante de Frizz. Tudo o que queria dizer era que ele não precisava se preocupar porque *ela* seria famosa também. Mas acabou parecendo tão ridícula quanto uma feia nova em sua primeira transmissão. *Óbvia*, dissera ele.

Contudo, era inútil ficar deprimida por causa disso. A fama não era como a beleza, pela qual a pessoa tinha que esperar até ter 16 anos ou ser sortuda como Nana Love e ter nascido linda. Fama é algo que você mesmo pode fazer.

Assim que a matéria bombasse, a reputação não seria mais um problema entre ela e Frizz. Aya tinha certeza disso.

Moggle passou pelo ombro e saiu pela janela. Aya sorriu ao abraçar a câmera flutuante, pois estava contente de se afastar das luzes da cidade. Estava a caminho de um lugar misterioso o bastante para que Frizz voltasse a se surpreender com ela, assim que descobrisse tudo o que tinha feito.

Ela pulou em direção ao ar frio da noite.

— Antes de começarmos, temos alguns assuntos a tratar — disse Jai. — O primeiro é o meu nome: alguém anda falando de mim em locais que a interface da cidade consegue ouvir.

Algumas das Ardilosas baixaram o olhar, envergonhadas. Jai estalou a língua na direção delas.

— Isso mesmo. Eu acordei hoje de manhã e minha reputação quase saiu das mil últimas posições. Isso quer dizer que a cidade começou a rastrear meu apelido outra vez. É hora de mudá-lo.

Aya ergueu a sobrancelha. Então era assim que as Ardilosas mantinham as reputações baixas, trocando de apelidos — da mesma forma que Ren e Hiro escondiam o ódio obsessivo pelo Anônimo.

— De agora em diante, meu nome é Kai. Todo mundo entendeu? E vamos ao assunto número dois.

Kai virou para Aya, que sentiu um arrepio na espinha.

— Nossa nova amiga está conosco outra vez. Alguém tem um problema quanto a isso?

Fez-se um silêncio nervoso e Aya ouviu o rugido distante do trem a caminho. De cada lado, um sinal suave brilhava sobre os trilhos que pareciam quentes ao toque, como os elementos dentro do buraco da parede após a criação de algo grande. Mas nenhuma das Ardilosas pareceu notar os avisos, como se estivessem acostumadas a se reunirem no meio da linha do trem magnético.

Ela nem podia usar Moggle para ficar de olho no trem. A câmera flutuante estava vigiando Aya de algum lugar entre os prédios industriais, mas o ponto de vista da câmera foi desligado para evitar o sinal característico em seu olho.

— Ela não é uma divulgadora? — murmurou alguém.

Kai olhou para Aya, esperando uma resposta.

Ela pigarreou.

— Eu era uma divulgadora, mas nunca fui famosa. Não sentia vontade de divulgar o que Nana Love estava vestindo. — Algumas Ardilosas riram.

— Mas ainda anda com uma câmera? — perguntou alguém.

O nome era Pana, Aya se lembrou. Com os rostos genéricos, era difícil distinguir as Ardilosas, mas Pana era mais alta que as demais, quase da altura de Eden.

— Eu deixei que a jogassem em um lago. Todas vocês viram. A câmera tinha uns sustentadores fantásticos também.

— Está sem câmeras hoje? — perguntou Kai.

Aya assentiu. Ela estava com o mesmo uniforme do dormitório que usara ao resgatar Moggle, que parecia tão gasto quanto as roupas reutilizadas das Ardilosas. Aya torcia para que o péssimo aspecto do uniforme tornasse menos óbvia a câmera espiã no botão de cima.

Ela corria mais riscos de ser descoberta por causa de Moggle. Não tinha certeza se o pequeno cérebro da câmera havia captado bem o conceito de ficar escondida. Moggle só conseguia acessar a dermantena de Aya a um quilômetro de distância, e nunca havia funcionado de maneira independente por horas a fio antes, especialmente seguindo trens magnéticos em alta velocidade.

O baixo rugido era audível agora, o trem estava a minutos de distância.

— Aya-chan foi bem corajosa quando vimos as aberrações — disse Miki. — E todas vocês a viram surfar. Eu confio nela.

Quando Miki sorriu, Aya sentiu a primeira pontada desagradável por causa da falsidade. Quando a matéria fosse divulgada, Frizz saberia que ela mentira para as Ardilosas. Aya se perguntou se ele entenderia.

— Que tal ouvirmos o que você tem a dizer, Aya-chan? — perguntou Kai. — Diga por que quer ser uma Ardilosa.

Aya pigarreou, nervosa sob o olhar de Normal de Kai, tão perturbador quanto o rugido do trem cada vez mais forte. O que elas queriam que falasse, afinal?

De repente, lembrou das palavras que dissera para Frizz de manhã.

— Como você falou, eu fui uma divulgadora. Queria ser famosa desde criança. Não desejava assistir aos canais de outras pessoas, eu queria que assistissem ao *meu* porque, caso contrário, eu seria invisível.

Um burburinho correu pelo grupo e Aya notou expressões frias por toda parte. Ela continuou falando, tentando ignorar os tremores debaixo dos pés e o suor que escorria pelas costas.

— Não me levem a mal, eu não era uma egocêntrica sentada no meu quarto com uma câmera apontada para mim, contando o que meu gato comeu no café da manhã. — Alguém riu com essa tirada e Aya conseguiu sorrir. — Eu queria encontrar matérias que importassem. Pessoas que usassem a libertação para fazer algo bacana... Quero dizer, realmente interessante. Foi assim que encontrei vocês.

Aya encarou todas elas de volta, devolvendo o olhar uma a uma.

— E eis o que eu percebi: vocês Ardilosas não choram quando assistem a uma transmissão de uma festa de famosos só porque não foram convidadas. Não ficam amigas de pessoas que odeiam somente para aumentar suas reputações. E mesmo que ninguém saiba o que estão fazendo aqui fora, vocês não se sentem invisíveis de maneira alguma, não é?

Ninguém respondeu, mas elas estavam escutando.

— A fama é radicalmente estúpida, fim de papo. Então eu quero tentar outra coisa.

Houve um momento de nervosismo e silêncio... e então a tensão foi rompida. Algumas das garotas bateram palmas com apenas um pouco de sarcasmo, e Miki estava rindo e concordando devagar com a cabeça. De alguma forma, Aya tinha encontrado as palavras certas.

O mais estranho era que nem sentia como se estivesse mentindo.

As Ardilosas sequer se importaram com uma votação e ninguém a parabenizou. Kai apenas deu um tapinha nas costas de Aya e pulou na prancha, gritando.

— Hora de surfar! Vamos lá descobrir o que essas aberrações estão escondendo!

Então as 13 garotas manobraram no ar e correram para chegar aos esconderijos antes que o trem surgisse.

Assim, Aya Fuse virou uma Ardilosa.

Ela se perguntou se Moggle tinha registrado o momento.

TURBULÊNCIA

Pegar o trem magnético foi mais fácil da segunda vez.

Aya passou pela onda de choque parecendo uma agulha, como se o seu corpo tivesse aprendido a manobrar pelos tremores do deslocamento de ar. Assim que entrou na calmaria da área de baixa pressão, ela chegou ao topo e ficou de pé antes que a linha do trem magnético se endireitasse.

Com a cidade para trás e a escuridão da natureza envolvendo o trem, Aya começou a perceber quantas coisas não conseguira ver durante a primeira viagem por causa do pânico. Árvores antigas enormes passaram voando, tão retorcidas quanto um coroa imortal. Surgiram contra o céu as silhuetas de vários pássaros dispersados pela passagem do trem. Certa hora, Aya reconheceu o grito de um macaco das neves no rugido do vento e, ainda que ele não fosse perigoso nem devorasse pessoas, sentiu um calafrio ao pensar nos animais selvagens que existiam ali. Ou talvez o arrepio tivesse sido provocado pelo frio. Mesmo com dois casacos de dormitório, um vento de 300 quilômetros por hora ainda era de fazer tremer.

A viagem era cheia de contrastes: a linha reta do trem cortando ao meio a forma retorcida da floresta; a velocidade implacável sob a calmaria do céu; o surgimento das montanhas em ritmo majestoso, pontuado pelo brilho nervoso dos avisos de decapitação. Mas Aya sentiu aquela estranha satisfação de novo, como se os próprios problemas fossem secundários diante da vastidão da natureza.

A única preocupação era com Moggle. Mesmo seguindo o sinal da dermantena, a câmera flutuante só podia estar ficando cada vez mais para trás. Os sustentadores instalados por Ren não conseguiam voar a mais do que 100 quilômetros por hora — um terço da velocidade do trem. Moggle alcançaria as Ardilosas assim que pulassem, mas Aya não tinha certeza que o pequeno cérebro funcionaria sem suas instruções. Se ficasse muito confusa, a câmera poderia esquecer a ordem de permanecer escondida, e isso acabaria com a carreira de Ardilosa de Aya Fuse.

Obviamente, não havia mais nada a fazer quanto a isso, pois estava afogada em mentiras. Aya se perguntou se aquele seria o motivo de Frizz ter criado a Honestidade Radical. Se a pessoa nunca mentisse, jamais sentiria o frio na barriga, o medo de ser descoberta.

As montanhas se aproximaram até que Aya notou os picos pretos marcados pela neve como relances de pérolas reluzindo sob a luz do luar. Um brilho vermelho surgiu da frente do trem, e a seguir uma série de avisos de decapitação. Aya puxou a própria lanterna e mudou para luz vermelha ao acenar para as Ardilosas atrás.

Ela ajoelhou para amarrar o bracelete antiqueda no tornozelo e então deitou para esperar ser engolida pela escuridão repentina do túnel.

* * *

Dessa vez não ocorreram paradas não programadas.

O trem passou direto pela montanha, entrou e saiu com uma fúria que fez os ouvidos de Aya estourarem como uma descida veloz de carro voador. A porta escondida deve ter passado em uma fração de segundo, completamente invisível.

Por causa da primeira viagem, ela lembrava que a próxima curva surgiria muito rápido. À frente, Miki já estava rastejando até a lateral do trem, pronta para desmontar. Aya foi até o ponto onde a sua prancha estava presa.

Sair do trem era mais difícil do que subir. Na cidade, a malha magnética estava por toda parte, mas, na natureza, era preciso se manter próximo aos trilhos. Se ficasse muito longe, os sustentadores magnéticos perdiam o contato com o metal, e as pranchas e os braceletes antiqueda se tornavam inúteis.

A 200 quilômetros por hora, isso seria mortal.

O trem estava diminuindo de velocidade e um zumbido tomou conta do ar quando ele começou a fazer a curva. Aya soltou o pulso direito e o esticou para batê-lo na prancha.

Na noite anterior, ela saíra do trem com tanto cuidado que ficara muito para trás em relação às demais Ardilosas. Dessa vez, decidiu que seria a primeira a parar.

Ao ser acionada, a prancha se soltou da lateral do trem até nivelar com o topo. Ela lutou contra o vento e se estabilizou quando o trem diminuiu para entrar na curva. Aya arrastou o corpo até a superfície da prancha.

Quando o zumbido atingiu o ápice, Aya manobrou delicadamente para se afastar e se manteve dentro da bolha de relativa calmaria ao redor do trem. A 2 metros estava a onda de choque mortal.

O vento cortante lhe açoitava o cabelo e agitava freneticamente sua roupa, mas Aya não deitou sobre a prancha, deixou seu corpo ajudá-la a frear. A Ardilosa que surfava à sua frente passou em disparada, seguida por outra e, então, uma terceira garota.

Ela estava freando mais rápido do que todas as outras!

À esquerda, a lateral do trem passava veloz e o campo magnético fazia a prancha tremer. Aya lutou para se equilibrar e permanecer próxima à parede de metal.

Talvez estivesse freando rápido *demais*...

A traseira do trem passou voando e puxou Aya para o espaço subitamente vazio sobre a linha férrea. A prancha rodou, a terra e o ar giraram ao redor.

Ela tentou se estabilizar, mas a prancha empinava e se contorcia em suas mãos como uma pipa em uma ventania.

— Solta! — gritou alguém.

Ela obedeceu e a prancha rolou para longe. Aya caiu em direção ao borrão dos trilhos em velocidade...

Os ímãs dos braceletes antiqueda entraram em ação e Aya foi puxada pelos dois pulsos. Virou de ponta-cabeça como um ginasta nas argolas e os pés mal tocaram o solo. Ela quicou pela linha do trem até perder a velocidade.

Aya foi colocada no chão com gentileza pelos braceletes, virada para as luzes do trem que aos poucos iam sumindo. Ela massageou os pulsos, tonta de tanto girar.

— Você está bem?

Aya ergueu os olhos e viu Eden Maru flutuando ao lado com uma expressão divertida no rosto.

— Acho que sim.

— Você não deveria frear tão rápido.

— Percebi. — Aya suspirou. Na noite anterior, ela vira Eden sair do trem. Com o aparato completo de aerobol, Eden fez a coisa parecer fácil como pular de um prédio com uma jaqueta de bungee jump. — Acho que tenho que agradecer por dizer para me soltar.

— De nada, acho. — Eden olhou para a linha do trem que se afastava. — Sua prancha vai voltar em breve, juntamente com as demais. Frear leva mais tempo se você não toma um caldo.

Aya encarou o sorriso de Eden. Ela era tão linda e a única das Ardilosas com uma grande reputação. O que alguém tão famoso ganhava ao andar com um grupo secreto?

Talvez aquele fosse o momento de descobrir. Aya ajeitou o uniforme e virou a câmera espiã para Eden.

— Posso fazer uma pergunta?

— Se não for muito enxerida.

— Você não é como elas... Quero dizer, como nós. Você é famosa na cidade.

Eden girou devagar em pleno ar.

— Isso não é uma pergunta.

— Acho que não. — Aya se lembrou dos rumores sobre o ex-namorado de Eden. — Mas você e as Ardilosas não têm uma espécie de... diferença de ambições? Você é uma estrela do aerobol e elas se esforçam tanto para serem extras.

Eden falou com desdém.

— Sabia que ia fazer uma pergunta tosca dessas. Aposto que nem sabe de onde essa palavra vem.

— Extras? — Aya deu de ombros. — Quer dizer apenas pessoas extras, tipo supérfluas.

— Isso é o que ensinam na infância. Mas tinha um significado diferente na época dos Enferrujados.

— Bem, está certo. Eles tinham bilhões de extras naquele tempo.

Eden balançou a cabeça.

— Não tinha nada a ver com superpopulação, Aya-chan. Você já viu filmes antigos na tela de parede, certo?

— Claro. Era assim que os Enferrujados ficavam famosos.

— Sim, mas olha que esquisito: os softwares dos Enferrujados não eram inteligentes o suficiente para criar os cenários, então eles precisavam construir tudo para o filme. Existiam cidades inteiras falsas por onde os atores andavam.

— Cidades *falsas*? — falou Aya. — Uau, quanto desperdício.

— E para encher essas cidades falsas, eles contratavam centenas de pessoas diferentes para ficar andando. Mas essas pessoas não estavam na história *de forma alguma*, somente faziam parte do cenário. Eram figurantes extras.

Aya ergueu uma sobrancelha, sem saber se acreditava na história. Parecia muito bizarro e exagerado... O que era, obviamente, típico dos Enferrujados.

— Não se sente assim às vezes, Aya-chan? Como se rolasse uma grande história e você estivesse presa no cenário?

— Acho que todo mundo se sente assim às vezes.

— E você faria *qualquer coisa* para se tornar famosa, não é? Até mesmo trair seus amigos?

Aya fechou a cara.

— Eu sou uma Ardilosa agora, Eden, você não ouviu?

— É, eu ouvi seu discursinho. — Eden flutuou mais alto, surgindo como um gigante sobre Aya. — Espero que esteja dizendo a verdade, porque a vida real não é como um filme Enferrujado, Aya-chan. Não existe apenas uma grande história que faz o resto de nós desaparecer.

Aya apertou os olhos.

— Mas você não faz parte do cenário. Você é famosa!

— Também é possível desaparecer diante de uma multidão, sabia? Assim que eles começam a dizer o que a pessoa tem que fazer, com quem manter amizade. — Eden virou de ponta-cabeça, uma versão delicada do movimento de Aya com os braceletes antiqueda. — Na natureza com as Ardilosas, eu consigo guardar alguma coisa para mim mesma.

Aya ouviu gargalhadas — eram as Ardilosas voando pelos trilhos na direção delas. Só tinha tempo para mais uma pergunta.

— Se você não se importa com reputação, por que rompeu com seu namorado?

— Quem disse que eu rompi com *ele*?

— Uma centena de canais, até onde eu sei.

— Não acredite sempre nos canais, Aya. Era ele quem não suportava as pessoas falando sobre nossa "diferença de ambições". Então o idiota pulou fora.

Eden flutuou mais baixo alguns centímetros e esticou um dedo, quase tocando o nariz de Aya.

— E isso, minha Enxerida-chan, é o real significado de um extra.

A MONTANHA

Ao se aproximarem da boca do túnel, algumas das Ardilosas sacaram as lanternas. Fachos de luz vermelha surgiram na abertura, mal cortando a escuridão do interior.

Pelo menos Aya não era a única sem visão infravermelha.

— O que acontece se um trem passar enquanto a gente estiver aqui dentro? — perguntou Pana.

Kai deu de ombros.

— Apenas deite sobre a prancha e voe até o telhado.

Eden balançou a cabeça.

— Isso não vai funcionar. A passagem do trem puxaria você para baixo. — Ela apontou para Aya com o polegar. — Foi meio o que aconteceu com a Enxerida-chan aqui.

Algumas riram. Na volta para a montanha, Eden tinha mostrado como Aya quicara pelos trilhos afora. Várias vezes.

— Bem, de qualquer forma, não importa — disse Kai. — Não há muitos trens programados para hoje.

— Alguns trens não trafegam *fora da programação* às vezes? — perguntou Pana.

Kai revirou os olhos.

— Talvez uma vez por mês. Nada preocupante comparado com o que fazemos na maioria das noites. Vamos nessa!

Ela e Eden avançaram pela boca do túnel. Algumas Ardilosas ficaram paradas um instante se entreolhando descontentes.

Aya ligou a lanterna e prosseguiu sobre a prancha. Eden Maru já tinha suas suspeitas; ela não queria dar motivos ao resto da turma também.

Uma chance em trinta não era *tão* ruim assim.

No facho de luz vermelha da lanterna, a poeira continuava a pairar sobre os trilhos depois da passagem do trem. Um gemido baixo tomou conta da escuridão e Aya sentiu um arrepio na pele. Uma brisa constante enchia o túnel, como se as paredes de pedra estivessem respirando.

Aya se perguntou como elas fariam para encontrar a porta secreta. Na noite anterior, a passagem parecera exatamente igual ao paredão do túnel. Talvez olhos modificados ou as lentes de Moggle conseguissem distinguir matéria inteligente de pedra, mas Aya duvidava que sua visão normal servisse para alguma coisa.

Miki já estava descendo pelo túnel com uma lanterna na mão. Ela passou os dedos pela superfície da parede e vasculhou a pedra com atenção.

Aya se aproximou de prancha.

— Não tem visão infravermelha, hein?

— Não. — Miki suspirou. — E você?

Aya balançou a cabeça.

— Meus coroas não deixam. Mas você tem 16 anos, não é?

— Sim, mas eu gosto dos meus olhos.

— Eles conseguem fazê-los exatamente iguais, você sabe.

— Mas eu gosto dos *meus* olhos, não de uma imitação. Eu sei que isso é meio Pré-Enferrujado.

Aya deu de ombros.

— Meu irmão divulgou um grupo que curtia corpos naturais e jamais passava por cirurgia. Alguns têm que usar uns troços parecidos com óculos de sol para ver, mesmo quando não estão no sol!

Miki apertou os olhos.

— Seu irmão é famoso, não?

— Tipo isso — disse Aya, desejando não ter puxado o assunto de divulgação.

— Foi por isso que você virou uma divulgadora, não é? Por causa dele?

— Isso é o que o Hiro pensa, que eu o idolatro ou algo assim. Mas ele na verdade é uma propaganda *antifama*. Virou um grande esnobe por causa da reputação.

Miki riu.

— Você não precisa criticar seu irmão, Aya-chan, só porque ele é famoso. Nós não odiamos divulgadores, só não queremos que divulguem *a gente*.

— É, saquei. — Aya se remexeu na prancha para ajeitar a câmera outra vez. — Mas muitas pessoas gostariam de ver a gente surfando, não é?

— Sim, mas aí *todo mundo* começaria a surfar nos trens magnéticos e os guardas se envolveriam. — Miki balançou a cabeça. — Temos que manter isso entre a gente. Você compreende, certo?

— Claro! — insistiu Aya, mas Miki continuava de testa franzida. Talvez fosse hora de mudar de assunto. — Por falar nisso, obrigada por ficar do meu lado.

— Sem problema. Como eu disse, confio em você.

Aya virou para examinar a parede, sentindo o estômago começar a dar um nó.

— É, mas ainda te devo uma.

Um som de batidas surgiu do alto e as duas ergueram os olhos.

Era Kai batendo na parede com a lanterna enquanto subia pelo ar. Os golpes ecoavam pelo túnel e a pedra soava tão sólida quanto uma montanha.

— Então esse é o nosso plano para achar a porta secreta? Bater na parede? — perguntou Aya, baixinho.

— Você acha que eles conseguiram programar matéria inteligente para *soar* como pedra?

— Provavelmente — respondeu Aya. Ren sempre dizia que era possível programar matéria inteligente para fazer praticamente tudo. Era uma das grandes invenções desde a libertação, como inteligência artificial e telas oculares internas, inovações que a Era da Perfeição tinha adiado por séculos. — Mas por que eles se importariam com isso? Quem criou aquela porta não esperaria que alguém viesse aqui procurar por ela.

Miki bateu com a própria lanterna na pedra, que fez barulho de rocha sólida.

— Então, se não fosse pelo nosso surfe no trem, ninguém jamais acharia aquela porta. — Ela sorriu. — Talvez seja como os cultos Youngblood dizem: "Ser Crim pode mudar o mundo."

Aya virou para ela, certificando-se de que a câmera no botão tivesse um bom enquadramento.

— E por que encontrar essa porta pode mudar o mundo?

— Bem... acho que depende do que está lá dentro. — Miki bateu na pedra. — Quero dizer, e se houver algo realmente assustador escondido aqui?

— Tipo um depósito secreto de lixo tóxico? — Aya sorriu.

— Imagine quantos méritos o Comitê da Boa Cidadania não nos daria por encontrá-lo.

— Não fale isso muito alto, Aya-chan. A Kai odeia ainda mais os méritos do que a fama. — Miki bateu novamente na pedra. — Mas valeu por mencionar lixo tóxico. Isso deve distrair minha mente do trem surpresa que estou imaginando.

— Ei, Eden! — gritou alguém. — Vem cá!

À frente, um pequeno grupo de Ardilosas estava reunido diante de um trecho da parede, todas batendo com as lanternas. Aya e Miki se entreolharam e avançaram com as pranchas para o interior do túnel.

Ao se aproximarem, Aya prestou atenção. Será que o eco das batidas parecia meio oco?

— Deixe-me passar, Enxerida. — Surgiu a voz de Eden Maru por trás dela.

Ao dar passagem, Aya notou um aparelho nas mãos de Eden e o coração disparou. Era um decodificador de matéria.

A situação não envolvia apenas um truque; era realmente ilegal. Decodificadores podiam reprogramar matéria inteligente da maneira que qualquer um quisesse — era possível decodificar um *prédio* inteiro até ruir se a pessoa tivesse coragem o suficiente.

E tudo o que ela possuía era uma câmera de botão idiota. O registro de um decodificador ilegal seria fantástico.

Aya olhou para a escuridão e torceu que Moggle estivesse à espreita nas proximidades. Ela estava ansiosa para verificar se havia algum sinal, mas seria traída pelo brilho da tela ocular no breu do túnel.

As Ardilosas abriram caminho para Eden e não tiraram os olhos do pequeno aparelho em suas mãos. Ela encostou o decodificador na parede e acionou os controles com os dedos.

Após um momento, Eden acenou com a cabeça.

— É aqui. Afastem-se. Pode haver alguma coisa lá dentro.

— Ou *alguém* — murmurou Miki.

Aya pensou naquelas figuras inumanas outra vez, com rostos estranhos e dedos finos e compridos.

— Mas aquelas aberrações estavam apenas guardando alguma coisa aqui. Ninguém *mora* neste lugar.

Miki deu de ombros.

— Acho que estamos prestes a descobrir.

Um zumbido tomou conta do túnel quando as hábeis moléculas de matéria inteligente começaram a se reagrupar — a parede ondulou, a textura mudou de pedra sólida para uma superfície reluzente de plástico. Formou-se a silhueta da passagem, um retângulo do mesmo tamanho da porta do compartimento de carga do trem magnético.

Então a parede começou a se abrir, uma camada atrás da outra como água escorrendo por uma superfície lisa. Assim como na noite anterior, o ar tremia como se uma tempestade de raios estivesse se aproximando.

Os tremores arrepiaram a pele de Aya, como se o decodificador de matéria fosse transformá-la também...

A última camada de parede se abriu e a porta foi revelada escancarada diante delas. À frente, um longo corredor se estendia iluminado por um brilho laranja.

— Isso é *muito* ardiloso — disse Kai, entrando.

ESCONDIDA

As Ardilosas avançaram para o interior do covil na montanha, cada uma querendo ser a primeira a descobrir as maravilhas escondidas lá dentro. Risadas e chamados tomaram conta do ar e ecoaram nas paredes de pedra.

Aya não viu um ângulo reto sequer, apenas arcos e curvas arredondadas. De poucos em poucos metros, passagens ovais levavam para novos aposentos sinuosos, um labirinto cortado na rocha.

— Bem, quem mora aqui com certeza está de mudança — afirmou Miki.

Aya concordou com a cabeça. O corredor principal estava repleto de equipamentos e contêineres, uma bagunça coberta por uma fina camada de poeira.

— Acho que a gente tem que procurar por aqueles grandes cilindros de metal. Eram as únicas coisas que foram *trazidas* ontem à noite.

— Desde que aquilo que a gente encontre não esteja vivo — disse Miki, apontando ou para um bando de cadeiras enfurnadas no corredor. Elas tinham formatos esquisitos, eram altas e estreitas demais, adequadas para uma forma inumana.

Aya jogou o facho de luz da lanterna sobre os pés. Uma trilha de um metro de largura de canaletas de metal reluzia no chão de pedra e levava para o meio do corredor principal.

— Isso serve para dar apoio aos carregadores flutuantes. Qualquer coisa pesada teria que passar por aqui. Venham.

As duas seguiram a trilha de metal com passos cautelosos e silenciosos. As passagens arqueadas revelavam aposentos vazios e a poeira no chão mostrava onde a mobília tinha sido retirada.

Enquanto avançavam para o interior da montanha, os ecos das vozes das outras garotas foram ficando mais fracos. Aya se perguntou quantas toneladas de rocha tinham sido retiradas para criar aquele lugar. Quem o criou devia ter programado os trens magnéticos automáticos para levar muita carga. Ou então o governo de alguma cidade estava envolvido — aquilo tudo parecia grande demais para ter sido feito de maneira ardilosa.

Cada cidade tinha se expandido desde a libertação. As ruínas dos Enferrujados tinham sido saqueadas à procura de ferro-velho no esforço para conseguir mais metal.

— Quem tem recursos para construir algo assim? — murmurou Aya.

— Talvez aqui fosse um daqueles locais de onde os Enferrujados retiravam metal. Como se chamavam... minas?

Aya percebeu que as duas estavam sussurrando. Os sons reverberavam contra as paredes de pedra, tornando-a consciente de cada barulho que fazia.

O dia longo sem dormir finalmente começou a afetá-la. A mente cansada deixou de lado a empolgação que a impulsionara na viagem no trem magnético. A tênue iluminação laranja enganava a visão. Longas sombras fugiam do facho das lanternas e Aya duvidava que a câmera no botão estivesse captando imagens decentes.

De repente, Miki deu meia-volta.

— Você viu aquilo?

— Viu o quê?

— Não sei. — Miki apontou a lanterna para o corredor atrás delas. — As sombras se moveram de forma estranha, como se alguma coisa estivesse nos seguindo.

— Alguma *coisa*? — Aya falou ao virar para olhar a escuridão. Sentia-se totalmente desperta.

— Talvez seja a minha imaginação.

Aya suspirou.

— Que beleza. Agora a minha entrou em ação também.

— Vamos. Acho que estamos chegando perto de alguma coisa.

— É a mesma coisa que está nos seguindo? Ou outra diferente?

Miki deu de ombros e seguiu em frente.

No próximo aposento, a trilha de canaletas de metal levava a uma grande abertura na parede e a uma escadaria que descia. Não havia iluminação laranja lá embaixo, apenas breu.

Aya parou.

— Acho que a gente devia chamar as outras.

— Você quer que a Kai ache que temos medo do escuro? — Miki falou com desdém e começou a descer pelos degraus.

Aya suspirou e seguiu.

Enquanto desciam, o eco dos passos aumentava e um espaço maior se abriu ao redor. O facho da lanterna da Aya alcançou arcos altos como o teto de pedra do grande reservatório embaixo da cidade. Por um momento ela imaginou se a montanha inteira fora escavada para recolher o excedente de água durante a temporada de chuvas. Mas por que as pessoas que construíam a galeria pluvial pareciam tão esquisitas?

Então a lanterna achou os cilindros. O local estava repleto deles, arrumados em fileiras como enormes soldados de metal em uma parada, estendendo-se na escuridão.

— Muito bem, encontramos os cilindros — sussurrou Miki. — Mas o que eles *são*?

Aya balançou a cabeça. Foi até o cilindro mais próximo e colocou a palma da mão contra o metal frio e a superfície lisa. Ao ficar na ponta dos pés para ver o topo, ela notou que não havia nenhum sinal de tampa.

— Parece ser feito de aço sólido pelo que vejo.

Miki passou por ela e várias sombras fugiram do facho da lanterna. Aya a seguiu pelo exército de cilindros e procurou por alguma pista sobre o que eles podiam ser. Mas as formas de metal não tinham marcações ou características distintas, pareciam peões gigantes de um enorme conjunto de xadrez, todos exatamente iguais.

Mas não havia uma *escassez* de metal rolando? Havia aço o bastante ali para dobrar o tamanho da cidade.

Miki parou de repente.

— De novo.

— O quê?

Miki virou e apontou a lanterna para além de Aya.

— Eu vi um reflexo no metal. Tem alguém lá atrás!

Aya deu meia-volta e passou a lanterna pelas fileiras de cilindros. As sombras fugiam e pulavam diante do facho de luz, mas ela não viu nada além do reflexo do próprio rosto na penumbra, distorcido pela superfície lisa do metal.

— Você está tentando me assustar?

— Não, estou falando a verdade — sussurrou Miki, de olhos arregalados sob a luz vermelha das lanternas. — Vou buscar ajuda.

— Tem certeza? Talvez a gente devesse... — Aya começou a falar, mas Miki já estava correndo em direção às escadas, chamando pelas demais.

Aya apertou os olhos para enxergar na escuridão. Algo surgiu de relance no limite da visão, mas quando virou para ver o que era, não notou nada além das sombras fugindo diante da lanterna trêmula.

Ela deu alguns passos para o lado e olhou para a próxima fileira de cilindros de metal. Nada ainda.

Gritos ecoaram pela escadaria — eram as outras garotas respondendo aos berros de Miki. Elas estavam vindo, mas não tão rápido quanto Aya queria.

Ela começou a voltar para a escadaria, olhando nervosa sobre o ombro. A lanterna ia de um lado para o outro, mas isso só fazia as sombras compridas dançarem ao redor e encherem a sala com movimentos furtivos.

Então Aya viu uma coisa ser refletida por uma fileira de metal liso: um borrão de silhueta escura que disparou pelas sombras.

Ela travou e tentou notar a direção para onde a forma estava indo, mas era como perseguir alguma coisa em uma sala de espelhos.

— Miki! — chamou Aya. — Acho que é...

A voz sumiu. A silhueta flutuante surgiu à sua frente e a luz vermelha da lanterna refletiu um conjunto familiar de pequenas lentes.

Era Moggle.

FUGA

— Miki! — gritou Aya. — Está tudo bem! Não acho que tenha algo...

— Não se preocupe, Aya-chan! — A voz de Miki veio do meio da escada. — Elas estão quase aqui!

— Droga — sussurrou Aya. Ela ajoelhou e chamou a pequena câmera flutuante. — Vem aqui!

Moggle hesitou por um instante porque a nova ordem contradizia a antiga de ficar escondida. Porém, quando Aya chamou outra vez, ela disparou pela fileira de cilindros até os braços da dona.

— Ei, Moggle! — sussurrou ela, dando tapinhas na carapaça de plástico pintada de preto. — Bom trabalho ao me encontrar, mas precisa ter mais cuidado.

— Você está bem? — O grito de Miki veio lá de cima.

— Estou muito bem! Mas não acho que tenha algo aqui embaixo! — gritou Aya de volta, em seguida sussurrou: — Temos que encontrar um lugar para esconder você.

Ela desligou a lanterna, enfiou em um bolso e procurou por outra saída. Mas as fileiras de cilindros iguais se estendiam sem fim na escuridão.

Mais gritos surgiram no topo da escada. Miki estava descendo, seguida por vários fachos de luz.

Aya abaixou o corpo e se afastou. A única iluminação vinha da descida das Ardilosas, as luzes vermelhas e amarelas das lanternas eram refletidas pelas curvas de metal dos cilindros. Aya cobriu Moggle com as dobras soltas da jaqueta aberta.

— Quando eu soltar você, encontre um lugar para se esconder. Entendeu?

Como resposta, Moggle piscou os faróis noturnos bem na cara de Aya.

— Pare de *fazer* isso! — reclamou, cambaleando até parar.

— O que foi isso? — chamou Miki. — Aya, onde está você?

Aya piscou até os pontos de luz sumirem e ficou de pé a fim de ver por cima do topo dos cilindros. As Ardilosas estavam se espalhando pela sala aleatoriamente.

Mas Eden Maru levitou com o aparato de aerobol usando os cilindros de metal como sustentação. Ela voou por cima das fileiras com os braços abertos como uma ave de rapina. Devia ter visão infravermelha profissional porque a maioria das partidas de aerobol entre cidades ocorria à noite.

Aya praguejou, abaixou e correu o mais rápido que podia arriscar. Precisava entrar em outro aposento...

Mas será que havia alguma saída dali?

De repente, Moggle tentou sair de suas mãos.

— Ainda não! — sussurrou ela, mas a câmera se soltou e fez Aya perder o equilíbrio. Moggle disparou pelas fileiras de cilindros como uma bala de canhão.

Aya cambaleou até parar e apertou os olhos na escuridão, tentando ver onde a câmera havia desaparecido.

— Perdeu sua lanterna, Enxerida?

Ela ergueu os olhos e viu Eden Maru flutuando logo acima.

Aya tentou pensar em alguma desculpa para ter parado de usar a lanterna, mas não conseguiu.

— É, eu meio que deixei cair.

— Que beleza. — Os olhos de Eden vasculharam a escuridão. — E o que você estava perseguindo, afinal de contas?

— Sei lá. — Aya deu de ombros e tomou cuidado para não olhar na direção em que Moggle tinha fugido. — Acho que talvez Miki esteja vendo coisas.

— Isso não é típico da Miki — murmurou Eden. Os olhos modificados vasculharam os cilindros e pararam na direção em que Moggle voara. — O que tem lá?

Aya apertou os olhos contra a escuridão. As lanternas das outras Ardilosas estavam se aproximando e seus olhos normais só conseguiam ver o fim das fileiras de cilindros. Ela deu alguns passos à frente e viu um círculo de escuridão de um metro de diâmetro: a boca de uma passagem.

Aya soltou um suspiro silencioso. Moggle devia ter decidido se esconder ali dentro. Eden Maru já estava a caminho, flutuando no ar.

— Talvez a gente devesse esperar pelas demais — chamou Aya, correndo atrás dela. — O que quer que seja, pode ser perigoso.

— Achei que você tinha dito que Miki estava vendo coisas — falou Eden.

Ela pousou na frente do buraco e entrou rastejando.

Ao correr para alcançá-la, Aya percebeu que o buraco era do tamanho exato para um cilindro entrar deitado. Na boca da passagem, ela tateou e notou a mesma disposição de canaletas de metal para transportar os cilindros via carregadores flutuantes.

Aya rastejou atrás de Eden o mais depressa que conseguiu.

— Encontrou alguma coisa?

— Sim, mas não faz sentido.

Algumas Ardilosas chegaram à entrada do túnel atrás de Aya. Fachos de luz brilharam e revelaram o que Eden tinha descoberto.

Uma porta grossa de metal estava aberta e havia uma pequena janela reluzindo no centro.

Aya franziu a testa.

— Essa é a única porta que vi aqui embaixo.

— Você quer dizer escotilha — falou Eden, apontando para frente. — E tem outra lá.

— Uma *escotilha*? — Aya balançou a cabeça. — Por que alguém colocaria uma escotilha dentro de uma montanha?

Mas ao avançarem rastejando, ela viu mais metal reluzindo adiante — outra porta pesada e aberta como a primeira. Engoliu em seco. Se fosse mesmo uma escotilha, o túnel seria um beco sem saída.

O que significava que Moggle estava presa.

— É melhor eu ir à frente! — disse ela e se espremeu para passar por Eden.

— Mas você nem consegue ver!

Aya a ignorou e avançou com dificuldade pelo túnel. Pelo menos podia avisar Moggle de que alguém — ou, a julgar pelo eco das vozes atrás dela, *todo mundo* — estava vindo.

— Moggle! — disse quase sem emitir som.

Aya diminuiu um pouco o ritmo e tentou prestar atenção. O ar parecia diferente ali dentro.

Ela deu mais um passo e torceu o pé ao pisar em falso em um trecho irregular do chão. Então resmungou e esticou as mãos à frente para se equilibrar...

Elas tocaram o vazio.

E assim, rolando para a frente, Aya caiu em um abismo.

POÇO

Aya despencou na escuridão absoluta, girando de ponta-cabeça pelas profundezas da montanha.

Ela acionou os braceletes antiqueda na esperança que houvesse metal suficiente para evitar que se esborrachasse. Assim que foram ligados, eles encontraram apoio e interromperam a queda com um estalo capaz de deslocar os ombros. Os pés balançaram por causa da velocidade e um deles bateu contra a pedra sólida.

Aya ficou pendurada ali, atordoada por um instante, vendo estrelas contra a escuridão profunda. Assim que a mente clareou, ela sentiu a pressão do eco da própria respiração. Ao balançar os pés, eles acertaram a pedra e Aya foi empurrada contra um paredão de rocha. O impacto arrancou um grito de dor dos pulmões.

— Pare de chutar! — disse a voz de Eden vindo da escuridão logo acima.

Segundos depois, braços fortes a envolveram pela cintura e a ergueram. A agonia nos ombros diminuiu um pouco.

— Você está bem, Enxerida?

— Vou sobreviver. Mas acho que preenchi minha cota de quedas por hoje.

— Espero que você não continue tentando se matar só para me impressionar.

Aya apenas soltou um grunhido. Enquanto Eden a carregava de volta pela escuridão, ela sentiu o sangue voltar a correr para as mãos.

Eden a colocou sentada em um parapeito — o mesmo de onde ela havia acabado de cair.

— Talvez seja melhor você deixar a exploração para as pessoas que conseguem enxergar no escuro. E voar.

— Claro — disse Aya, enquanto esfregava os ombros com cuidado. — E obrigada.

— Obrigada *de novo*, você quer dizer.

Vozes ecoaram ao redor. As outras Ardilosas estavam descendo pelo túnel.

— Devagar! — gritou Eden. — É uma armadilha... ou algo assim.

— É, algo assim — murmurou Aya, sacou a lanterna e se debruçou com cuidado sobre o poço.

Era circular e largo o bastante para os cilindros descerem por ele. As paredes tinham anéis de cobre tão grossos quanto o braço de Aya, encravados na rocha debaixo de plástico transparente.

O poço também continuava para cima, além do alcance do facho da lanterna.

Moggle com certeza escolhera um lugar estranho para se esconder.

Eden resmungou:

— Vejo que encontrou sua lanterna, Enxerida.

— Ah, sim. — Aya deu de ombros. — Acho que estava no meu bolso o tempo todo.

Eden concordou com a cabeça devagar.

— Vocês encontraram alguma coisa? — chamou Kai. Ela passou pelas demais Ardilosas que se amontoavam no túnel, rastejou até o limite do poço e olhou para as profundezas. — Uau! O que é *isso*?

— Não temos certeza, não é, Enxerida? — respondeu Eden.

— Nem a mínima ideia — disse Aya, esfregando os pulsos. — Mas vai por mim: não pule aí dentro.

Kai se abaixou e passou as mãos pelas canaletas de metal no chão do túnel. Olhou de volta para onde os cilindros esperavam enfileirados.

— Esse poço deve ser o destino daquelas coisas de metal.

— Acho que sim. Talvez seja uma espécie de elevador — disse Aya.

— Um elevador com escotilha? — Kai balançou a cabeça. — Improvável. Dá para ver o fundo?

— Não, mas posso ir até lá. — Eden deu um passo para o vazio e os sustentadores do aparato de aerobol entraram em ação antes mesmo que caísse um centímetro. — Foi mal roubar toda a glória, Kai. — Ela sorriu ao cair e sumir de vista.

Aya observou a queda nas profundezas e torceu para que Moggle tivesse subido e não descido.

Kai virou para ela.

— O que você e Miki estavam perseguindo, afinal de contas?

Aya deu de ombros, o que provocou uma pontada de dor.

— Você está bem?

— Usei muito os braceletes antiqueda hoje.

— Eu percebi. — Kai riu. — Sabia que você era uma de nós, Aya-chan.

— Obrigada. — Aya deu um sorriso fraco, novamente a tontura provocada por ondas de exaustão. — Mas acho que vou descansar um minuto. Preciso recarregar a adrenalina.

— Sem problema. — Kai se debruçou para olhar o fundo do poço e suspirou. — Isso deve levar algum tempo.

Aya passou se arrastando pelas outras Ardilosas e ignorou suas perguntas dizendo que precisava descansar. Saiu do túnel e voltou para os cilindros e a escadaria. No meio do caminho, se abaixou e ligou a tela ocular.

— Moggle? — sussurrou.

O ponto de vista da câmera flutuante surgiu contra a escuridão. O cérebro cansado de Aya levou um tempo para se ajustar à visão infravermelha. Moggle estava olhando para baixo.

O conjunto de pontos de calor abaixo dela eram as Ardilosas reunidas na beira do poço. Eden Maru era um pontinho de luz mais ao fundo, com os sustentadores do aparato de aerobol reluzindo contra a pedra fria.

Moggle dera sorte até então. Obviamente, Eden iria explorar a parte de cima em algum momento.

— Continue subindo e procure por uma saída — sussurrou.

As laterais do poço passaram sem mudança alguma — grossos anéis de cobre a mais ou menos cada metro, sem entrada ou saída. Mas um suave brilho infravermelho surgiu diretamente acima de Moggle, um relance de calor no topo do poço.

— Descubra o que tem lá em cima, mas *não* use os faróis noturnos!

Aya diminuiu o brilho da tela ocular por um instante para verificar se tinha sido seguida. A sala cheia de cilindros continuava vazia.

Durante a subida de Moggle, o sinal começou a enfraquecer e a tela ficou cheia de estática. A conexão estava atravessando muitas camadas de pedra e Aya imaginou qual seria o comprimento do poço. A dermantena só tinha alcance de um quilômetro sem a ajuda da rede da cidade.

Quando Moggle atingiu o topo, Aya mal conseguia enxergar entre as nuvens de interferência. A câmera flutuante parecia estar em uma bolha transparente; luzes fracas brilhavam através de paredes arredondadas de plástico.

Elas pareciam com... estrelas.

Aya subiu mais alguns degraus e a estática melhorou por um instante. Era verdade: Moggle estava olhando do topo da montanha.

De repente foi possível ver toda a cadeia delas. Os picos altos cortavam o céu estrelado e, lá embaixo no vale, os painéis solares do trem magnético reluziam ao refletirem a luz das estrelas. Aya até mesmo conseguiu enxergar o brilho tênue das luzes da cidade no horizonte.

Mas qual a razão para levar os cilindros até o topo da montanha? Havia maneiras mais simples de mover grandes objetos de metal, afinal de contas, como hélices e veículos pesados.

E por que fazer isso tudo no interior de uma montanha?

O sinal enfraqueceu outra vez e Aya mudou de posição na escadaria até encontrar um ponto melhor. Quando a imagem ficou clara, ela franziu a testa. Algo brilhou no canto da visão.

— Vire um pouco para a esquerda, Moggle.

O enquadramento girou até que a linha do trem magnético ficou de frente para ela e Aya engoliu em seco. As luzes de aviso na extensão dos trilhos estavam piscando...

Então ela viu no horizonte uma fileira de luzes vindo em silêncio da cidade. Um trem improvável, cuja viagem não programada ocorria uma vez por mês, estava se dirigindo para o túnel.

E Kai tinha deixado a porta secreta escancarada.

PRESSÃO DO AR

— Fique aí em cima até eu chamar você, mas esteja pronta para correr! — sussurrou Aya.

Ela desceu as escadas correndo, imaginando o que aconteceria se o trem passasse pela porta aberta. Havia equipamentos e mobília espalhados ao redor da entrada, juntamente com uma grande pilha de pranchas voadoras das Ardilosas.

Aya sentira no próprio corpo o que a passagem de um trem magnético em velocidade podia fazer.

Seu reflexo virou um borrão na superfície de metal dos cilindros quando passou correndo por eles. A mente dava voltas. Como iria explicar que *sabia* que um trem estava vindo?

A boca do túnel brilhava com as lanternas das Ardilosas. Elas estavam espalhadas pela entrada e ao longo do túnel, lotando o espaço apertado.

— Saiam da frente! — Ela disparou pelo túnel, se espremeu entre as Ardilosas e ignorou as reclamações. — Todas vocês, me ouçam! Tem um trem vindo!

As garotas se calaram e Kai virou para vê-la.

— Como assim?

— Sabe aqueles trens que viajam fora da programação com os quais você não se preocupou? Bem, tem um vindo na nossa direção! Vai chegar aqui em poucos minutos!

Kai apertou os olhos.

— Por que você diz isso?

— Eu estava voltando para a porta principal... para pegar uma prancha. Achei que talvez uma de nós pudesse descer no poço.

— Você foi até lá e voltou em cinco minutos?

— Não... mas no meio do caminho eu senti o chão tremendo. *Vamos*, Kai. Não temos tempo a perder!

Kai hesitou e um burburinho de descrença tomou conta do túnel.

Aya gemeu e se espremeu por mais corpos até chegar à beirada do poço.

— Eden... *tem um trem vindo*!

Poucos segundos depois, Eden Maru apareceu.

— Um trem? Nós não fechamos a porta!

— E daí? — disse Kai. — Naquela velocidade, quem vai notar alguma coisa? A maioria dos trens magnéticos sequer tem tripulação.

— Mas as nossas pranchas serão sugadas pelo deslocamento de ar, juntamente com qualquer coisa que não estiver amarrada!

— E por que você não disse isso antes? — gritou Kai.

— Porque *você* disse que não haveria nenhum trem!

— Eu disse *provavelmente*!

— Só me deixem passar! — Eden juntou as mãos como uma mergulhadora e disparou pelo túnel cheio de gente.

Instantaneamente o túnel se encheu de corpos em movimento. As Ardilosas estavam gritando e se empurrando para tentar seguir Eden até a entrada da montanha.

Kai hesitou um momento com os olhos fixos em Aya.
— Você tem certeza de que não imaginou tudo isso?
Aya assentiu, ainda sem fôlego.
Kai praguejou, agachou-se e seguiu as demais.

Aya esperou que o barulho da perseguição sumisse para ligar a tela ocular outra vez. Ficou deitada no chão de pedra, olhando para cima na escuridão do poço.

Como agora não havia nada além de ar entre ela e Moggle, a visão do topo da montanha era cristalina. O trem estava bem mais próximo, um colar brilhante de pérolas seguindo pelos trilhos que piscavam, a minutos de distância.

— Desça daí depressa, Moggle! — durou ela. — Não flutue... apenas caia!

Moggle virou as lentes para baixo e Aya assistiu à queda pelo ponto de vista da câmera. O ponto amarelo que representava a própria cabeça na visão infravermelha cresceu à medida que Moggle acelerava poço abaixo, até que Aya viu a própria expressão de surpresa.

— Pare! — gritou.

A câmera flutuante executou uma parada perfeita a poucos centímetros do seu nariz e piscou os faróis noturnos de felicidade.

— É bom te ver também. E, ai, não dá para enxergar nada. — Aya correu pelo túnel estreito. — Siga-me, mas não tão perto. Se encontrarmos alguém, lembre-se de se esconder!

Aya disparou pelo labirinto de pedra do esconderijo, seguindo as canaletas de metal até a entrada. Fora dessa forma que Moggle a encontrara, obviamente. Assim como os cilindros, uma câmera flutuante só poderia seguir pelo caminho de metal.

Quando alcançou o corredor principal, Aya estava sem fôlego pela correria e com o coração disparado. À frente, havia a silhueta de um grupo de Ardilosas contra a passagem para o túnel do trem magnético.

Ao parar, Aya sentiu a vibração do trem debaixo dos pés.

— Vai chegar a qualquer momento — disse Kai.

— Estou *tentando*! — Eden ajoelhou na entrada com o decodificador na mão e a outra acionando freneticamente os controles.

Mas a matéria inteligente da porta não estava se mexendo. Aya olhou por cima do ombro e viu Moggle tentando conseguir um enquadramento. Ela sorriu. Mesmo que a porta não se fechasse, o que aconteceria a seguir valeria a pena divulgar.

— Todas fiquem a postos, só por precaução — falou Eden.

À frente, as Ardilosas uniram os braceletes antiqueda para formar uma corrente humana. Não que isso fosse ajudar — se os móveis e equipamentos soltos começassem a voar, todas elas estariam em apuros da mesma forma.

Finalmente Eden Maru deixou escapar um gemido de triunfo. A matéria inteligente ganhou vida e os filamentos pretos começaram a se entrelaçar sobre a abertura.

Mas Aya podia sentir que o trem já estava no túnel. Os ouvidos estouraram quando o ar fez pressão contra as Ardilosas a 300 quilômetros por hora. O cheiro de chuva da matéria inteligente se modificando surgiu ao seu redor.

O rugido do trem ficava cada vez mais intenso, redemoinhos de poeira giravam freneticamente nos fachos de luz das lanternas. A primeira camada da porta já havia se formado na abertura, mas ela se inchou na direção de Eden como um balão espremido entre duas mãos.

Se a porta estourasse, Aya imaginou o que aconteceria com o trem. Será que a mudança repentina de pressão iria tirá-lo dos trilhos?

Perto da porta inchada, Eden continuava mexendo nos controles do decodificador e gritou algo que foi abafado pelo rugido do trem.

Mais camadas se formaram...

A vibração chegou ao ápice e as pilhas de equipamentos ao redor de Aya dançaram pelo chão. A superfície de matéria inteligente da passagem tremia rápido demais e vibrava como uma corda de guitarra.

Depois de um longo instante, o rugido começou a diminuir à medida que o trem se afastava.

A porta não desmoronou. Agora que o trem tinha passado, Aya não conseguia distinguir a matéria inteligente da pedra.

Enquanto Eden desmoronava no chão, Kai virou para as demais com um sorriso cansado no rosto.

— Talvez isso tenha sido diversão demais para uma noite.

Um burburinho de cansaço surgiu entre as outras; talvez Aya não fosse a única que não havia dormido nas últimas noites. As Ardilosas começaram a separar suas pranchas e se prepararam para voltar para casa.

O único problema era tirar Moggle dali sem ninguém ver.

— Ei, Kai — chamou Aya. — A gente pode pegar algumas coisas?

Kai olhou ao redor para o equipamento entulhado no corredor.

— Acho que sim. Mas não deixe muito óbvio que alguém esteve aqui.

— Nessa bagunça? Eles estão esvaziando o lugar, não fazendo inventário.

Algumas Ardilosas concordaram e começaram a mexer no equipamento. Aya percebeu que, sem reputação ou méritos, elas não podiam requisitar muitas coisas. As telas de parede e computadores espalhados por ali eram alvos tentadores.

Ela voltou depressa para o esconderijo de Moggle e pegou uma caixa qualquer. Depois de jogar fora o conteúdo de canetas de luz e tablets, Aya gesticulou para que a câmera entrasse. A tampa de plástico se fechou hermeticamente e Moggle ficou completamente escondida

Ao acionar os braceletes antiqueda, a prancha voadora de Aya veio pelo corredor em sua direção. Ela pressionou a caixa contra a superfície e sentiu os sustentadores de Moggle agarrarem-se através do plástico.

Aya estava pronta para sair levando uma câmera flutuante cheia de imagens ótimas de divulgar.

— Você foi muito ardilosa ao descobrir que o trem estava vindo.

Ela ergueu os olhos e viu Eden Maru sobrevoando acima da cabeça.

Aya deu de ombros.

— Não diria que fui ardilosa. O chão estava tremendo.

— Porém, o engraçado é que eu não senti nada quando cheguei aqui. Não até o trem se aproximar. Mas você o percebeu lá atrás no interior da montanha.

— Vai ver você não está acostumada a andar sobre a Terra, como nós extras, por usar sempre esse aparato de aerobol. — Aya sorriu.

— É, deve ser isso. — Eden olhou para o esconderijo de Moggle. — Encontrou algo interessante?

— Apenas canetas de luz, coisas assim. Você quer uma?

Eden hesitou, então balançou a cabeça.

— Não, obrigada, não preciso roubar coisas. Eu sou famosa, lembra?

— Desculpe, esqueci.

Eden finalmente sorriu.

— Não precisa pedir desculpas, Enxerida-chan. Isso mostra que você está evoluindo.

Ela deu um tapinha no ombro dolorido de Aya e voou de volta até o decodificador de matéria para começar a reabrir a porta.

RAINHA DA GOSMA

Aya não ouviu o alarme na manhã seguinte e perdeu as aulas de Inglês Avançado e de dois tipos de matemática.

Quando acordou, viu com desespero o sol entrando pela janela. Perder aulas significava perder méritos, dano suficiente para deixá-la zerada durante um mês.

Porém, enquanto permanecia deitada na cama olhando para o teto e massageando os hematomas e arranhões da aventura da noite anterior, Aya lembrou que em breve os méritos não importariam mais. Assim que a matéria das Ardilosas fosse divulgada nos canais, ela seria famosa demais para se importar com testes, tarefas do dormitório e servir de babá para as crianças — tudo isso seria tão inútil quanto os mostruários empoeirados de dinheiro dos Enferrujados no museu da cidade.

Uma grande reputação significava que a pessoa não precisava se preocupar em impressionar o Comitê da Boa Cidadania. Bastava continuar famosa, o que era, como os egocêntricos gostavam de dizer, mais fácil do que se tornar famosa, para início de conversa.

Aya esfregou os olhos. Ela dormira enquanto assistia ao material filmado por Moggle e pela câmera do botão: horas de surfe no trem magnético, túneis misteriosos, e Ardilosas duronas revelando os segredos de sua turma. Tudo valia a pena ser divulgado.

Era quase material demais com o qual trabalhar, mais complicado do que qualquer disciplina que Aya tivesse tentado fazer antes. Hiro sempre dizia que não importava que as imagens fossem impressionantes, as pessoas ficavam entediadas depois de dez minutos. Como ela conseguiria reduzir a esse tempo os esconderijos secretos, os alienígenas magricelos e as manobras radicais das Ardilosas? Dava para exibir dez minutos apenas de surfe no trem magnético!

Claro que a maioria das imagens de qualquer reportagem acabava como pano de fundo, assim outros divulgadores poderiam usá-las depois ou verificar se a verdade fora distorcida, como sempre acontecia nas transmissões dos Enferrujados. Mas se trairia as Ardilosas, Aya ao menos devia a elas uma transmissão que mostrasse como eram sensacionais, e não escondesse os melhores truques onde somente alguns viciados em transmissões iriam vê-los.

Ali deitada, ela imaginou dividir a matéria em capítulos. No verão passado, Hiro divulgara uma série de dez reportagens sobre pessoas que se machucavam para ficarem famosas: cortadores, adeptos da greve de fome, e gente que plantava tabaco para fumar. Mas a ideia de criar algo tão complexo — apresentar os personagens, recordar os temas sem se tornar repetitiva — era avassaladora demais.

As figuras inumanas eram a pior parte. Ninguém acreditaria nos alienígenas, especialmente porque Aya não tinha nenhuma imagem deles. Era o mesmo que inserir unicórnios na matéria.

Ela ligou a tela ocular e viu que Ren estava na casa de Hiro. Ele saberia o que fazer, e Hiro talvez até pudesse ajudar, agora que Aya podia provar que as Ardilosas existiam.

Estava prestes a ligar para Ren quando perdeu a voz — centenas de pings passaram pela visão, quase todas de estranhos. Por algum motivo, Aya recebera um monte de pings na noite anterior.

Então notou um nome familiar — Frizz Mizuno.

Aya hesitou. E se ele estivesse escrevendo para dizer algo radicalmente honesto, tipo que cometera um erro ao gostar dela? Ou que Aya Fuse era uma extra tão sem reputação que ninguém gostaria de sair com ela, muito menos alguém famoso e lindo?

Só havia um jeito de saber. Ela abriu o ping.

> Cercado por câmeras flutuantes hoje!
> E acabei de descobrir o motivo.
> Opa... sinto muito.
>
> — Frizz

Aya franziu a testa. Por que Frizz estava pedindo desculpas quando ela tinha bancado a completa idiota no dia anterior? E o que queria dizer a respeito das câmeras flutuantes? Então Aya notou que o ping terminava com um *link* para uma matéria, e um nó começou a se formar no estômago.

Ela seguiu o *link* e um dos canais dos difamadores de moda surgiu na visão...

O registro tinha sido feito no dia anterior, logo após o resgate de Moggle. Lá estava ela no uniforme do dormitório, coberta de lodo e sujeira, falando com Frizz ao lado dos campos de futebol do dormitório Akira. Mesmo com a imagem granulada das lentes da minicâmera, ele estava lindo como sempre, sentado de pernas cruzadas na prancha. Mas Aya parecia que tinha saído do esgoto.

A legenda dizia: *quem é a feia toda gosmenta com Frizz Mizuno?*

Aya fechou os olhos. Isso não... não *agora*.

O pior é que ela devia ter imaginado que uma coisa dessas iria acontecer. Frizz acabara de criar um novo grupo e sua reputação estava disparando. As câmeras dos paparazzi provavelmente o seguiam a todos os lugares, mas Aya tinha ficado tão confusa com sua atenção que nem pensou em tomar cuidado.

Logo agora que tentava permanecer anônima, lá estava ela bombando nos canais.

Aya assistiu à filmagem outra vez; pelo menos não era possível ouvir o que ela e Frizz conversavam, e Moggle estava longe perseguindo mísseis de plástico e discos de combate.

Era apenas uma transmissão idiota de um difamador de moda, o tipo de matéria que Aya olhava, ria e imediatamente esquecia todos os dias. Ela devia apenas ignorar...

Mas, por alguma razão, Aya não conseguiu se conter. Observou as dezenas de tomadas de fundo, todas tão horrorosas quanto a principal. Obviamente, quem divulgara não se preocupara em mostrá-la *depois* do banho. Que graça teria isso?

E a pior parte era o emaranhado de conversas gerado pelas imagens, mil legendas engraçadinhas, críticas e teorias estúpidas: a cirurgia da Honestidade Radical causou algum tipo de dano cerebral em Frizz, ele tinha atração por narizes grandes, uma nova espécie de namorada saiu dos esgotos.

Na madrugada anterior, um residente anônimo do dormitório Akira reconheceu Aya e divulgou em seu canal, mas até lá o fato de que ela tinha um nome sequer importava. Todo mundo estava se divertindo em chamá-la de "Rainha da Gosma".

Aya ficou deitada de costas na cama, se perguntando como as pessoas podiam ter tão pouca integridade ao mandarem câmeras flutuantes para captar imagens em segredo dos outros. Como Ren dissera, os canais dos difamadores eram para idiotas. A maioria provavelmente só sentia inveja e estava irritada por Frizz gostar dela, uma extra feia, em vez de alguma outra famosa.

Mas não importava o quanto Aya os desconsiderasse, nem que eles fossem imbecis e insignificantes. Por alguma razão, o que os difamadores diziam ainda assim magoava.

Ela gemeu ao ouvir um sinal suave — provavelmente mais um ping de um novo fã da Rainha da Gosma. Mas quando o nome do remetente apareceu, Aya sentou imediatamente.

— Frizz?

— Ei, Aya-chan. Hã, você viu os canais hoje de manhã?

Ela voltou a deitar.

— Sim. Rainha da Gosma, a seu dispor.

— Foi mal, Aya. Eu ainda não me acostumei com esse lance de paparazzi. Não me ocorreu que...

— A culpa não é sua, Frizz. *Eu* já devia saber disso. — Aya suspirou. — Hiro ficou famoso logo em sua primeira matéria. Eu conheço as regras, apenas esqueci quando vi você esperando por mim.

Houve um momento de silêncio e então ele disse:

— Fico feliz em ouvir isso, eu acho.

Pela primeira vez desde que acordara, Aya sentiu algo além da terrível impressão de ser enganada. Pelo menos Frizz não tinha ligado para dizer como era ridícula.

— É, creio que sim.

— Por que não passa aqui? Podemos fazer um piquenique ou algo assim.

— Pensei que estivesse rodeado de câmeras.

— Completamente, mas e daí? É uma chance para as pessoas verem você sem a gosma, sabe? — Ele riu.

— Mas eu não posso. Lembra a matéria que estou fazendo? Ainda é um segredo.

— Então não falaremos sobre ela. Eu não sei nada, afinal.

— Mas o grupo que vou divulgar tem um problema no cérebro em relação à fama. Odeiam qualquer tipo de reputação. Se me virem com você cercado de câmeras, vão começar a suspeitar.

— Suspeitar de quê? Que você gosta de piqueniques?

— Frizz — gemeu Aya. — Eu estou disfarçada, lembra? O grupo não *sabe* que estou fazendo uma matéria sobre ele.

Houve uma longa pausa.

— Espera aí... eu pensei que fosse um segredo para os outros divulgadores, mas é segredo para o grupo também?

— Sim. Não sabem que sou uma divulgadora.

— Quer dizer que está fazendo com ele a mesma coisa que acabou de acontecer conosco? Está gravando o grupo sem avisá-lo?

Aya abriu a boca e fechou de novo. As palavras deram um nó em sua cabeça.

— Isso é *completamente* diferente.

— Diferente como?

— Eu não estou difamando o grupo, Frizz. Quero mostrar como são demais! Essa matéria vai torná-los famosos!

— Mas eu pensei que você tivesse dito que o grupo odiava fama.

— Sim, odeia, mas... — começou Aya, mas as palavras se emaranharam de novo.

A Honestidade Radical de Frizz era absurda! Às vezes parecia que ele era de uma cidade sem reputação.

— Eu preciso pensar mais nisso, Aya — disse, baixinho.

— Você precisa... o quê?

— Foi mal, mas é que esse lance de segredo é muito estranho a meu ver. Porém, parece que você precisa ficar longe de mim de qualquer forma. Então acho que a gente devia se afastar um pouco.

Por um instante, Aya quis discutir ou mesmo correr para vê-lo, com ou sem câmeras flutuantes. Mas ela não podia simplesmente revelar o disfarce. As coisas já iam mal com seu nome circulando por todos os canais.

Talvez ele tivesse razão quanto a se afastar por alguns dias, mesmo que fosse muito triste admitir isso.

— Você tem certeza, Frizz?

— Sim. Preciso pensar a respeito. Às vezes é difícil saber que tipo de pessoa você é.

Aya cerrou os punhos e procurou o que dizer. Agora Frizz achava que ela era uma difamadora idiota! Se ao menos pudesse explicar que a matéria era mais importante que a privacidade das Ardilosas; o que estava escondido naquela montanha podia ser perigoso.

Mas graças à Honestidade Radical e à fama de Frizz, tudo o que ela contasse para ele estaria nos canais no dia seguinte. Aya não podia arriscar.

Os dois finalmente se despediram e a conexão foi desfeita.

Aya ficou ali, apagando pings debochados e se sentindo pior a cada segundo. Talvez deixar de ver Frizz já não adiantasse mais. E se uma das Ardilosas esbarrasse com a matéria sobre a Rainha da Gosma? Aya seria culpada pelo súbito pico de fama? Ela não tinha culpa por Frizz ser famoso, lindo e atrair câmeras...

Exatamente o tipo de namorado que Aya daria tudo para ter uma semana antes.

Aya franziu a testa e percebeu que aquela era a primeira manhã desde a infância que não havia verificado a reputação — e, para variar, o valor podia ter subido. Ela fechou os canais dos difamadores e abriu espaço na teia de conexões e fofocas que enchiam a tela ocular para ver o cantinho da vergonha.

Ela ficou sentada ali um tempo, olhando para a reputação sem saber o que pensar.

O valor chegou a 26.213 — muito mais alto do que jamais esteve. Finalmente, Aya Fuse era famosa.

Por ser gosmenta.

LANÇADOR ELETROMAGNÉTICO

Havia câmeras flutuantes à espreita na frente do dormitório de Akira.

A matéria da Rainha da Gosma já estava sendo deixada de lado — afinal, havia gente mais famosa para ser difamada pela cidade —, mas Aya decidiu tomar cuidado. Mais alguns dias de anonimato e ela ficaria feliz por estar rodeada por todas as câmeras que conseguisse atrair.

Agarrada a Moggle, ela pulou da janela dos fundos do quinto andar e aterrissou com força no novo jardim de crisântemos do dormitório. Um robô inspetor reclamou com Aya porque ela amassou um canteiro na lama.

Parecia mesmo que aquele dia não seria bom para méritos.

— Pegue a minha prancha, Moggle. Mas não deixe que nenhuma dessas câmeras veja você.

Moggle deu meia-volta e disparou para o depósito de pranchas, parando para olhar pela curva. Depois da aventura da noite anterior, ela finalmente estava conseguindo ser furtiva.

Aya vasculhou a floresta enquanto esperava e se perguntou se haveria alguma câmera de paparazzi escondida entre as árvores. Sentiu um arrepio ao imaginar estar sendo observada. Era assim que Kai vivia? Sendo furtiva o tempo todo e preocupada em não ganhar qualquer tipo de reputação? Parecia uma maneira paranoica de viver.

Moggle reapareceu com a prancha a reboque e Aya subiu.

— Vejo você na casa do Hiro.

Moggle piscou os faróis e disparou pela floresta em direção à parte famosa da cidade.

— Ei, Rainha da Gosma!

Aya gemeu.

— Deixe-me entrar, Hiro. Alguém pode me reconhecer.

— Mas como isso seria possível? Você não está vestindo sua roupa gosmenta.

— *Hiro!*

Mais risadas, até que finalmente a porta do elevador abriu para que ela e Moggle entrassem.

Hiro e Ren continuavam rindo quando a porta abriu de novo. Os dois estavam esparramados no sofá se divertindo com um jogo na enorme tela de parede de Hiro. Explosões e o som de tiroteio faziam os grous de papel tremerem.

— O que vocês dois estão fazendo? — gritou Aya, mais alto que o barulho.

— O Anônimo acaba de divulgar uma matéria difamando jogos — berrou Ren. — Então nos dedicamos a um dia de guerra!

Ela revirou os olhos. Hiro ainda estava chateado porque o Anônimo tinha chamado os coroas da matéria dele sobre imortalidade de desequilibrados e anarquistas.

— Mas isso não está meio alto?

— Foi mal, Gosmenta-sensei — gritou Hiro. — Belo trabalho com sua reputação, por falar nisso. Mais algumas aparições como Rainha da Gosma e você vai ser convidada para a Festa dos Mil Famosos!

Ela falou com desdém.

— Não é você que diz que não existe má fama?

— Não, é a interface da cidade. Eu sou contra a fama por gosma.

Ren riu e caiu de lado para fazer com que o personagem do jogo realizasse uma manobra perigosa.

— Do que *você* está rindo, Ren? — gritou Aya. — Foi você que me fez mergulhar!

— Não sabia que você iria falar com um bonitão famoso ao voltar para casa.

— Nem eu! — berrou Aya, mais alto que as explosões.

— Claro que não — respondeu Hiro. — Assim como você não tinha *a menor ideia* de quem era Frizz Mizuno quando vimos o canal dele ontem.

— Eu não sabia quem ele era ontem. Nem o nome dele, de qualquer forma. Apenas encontrei com ele na noite anterior... em uma festa.

Hiro franziu a testa e fez um gesto. A tela de parede congelou a imagem e o som parou abruptamente.

— Desde quando você é convidada para as mesmas festas que Frizz Mizuno?

— Eu não fui exatamente convidada — respondeu Aya. Hiro levantou uma sobrancelha e ela gemeu. — Eu entrei de penetra em uma festa dos Tecnautas, OK? Estava procurando as Ardilosas.

— Ah, as imaginárias Ardilosas outra vez. — Hiro soltou um longo suspiro. — Por que está perdendo tempo com unicórnios, Aya-chan?

— Elas não são imaginárias. Na verdade, eu me juntei ao grupo ontem à noite.

— Você se juntou aos unicórnios? — perguntou Hiro.

— Às Ardilosas, seu avoado. Eu até surfei com elas.

— O que quer dizer? — perguntou Ren.

— Vocês não ouviram falar de surfe nos trens magnéticos? — Aya gesticulou e Moggle começou a enviar uma série de vídeos para a tela de parede de Hiro. — Então precisam assistir a isso aqui.

Hiro começou a falar alguma coisa, mas a tela de parede já tinha voltado a funcionar. Ele cruzou os braços e assistiu em silêncio à noite de Aya como uma Ardilosa.

Quando terminou, a primeira coisa que Hiro disse foi:

— Mamãe e papai vão matar você.

Aya não tinha como discutir. Os pais nem sequer aprovavam bungee jump. Ela nem podia imaginar o que a mãe diria ao vê-la surfando um trem magnético.

— Os coroas são a menor de nossas preocupações. Depois que você divulgar isso, os guardas vão aparecer — disse Ren.

— Eu sei. — Aya suspirou. — Essa é a parte ruim de divulgar essa matéria. Ninguém nunca mais vai surfar em um trem magnético.

— Não é isso que eu quis dizer — disse Ren, baixinho. — Os guardas vão esquecer o surfe quando virem aquele impulsionador de massa.

Aya olhou para Hiro, que parecia tão intrigado quanto ela.

— O que é um impulsionador de massa? — perguntou Aya.

Ren ficou de pé, foi até a tela de parede, e voltou as imagens com um giro do dedo. Ele congelou a tomada em que Moggle estava subindo pelo poço e apontou para o brilho de metal na pedra.

— Isso é uma bobina de cobre, não é?

— Acho que sim. Tipo a de um motor elétrico?

— Ou a de uma linha férrea — disse Ren. — Trens magnéticos têm dois tipos de ímãs: os que fazem o trem levitar e os impulsionadores de massa.

— E o que eles fazem? — perguntou Aya.

— Os impulsionadores movem o trem. Conforme ele passa, alternam de negativos para positivos, puxam pela frente e empurram por trás, movendo o trem cada vez mais rápido. É possível fazer a mesma coisa para cima.

— Então esse poço é igual a um trem magnético que sobe e desce? — Aya deu de ombros. — Quer dizer que *é* um elevador?

Ren balançou a cabeça.

— O impulsionador pode acelerar mil vezes mais rápido do que qualquer elevador. Você viu a escotilha, certo? Se a pessoa retirar todo o ar do poço, vai poder acelerar no vácuo. Sem fricção, somente velocidade. Com energia suficiente, um impulsionador de massa pode arremessar alguém em órbita.

— Mas qual o *sentido* disso? — perguntou Hiro. — Por que esconder dentro de uma montanha?

Ren ficou olhando para a imagem da bobina de cobre.

— Isso depende do material de que são feitos aqueles cilindros.

Aya deu de ombros.

— Eles pareciam apenas com grandes pedaços de metal.

— Mas e se houver matéria inteligente dentro? Os cilindros podem mudar de forma enquanto voam, criar aerofólios e asas para se guiarem até um alvo. Podem até mesmo formar um escudo contra calor ao caírem.

— Nem pensar, Ren. — Hiro sentou e se endireitou. — O Anônimo está certo: nossos jogos fizeram de você um paranoico de guerra.

— Muito engraçado, Hiro. — Ren moveu a imagem até o *close* de um cilindro. — Deixe-me fazer uns cálculos. Qual o tamanho deles, Aya?

— Hum... talvez um metro de diâmetro? E um pouco mais alto que eu. — Aya franziu a testa. — Por que está tão empolgado?

— Ele está delirando — disse Hiro.

— Vamos dizer que tenha 2 metros de altura. — Ren mexeu os dedos e números surgiram na imagem do cilindro na tela de parede. — Então o raio ao quadrado é 25 centímetros, vezes pi dá mais ou menos 0,75. Isso multiplicado por 2 metros de altura é igual a 1,5. Ei, sala? Quanto pesaria 1,5 metros cúbicos de aço?

— Que tipo de aço? — perguntou a sala.

— Não importa, apenas arredonde.

— Quase 12 toneladas.

— Doze *toneladas*? — Ren deu um passo para trás e caiu sentado na poltrona usada por Hiro para ver os canais, olhando arregalado para a tela.

— Qual o problema? — perguntou Aya, baixinho.

Hiro inclinou o corpo para frente sem a expressão alegre no rosto.

— Ei, sala? Quanta energia seria gerada se 12 toneladas de aço caíssem de órbita?

— A que altura de órbita?

Hiro olhou para Ren, que deu de ombros e disse:

— Duzentos quilômetros? Ignore a resistência do ar e arredonde a conta.

A sala sequer fez uma pausa.

— O objeto aterrissaria a 2 mil metros por segundo e liberaria 24 gigajoules, o equivalente a seis toneladas de TNT.

— OK... isso não é nada bom — falou Hiro.

— O que é TNT? — perguntou Aya.

— Hoje em dia é uma unidade de energia — Ren respondeu Ren. — Mas há muito tempo era um produto químico que os Enferrujados usavam para fazer bombas.

— *Bombas?* — Ela engoliu em seco. — Como na época em que costumavam atirar mísseis uns nos outros?

— Uau, Rainha da Gosma, você pega as coisas rápido — disse Hiro.

Ren assentiu devagar.

— Isso pode ser algum tipo de destruidor de cidades.

— Você não está falando sério. — Aya se lembrou das armas dos Enferrujados que destruíram cidades inteiras em segundos, queimaram o céu e envenenaram o solo por décadas. — Mas os destruidores de cidades tinham explosivos. Aqueles cilindros eram apenas aço sólido!

— Sim, Aya, e os dinossauros foram extintos por ferro. Ferro que *caiu do espaço* — falou Ren. — Esses cilindros não cairiam aleatoriamente. A matéria inteligente poderia se dividir em pedaços menores, um para cada edifício de uma cidade. Quantos cilindros você disse que existiam?

— Havia centenas, Ren — disse, baixinho.

— Milhares de toneladas? Com a atual escassez de metal? Aya balançou a cabeça.

— Mas vocês não estão tirando conclusões precipitadas? Nós nem sabemos se existe matéria inteligente dentro dos cilindros.

— Talvez eu consiga arrumar algo para você testá-los — disse Ren.

— Um decodificador de matéria resolveria? — perguntou Aya e os dois viraram para encará-la. — Porque, tipo, as Ardilosas têm um.

— Aya — disse Hiro, devagar. — Não me diga que você andou brincando com decodificadores.

— Eu nem toquei nele!

— Aya! Decodificadores não são ilegais apenas porque você pode perder méritos, você pode ir para a cadeia!

— Porém, eles são perfeitos — disse Ren. — Basta dar um simples comando e ver o que o decodificador faz.

— Ren! — gritou Hiro. — Minha irmã caçula não vai mais passar um segundo com essas Ardilosas. Você quer que meus pais me matem?

Ren virou para ela.

— Se você não quiser ir, Aya, eu vou tentar entrar na montanha. Mas a matéria é sua...

Aya não respondeu de primeira e ficou olhando para o emaranhado de contas na tela, lembrando-se de quando tinha 10 anos. A turma de crianças foi levada em carros voadores para uma antiga ruína da segunda guerra global dos Enferrujados. Os restos de um domo queimado surgiram entre paredes destruídas sem janelas e marcavam onde cem mil pessoas tinham morrido em um rápido *flash*. Ela não acreditou que aquilo fosse possível, nem que um dos Enferrujados fosse capaz de tal coisa.

Mas parecia que alguém estava seguindo os passos deles.

— Foi mal, Hiro, mas eu preciso fazer isso — disse ela. — O fim do mundo não é uma coisa que se divulga pela metade.

PARTE II
DESTRUIDORES DE CIDADES

Atrás de cada oportunidade de se realizar pela fama se esconde a ameaça de mais fracassos.

— Leo Braudy, *The Frenzy of Renown*

BANIDA

As Ardilosas não ficaram contentes com a Rainha da Gosma.

Aya descobriu que Kai vigiava as reputações das demais com tanta atenção quanto a própria. Ela não deixou de notar a súbita mudança de Aya, do anonimato para uma leve fama. Depois de várias mensagens, Kai admitiu que *talvez* não tivesse sido totalmente culpa de Aya, mas a situação ainda era um problema.

Elas não permitiam gente que atraísse câmeras.

Então Aya estava banida das Ardilosas, pelo menos até que a reputação caísse abaixo dos seis dígitos.

A princípio, Aya pensou que a demora a faria perder a cabeça. Lá estava ela, finalmente com uma matéria importante nas mãos, e precisava esperar que um bando de ninguéns parasse de debochar dela por um assunto sem importância.

Ainda por cima, Aya não podia arriscar sair com Frizz até que a situação se resolvesse. Se fossem vistos juntos, surgiria mais uma onda de difamação sobre a Rainha da Gosma e sua reputação aumentaria.

Mas, com o passar dos dias, a espera até que não foi tão ruim.

Aya ficou no quarto e não foi às aulas alegando que ficara resfriada por causa do lago subterrâneo. Retirou do ar as velhas matérias por uma semana e só respondeu aos pings de Hiro, Ren e Kai. E, aos poucos, Aya Fuse (com seu *alter ego*, a Rainha da Gosma) começou a desaparecer, sua reputação caía milhares de posições todos os dias.

A parte mais estranha era não ter um canal. Nos últimos dois anos, tudo o que Aya achava importante era armazenado ali: imagens, matérias, horários de aulas e notas. Listas de tudo o que fazia, pensava e queria, e de todos os amigos e inimigos. Mesmo que quase ninguém assistisse ao canal, apagar a transmissão era como apagar uma parte de si mesma.

Felizmente, Aya tinha muito com o que se ocupar.

Ela levou uma semana inteira para fazer uma edição preliminar da reportagem, com cuidado para esconder a terrível verdade até o fim e, no entanto, relevar o suficiente para manter as pessoas assistindo. Seria a matéria mais longa que jamais divulgara, com quase 20 minutos. Hiro falou para encurtar a versão que assistiu, mas Aya não estava preocupada que alguém ficasse entediado.

A matéria tinha de tudo: rebeldes excêntricos, tecnologia misteriosa, tomadas impressionantes da natureza e um acidente de trem magnético que não aconteceu por um triz. E, claro, a velha e boa humanidade tentando destruir o planeta mais uma vez — todas as promessas e perigos da libertação reunidos em uma só reportagem.

A única coisa que ficou de fora foi o trio de figuras inumanas que ela e Miki viram. Não havia imagens das criaturas, afinal de contas. E claro que armas destruidoras de cidades já bastavam, nem precisava misturar a existência implausível de alienígenas. Aya nem falou sobre eles com Hiro e Ren, que provavelmente diriam que estava acreditando em unicórnios outra vez.

Ela deixou um espaço em branco ao final para a verdade sobre os cilindros, assim que provasse a teoria de Ren sobre a matéria inteligente. Mas Aya já estava convencida: os cálculos eram corretos, e ela descobriu que os Enferrujados também tinham escavado locais nas montanhas para que seus líderes sobrevivessem enquanto o resto do mundo ruía. Tudo isso era um terrível *flashback* das antigas guerras que mataram milhões.

Talvez, assim que as Ardilosas enxergassem a verdade, Aya fosse perdoada por divulgar a matéria. Até mesmo Kai iria entender que a segurança do mundo era mais importante do que manter alguns truques em segredo.

Então Aya esperou pacientemente, editando e reeditando, aguentando os comentários irritantes de Hiro. Reservou um minuto inteiro para que Ren colocasse os cálculos de mecânica orbital e energia cinética. A princípio, essa parte era chata, mas terminava com explosões — a imagem perversa e sensacional de prédios ruindo depois que seus suportes flutuantes tinham sido arrancados por pedaços de metal semiderretido.

E, finalmente, após uma longa semana, sua reputação voltou à casa dos cem mil. A Rainha da Gosma não existia mais e Aya Fuse virou uma Ardilosa pela última vez.

TESTE

— Tem certeza de que nada seguiu você? — perguntou Kai.

— Absoluta — disse Aya ao parar a prancha.

Só para ter certeza, Moggle a seguira desde o dormitório Akira e tinha ficado de olho em qualquer câmera que tivesse sobrado de seu curto reinado como Rainha da Gosma. E, para ficar ainda mais segura, Ren costurou seis câmeras espiãs no casaco do dormitório viradas para todas as direções, e nenhuma viu nada.

— Cadê todo mundo? — perguntou Aya. Eden e Kai eram as únicas Ardilosas que esperavam por ela no limite da cidade.

— Estão de folga. Tem vento demais para o surfe, mas achamos que você toparia, já que estava afastada — respondeu Eden.

— Sério? — Aya franziu a testa. Ela notara o vento ao sair do dormitório, mas não tinha parecido tão forte assim.

— Acho que tenho que agradecer. Estava ficando muito entediada no meu quarto.

— É isso que dá andar com famosos. — Kai riu. — Talvez se você diminuísse esse nariz, não atrairia tantos garotos bonitos.

Aya revirou os olhos. Agora o nariz dela era *bonito* demais?

— Não importa, Kai. Só quero entrar na montanha de novo. Andei fazendo algumas pesquisas e tenho uma teoria sobre aqueles cilindros.

— Mal posso esperar para ouvir, mas, infelizmente, você está um pouco por fora — disse Eden.

— Quer dizer que já sabem o que eles são? — perguntou Aya baixinho.

Eden sorriu e balançou a cabeça.

— Não, só quis dizer que Kai é Lai agora.

— Continuar desconhecida é uma luta interminável — falou Lai. — Mas agora você entende disso, não é, Rainha da Gosma?

— Claro, Lai. — Aya olhou sobre o ombro para esconder o alívio. A vibração do trem começou a crescer sob seus pés.

— Não se preocupe por estar destreinada, Enxerida — disse Lai, sorrindo. — Surfar um trem magnético é como andar de prancha voadora. Você nunca esquece.

O deslocamento de ar estava pior do que nunca.

O vento ficava mais forte à medida que o trem se aproximava do limite da cidade. Voando deitada na prancha, Aya sentia cada tremor e puxada do ar. A brisa soprava além do arco da curva e sua energia se misturava à turbulência da passagem do trem como dois rios caudalosos formando uma correnteza forte.

O primeiro contato com a área de baixa pressão fez Aya girar e ver a terra e o céu darem voltas. Somente os braceletes antiqueda turbinados de Eden a mantiveram firme, com os dedos brancos de tanto segurar a ponta da prancha.

Aya lutou para controlar a prancha e conseguiu nivelá-la outra vez. Toda vez que se dirigia para a borda do trem, a turbulência provocava um novo giro.

Agora entendia por que Lai e Eden tinham dito para as outras Ardilosas ficarem em casa!

O trem começou a emitir um zumbido — estava se endireitando outra vez e ganhando velocidade — e Aya trincou os dentes. De forma alguma ela iria passar mais um dia trancada no quarto, sem poder divulgar a maior matéria desde a libertação...

Ela manobrou para a esquerda e puxou a prancha em direção ao trem, forçando passagem pela barreira do deslocamento de ar.

A prancha iniciou uma nova sequência de giros, mas dessa vez Aya não resistiu, deixou o mundo rodar várias vezes até que o desenho formado pelas luzes da linha férrea se estabilizasse. Então se permitiu levar pelos giros da prancha e passou pela turbulência.

Na calmaria, Aya lutou para nivelar a prancha outra vez. A cabeça ainda estava rodando, mas o trem se estendia ao lado, estável como uma casa.

Ela se esgueirou pela lateral de metal e subiu a bordo.

Alguns metros à frente, Lai e Eden já estavam de pé, assistindo admiradas.

— Nada mal — disse Lai, chamando. — Talvez você esteja pronta para aprender alguns novos truques!

O trem continuava acelerando e Aya não respondeu enquanto colocava o bracelete antiqueda no tornozelo. Ficou de pé assim que o trem atingiu velocidade de cruzeiro. As três surfaram juntas em silêncio e evitaram riscos de decapitação enquanto a natureza passava em disparada de cada lado.

Logo as montanhas surgiram no horizonte, a massa escura cem vezes mais sinistra agora que Aya sabia o que havia no interior.

Ren tinha enviado os cálculos mais cedo: somente uma montanha poderia esconder um impulsionador de massa grande o bastante para arremessar um projétil em órbita. Além disso, a atmosfera era mais rarefeita sobre as montanhas, o que oferecia menor resistência do ar para os cilindros assim que saíssem do poço. Quem quer que tenha construído aquilo pensara muito sobre como destruir o mundo.

Quando os cumes pretos surgiram diante dela, Aya se perguntou pela primeira vez se os difamadores da libertação como o Anônimo estavam certos. Talvez a humanidade fosse perigosa demais para ficar livre. A cura tinha apenas três anos e alguém já tinha construído uma arma capaz de deixar os Enferrujados orgulhosos.

Pelo menos a descoberta tornava uma coisa mais fácil: assim que as Ardilosas percebessem qual o objetivo do impulsionador de massa, *teriam* que entender que ele não poderia mais ser mantido em segredo.

— Então, que teoria é essa? — perguntou Lai.

— Bem, tem a ver com aquele troço — disse Aya e apontou a lanterna para a porta secreta.

Eden Maru se encontrava agachada ao lado dela, acionando os controles do decodificador de matéria com os dedos. O túnel estava um breu à exceção da lanterna de Aya — as outras duas tinham visão infravermelha — e a escuridão ao redor ganhou vida assim que a porta começou a zumbir.

— Você quer dizer a matéria inteligente? — indagou Lai.

— Exatamente. — Aya passou a luz pela superfície para vê-la se ondular e sentiu o cheiro de chuva. — E se os cilindros forem revestidos dela?

Eden olhou para Lai sobre o ombro, mas nenhuma falou nada.

— Para mim, aquele poço que a Eden encontrou parece um impulsionador de massa. E se os cilindros forem capazes de mudar de forma, devem ser mísseis de alguma espécie.

Por um instante não houve outro som a não ser o zumbido da matéria inteligente e então Lai falou:

— Você quer dizer que essa montanha inteira é uma arma?

— Exatamente. Uma espécie de arma tradicional dos Enferrujados.

— Teoria interessante. — Eden observou as últimas camadas da porta se abrirem, revelando o brilho laranja do túnel. — Quão certa disso você está?

— Tenho certeza quase absoluta. Posso provar assim que chegarmos aos cilindros.

Elas entraram e Eden virou para fechar a porta secreta de novo. Como era esperado, Moggle ficaria presa do lado de fora hoje naquela noite. Pelo menos Aya tinha as câmeras espiãs.

— Esperta — disse Lai. — Mas você não foi a única a bancar a esperta esta semana.

Aya franziu a testa. As duas não pareciam sequer surpresas.

— Isso é sério, Lai. Aqueles cilindros podem destruir uma cidade inteira. São mais mortais do que qualquer coisa usada na Guerra de Diego.

— Pode ser, Enxerida, mas espere até ver o que a gente armou.

— Mas isso pode significar...

— Aya, eu disse para *esperar*!

A porta fechou e Aya ficou calada. Tinha esquecido que Eden Maru também era uma Tecnauta, muito mais famosa do que Ren. O que ela e as Ardilosas andaram aprontando na semana anterior?

O trio avançou pelos corredores de pedra, passando pela bagunça e equipamentos. Quando elas chegaram à sala dos cilindros, Aya parou no topo da escadaria para permitir que as câmeras registrassem as fileiras de mísseis de metal.

— O que foi, Enxerida? — perguntou Eden.

— Se puder me emprestar o decodificador por um minuto, eu vou mostrar uma coisa.

— Ele não é um brinquedo.

— Eu sei disso. Só me deixe tentar uma coisa.

— Deixe — disse Lai. — Isso pode ser interessante.

Eden suspirou e entregou o aparelho para Aya. Era mais pesado do que aparentava, o topo tinha vários controles e mostradores. Ren tinha avisado que era uma das poucas máquinas feitas propositalmente para ser difícil de ser usada. Não havia voz de ajuda, nem tela de instruções — o decodificador era tão sem graça e sem interface quanto os aparelhos dos Enferrujados no museu da cidade.

Aya desceu as escadas e escolheu um cilindro qualquer. Tirou o cartão de memória de Ren do bolso e colocou no leitor do decodificador.

— *Você* criou um aplicativo para um decodificador de matéria? — perguntou Eden com desdém. — Você é cheia de talentos secretos, não é?

Aya deu de ombros. Estava cansada de mentir.

O decodificador foi ligado e ela o pressionou contra a lateral de metal do cilindro. Um zumbido tomou conta do ar, bem mais baixo que o som da porta secreta. Parecia a vibração de um trem se aproximando, mas era suave como um arco passando pelas cordas de um violoncelo.

Havia um cheiro no ar de chuva e relâmpagos, como no momento em que a porta abria.

O cilindro começou a mudar de forma devagar, como metal derretido sendo jogado sobre um molde invisível. Primeiro se transformou em um cone com a ponta arredondada e de um tom pálido de branco. Ren disse que isso iria acontecer — a parte branca era feita inteiramente de matéria inteligente, um escudo contra calor para protegê-lo de queimar ao entrar em órbita. Quatro pequenas asas surgiram das laterais, uma delas se esticou em direção a Aya como o pseudópodo de uma bactéria de metal.

Ela deu um passo para trás, fascinada pelo ondular das formas.

A estrutura das asas se consolidou. Elas eram feitas para utilizar a estratosfera de modo a guiar o míssil para a órbita certa. Então as transformações pararam como líquido subitamente congelado e o metal ficou imóvel diante delas.

Talvez estivesse esperando determinadas instruções, algo além do simples comando programado por Ren.

— É isso? — perguntou Lai.

— Acho que sim. — Aya franziu a testa. — Mas você viu as asas. Isso significa que é um míssil, certo?

Eden sorriu.

— Foi o que achamos que era. Bela prova, entretanto.

— Vocês *sabiam*? — gritou Aya.

Lai deu de ombros.

— Assim que percebemos que o poço era um impulsionador de massa, o restante era óbvio. Mas eu tenho que dar o braço a torcer, Aya, nós não pensamos em testar os cilindros. Olhamos para a outra metade da equação.

— Que outra metade?

— Venha ver, Rainha da Gosma.

Eden pegou em sua mão com força e a puxou até a entrada do impulsionador. O trio seguiu pelo túnel e atravessou as duas escotilhas até a borda do poço. Lai apontou para o fundo escuro.

— Notou algo de novo?

A luz da lanterna sumiu antes de chegar ao fundo.

— Não consigo ver nada, Lai. Eu não tenho visão infravermelha, lembra?

— Ah, certo. Olhe de perto então.

Lai colocou uma das mãos com força no meio das costas de Aya e a empurrou para o vazio.

NO FUNDO DO POÇO

Os braceletes antiqueda de Eden Maru deviam ter sido reprogramados, pois dessa vez não pararam abruptamente a queda de Aya, apenas a suavizaram, descendo Aya gentilmente pela escuridão.

Durante um instante de pânico, ela imaginou que Eden e Lai tinham descoberto quem era e planejado deixá-la lá no fundo. Então ouviu os risinhos das duas seguindo poço abaixo.

— Muito engraçado! — gritou para o alto.

Eden passou por ela flutuando e disse:

— Espero que não tenha medo de quedas, Aya, pois pode ser um problema.

— O que isso quer dizer?

Eden não respondeu, simplesmente pegou Aya pelos pés e a guiou para baixo até chegarem ao chão de pedra.

Aya massageou um ombro dolorido e apontou a lanterna com a outra mão. O poço era mais espaçoso ali embaixo e havia um estranho aparato no meio. Eram quatro pranchas voadoras de longa distância presas de maneira tosca com tiras de metal e tinham por dentro um emaranhado de sustentadores industriais.

— Você não encontrou esse troço aqui embaixo, não é? Você o construiu.

— Claro. É meu pequeno trenó. — Eden fez carinho na prancha mais próxima. — Aposto que mal pode esperar para andar nele.

— Andar? *Onde?*

Eden pegou a corrente em volta do pescoço e puxou um apito de dentro do aparato de aerobol. Estufou as bochechas e soltou um longo e estridente assobio.

— Ai! — disse Aya, cobrindo os ouvidos tarde demais. — Dá para avisar antes, por favor?

Lai pousou no chão próximo a ela, rindo ao dar uma volta no ar com os braceletes antiqueda. Um apito em resposta soou de cima.

Aya ergueu os olhos e viu um tênue brilho no alto. O luar.

— A abertura foi selada para o ar ser bombeado para fora — disse Lai. — Esses cilindros, obviamente, conseguem romper o plástico. Mas uma vez que *nós somos* os projéteis, eu mandei as Ardilosas abrirem caminho.

— Nós somos os...? — Aya começou e então franziu a testa. — Mas você disse que as outras estavam de folga.

— Eu menti — disse Lai com um suspiro. — E mentir é feio, não é?

Aya olhou para o trenó.

— Espera aí, vocês não colocaram o impulsionador de massa para funcionar, colocaram?

— Nem pensar — respondeu Eden. — Com energia correndo pelas bobinas, a aceleração mataria a gente. Mas o lançador tem aço o bastante para impulsionar as pranchas. Meu pequeno trenó pode ir muito rápido.

— A gente? O que acontece quando chegarmos ao fim?

— Acontece a inércia — disse Lai. — Acontece o voo. Acontece a *diversão*.

Aya ficou de queixo caído.

— E quando acontecer a *gravidade*? A gente pode alcançar centenas de metros no ar!

Eden balançou a cabeça.

— Ah, muito mais alto que isso, Enxerida-chan.

— Mas como o seu pequeno trenó vai pousar? Não há malha magnética lá fora. Essas pranchas vão cair como rochas.

Lai sorriu.

— Você não ouviu as fofocas sobre a gente, Enxerida?

Ela apontou para o chão. A lanterna de Aya revelou quatro pilhas grandes como mochilas cheias de roupas para lavar com tiras de bungee jump penduradas.

Então Aya se lembrou da história que Hiro contou sobre as Ardilosas. Os rumores de que elas pulavam de pontes... usando paraquedas.

Paraquedas *caseiros* porque o buraco na parede não fornecia verdadeiros.

— Ah, droga.

— Só não puxe a cordinha antes de contar até trinta — disse Eden. — Em uma noite como essa, o vento pode levá-la por horas, se abrir o paraquedas muito no alto.

— Mas eu não...

— Na primeira vez que fiz isso, eu fui parar a meio caminho do oceano — disse Lai. — Levei *horas* caminhando até voltar à linha do trem.

A cabeça de Aya estava pulsando.

— Quer dizer que já fez isso antes?

— Cinco vezes! — declarou Lai, mostrando a mão aberta. — Nós treinamos a semana inteira para deixar o trenó prontinho para você!

Aya ergueu os olhos para o pequeno vislumbre de luar.

— O que quer dizer com deixou pronto para *mim*?

De repente seus braceletes antiqueda foram ligados e os pulsos de Aya bateram com força contra o aparato. Ela se contorceu e puxou, tentando desmagnetizá-los, mas os braceletes aguentaram firmes.

— O que vocês estão fazendo? — gritou Aya.

Eden levantou uma das mochilas e a segurou atrás de Aya. As tiras ganharam vida e se enroscaram como cobras em volta das coxas e ombros.

— Só estamos garantindo que sua matéria tenha um final de virar a cabeça — disse Eden.

Lai riu.

— Não gostaríamos de decepcionar seus fãs!

— Mas eu não sou... — A voz sumiu e Aya parou de lutar no trenó, sem argumentos. De uma forma estranha, era um alívio que elas tivessem descoberto a verdade. — Como vocês sabiam?

— Você acha que somos completamente idiotas, Enxerida? — disse Eden. — Que não notamos você tentando tirar informações de mim e da Miki?

— Ou que a gente realmente acreditou que você ouviu aquele trem quando estava a 50 quilômetros de distância? — acrescentou Lai. — O que foi aquilo, uma câmera flutuante deixada nos trilhos?

Aya balançou a cabeça com lágrimas nos olhos.

— Não, a Moggle estava escondida no topo do poço.

— Ah, sim, Moggle. — Lai riu. — A prova definitiva. Aqueles vídeos de você e Frizz Mizuno.

— Eu e Frizz? Mas a Moggle nem estava perto da gente!

— Talvez não perto, mas sua amiguinha apareceu no fundo de uma imagem, perseguindo mísseis de plástico e discos de combate enquanto vocês dois ficavam trocando olhares. Eu nem reparei que era a Moggle de início, até que a Eden notou os grandes sustentadores na parte de baixo. Então todas nós começamos a nos perguntar por que aquela câmera específica não estava no fundo do lago onde deveria estar.

— OK, eu sou uma divulgadora, está certo? — Aya engoliu em seco. — O que vão fazer comigo?

— Não é óbvio? — Eden apertou mais as tiras do paraquedas. — Nós vamos levar você para um passeio.

PASSEIO

Lai e Eden colocaram os próprios paraquedas e depois amarraram um quarto no trenó. Ficaram na frente de Aya em igual distância no aparato, olhando uma para a outra como três crianças de mãos dadas.

Aya sentiu um pouco de alívio. Pelo menos elas iriam acompanhá-la nesse passeio.

— Como está o paraquedas, Enxerida? Firme?

Aya tentou girar os pulsos, mas eles não se mexeram.

— Muito.

As tiras do paraquedas com certeza saíram de uma jaqueta de bungee jump; elas se ajustavam enquanto Aya se mexia, mas continuavam firmes em volta dos braços e coxas, o que passava segurança. Ainda assim, não dava para esquecer que os sustentadores da jaqueta — inúteis na natureza — tinham sido substituídos por um monte de seda.

Sua vida dependia de um pedaço de *pano*.

Ela se lembrava vagamente da teoria: os paraquedas tinham uma área muito maior do que a pessoa, então a queda era equivalente a de uma pena em vez de uma pedra *se* a pessoa não entrasse em pânico e se esquecesse de puxar a cordinha, *se* o mecanismo caseiro abrisse sem se enrolar...

— Você realmente fez isso antes?

— Vinte e sete disparos pelo poço ao todo — disse Eden. — Apenas uma perna quebrada.

— Isso é reconfortante.

— Tente relaxar. — Lai sorriu. — Uma coisa que aprendemos ao pular de pontes: somente os nervosos morrem.

— Você está...? — Aya começou e então percebeu que não queria saber se Lai estava brincando ou não. Talvez esta fosse a verdadeira razão de as Ardilosas odiarem divulgação: truques assim podiam acabar mal, muito mal.

Ela forçou os braceletes antiqueda mais uma vez, mas pareciam estar soldados à estrutura do trenó.

Eden já começava a contagem regressiva.

— Três... dois... um...

Aya esperou um tranco, mas o lançamento foi tão suave como uma decolagem de prancha. Logo, porém, o trenó acelerou e as bobinas de cobre passaram voando por elas.

Aya apertou os olhos para ver o pontinho de luar. Enquanto deixava as paredes do poço para trás, um pensamento assustador começou a crescer. E se aquela fosse uma solução divertida que as Ardilosas tinham encontrado para se livrar dela para sempre? E se não estivesse usando um paraquedas, e sim uma mochila cheia de roupa velha para lavar?

— Vocês sabem por que eu tive que mentir, certo? — implorou ela. — Não conseguem entender como essa matéria é importante?

— Você mentiu desde o início, Enxerida — gritou Eden mais alto que o vento. — Não está tentando salvar o mundo, quer apenas ficar famosa.

Aya abriu a boca, mas ficou sem palavras. Não importava do que tivesse se convencido na última semana, uma coisa era verdade: sua carreira como Ardilosa tinha começado como uma mentira.

Ela finalmente conseguiu dizer:

— Eu fiquei furiosa com você por ter jogado a Moggle longe.

— Isso foi escolha sua — disse Lai.

— OK, eu menti! Mas essa arma ainda é importante. As pessoas precisam saber dela.

Nenhuma das duas respondeu. O vento tinha levado suas palavras.

— A arma pode atingir qualquer alvo no mundo! Vocês precisam me deixar...

— Lá vamos nós! — gritou Lai.

De repente o mundo ficou claro... elas irromperam ao luar! Os ouvidos de Aya estouraram, a cabeça ficou apitando. Em uma fração de segundos, viu de relance as Ardilosas vibrando no topo da montanha, mas elas sumiram em um instante e o horizonte inteiro se abriu ao redor.

— Que tal essa visão sensacional? — berrou Lai, o sorriso desvairado tão radiante quanto o de qualquer perfeito. — Espero que tenha trazido câmeras espiãs.

Aya apertou os olhos contra o vento, surpresa com a altura que estavam alcançando. Acima delas, notou algo delicado e branco refletindo o luar. Parecia se dissolver à medida que se aproximavam, virando tênues filamentos de cada lado.

Aya engoliu em seco ao olhar ao redor. Elas realmente estavam atravessando as nuvens mais baixas.

O panorama ficou imenso de repente — uma cadeia inteira de montanhas se espalhava ao redor, cortada pela linha do trem magnético como um veio de prata.

Lai soltou uma das mãos e apontou para o brilho dos painéis solares dos dois lados dos trilhos.

— É dali que o impulsionador de massa tira sua energia, ele rouba do conjunto de painéis solares do trem. Basta parar o tráfego e a pessoa terá energia o suficiente para arremessar um cilindro a cada minuto.

Aya mexeu a câmera espiã do ombro esquerdo para enquadrar a imagem. Essa sequência seria a mais fantástica até agora, contanto que o paraquedas funcionasse mesmo...

A subida ficou devagar e calmamente o céu virou quando o trenó começou a girar. Aya sentiu uma onda de tontura.

— Vocês vão realmente me deixar divulgar isso? — perguntou.

— Claro — disse Eden.

— Mas nunca mais poderão voltar aqui.

Lai gargalhou.

— Por acaso, nós Ardilosas *gostamos* do mundo, para a sua sorte. Podemos não ser fanáticas por créditos, mas máquinas mortíferas atrapalham os truques!

Aya olhou para baixo e viu as luzes da cidade no horizonte. Tentou imaginar inúmeras toneladas de aço em formato aerodinâmico e miradas com precisão cortando os limites da atmosfera.

Sentiu o estômago revirar. De repente, o céu pareceu parar, exceto pelo giro lento do trenó.

O vento sumiu completamente.

— Hã, estamos caindo?

— Estamos descendo — disse Eden. — Mas você está prestes a aprender uma nova definição de queda, Aya-chan.

— Ah. — O estômago se revirou de novo, como se algo tentasse sair dele. Algo que *não* queria estar a vários quilômetros de altura com nada além de uma mochila cheia de tecido, duas garotas e quatro pranchas inúteis como companhia.

— Preste atenção agora, Aya. Quando aterrissar, caminhe de volta à linha do trem magnético e chame uma prancha com seus braceletes. Deixamos uma esperando por você perto dos trilhos — gritou Eden.

Aya concordou e tentou se concentrar. Aquele era o final alucinante de que a matéria precisava e ela só tinha mais alguns segundos para concluir uns pontos da história.

— E o que vocês farão agora que ficarão famosas?

— Vamos sair da cidade hoje à noite — disse Lai. O vento estava aumentando agora e seu cabelo esvoaçava, esticado para cima, o que deixava sua aparência mais desvairada do que a de costume. — Vamos mudar nossos rostos. Por isso fizemos esse passeio com você, para ganharmos tempo para fugir.

Aya ainda não conseguia acreditar.

— Mas não percebem quanta reputação e méritos vão ganhar por descobrir isso?

— Essa descoberta vai provocar mais do que um mero ganho de méritos. — Lai soltou um dos braceletes, esticou o braço através do trenó e pegou firme na mão de Aya. — Tenha cuidado.

— Não se preocupe. Vou contar até trinta.

— Não, eu quis dizer tenha cuidado *depois* que divulgar a matéria.

O trenó começou a rodar mais rápido ao cair, o céu e a terra giraram ao redor.

— Cuidado com o *quê*?

— Com tudo e com todos! — gritou Lai mais alto que o vento. — Quem construiu essa monstruosidade é perigoso!

O trenó começava a virar e girar de lado, a rotação se transformou em uma queda alucinada.

— Por falar em perigoso, a gente não devia pular? — perguntou Aya, se contorcendo nos braceletes.

Lai berrou:

— Apenas tenha cuidado! E aproveite a sua fama!

Ela meteu o pé no peito de Aya e a empurrou.

Aya saiu do trenó girando de ponta-cabeça e sem fôlego. Ficou sozinha de repente, caindo indefesa pelo ar. Mesmo que fosse apenas um bando de pranchas inúteis, pelo menos tinha *algo* em que se segurar há um momento.

Agora era apenas ela e o ar que passava rápido.

Aya abriu os braços para controlar a queda. Deveria contar até trinta antes de puxar a corda, mas isso era a partir do limite da subida... ou depois de Lai a empurrar?

E quantos segundos já haviam se passado?

Aos poucos a queda de Aya se estabilizou. Mas os olhos estavam lacrimejando por causa do vento, a Terra era um borrão escuro lá embaixo. Se ela abrisse o paraquedas cedo demais, não tinha ideia de onde iria parar ao ser levada pelo vento.

Aya procurou freneticamente ao redor pelas outras e viu as duas a 10 metros de distância, segurando no trenó enquanto Eden pegava a cordinha do paraquedas. Ela e Lai deram um chute e se afastaram do trenó, e um monte de tecido irrompeu do topo formando ondas.

O paraquedas se formou e o aparato inteiro disparou para cima na escuridão, longe de Lai e Eden.

A Terra lá embaixo ficava cada vez mais visível. Aya conseguiu enxergar as Ardilosas em um círculo com as lanternas ao redor da boca do impulsionador de massa.

Lai e Eden estavam a dezenas de metros de distância, ainda gritando sem parar, curtindo cada segundo do último pulo. Aya percebeu que esperar que elas puxassem suas cordinhas não era uma boa ideia.

Olhou para a Terra girando lá embaixo, que estava crescendo mais rápido agora, as árvores, rochas e arbustos entraram em foco. Ela se imaginou atingindo o solo a toda velocidade.

E puxou a cordinha.

O paraquedas abriu sobre sua cabeça, se agitou por um instante e então se armou com um estalo de estourar os ouvidos. As tiras se esticaram e puxaram Aya como uma marionete arrancada do chão pelos fios.

Um breve momento de violência... e de repente o ar parou ao redor de Aya.

A lua brilhava serena através do tecido transparente e Aya notou os recortes retangulares dos lençóis de seda e fronhas que as Ardilosas costuraram juntos. O panorama montanhoso ao redor se estabilizou.

Lai e Eden já tinham passado por ela e seus gritos ficaram para trás. Elas caíram cada vez mais com os braços abertos como se quisessem abraçar a montanha lá embaixo.

Elas estavam tentando se matar?

No último segundo, os paraquedas irromperam das mochilas, ondularam pelo ar e se armaram.

Entretanto, Lai e Eden ainda continuavam caindo rápido. O vento as levou de lado pelo topo da montanha e as demais Ardilosas correram atrás. Elas flutuaram por um instante a alguns metros de altura e então caíram de novo. As botas roçaram na terra e arbustos e deslizaram até pararem de maneira desajeitada.

As outras Ardilosas alcançaram Lai e Eden e foram juntar os paraquedas desfeitos.

Mas Aya ainda estava a mais de cem metros no ar. O vento pareceu ganhar força e a afastou da abertura do impulsionador de massa. Ela passou por Lai e Eden e foi carregada pelo paraquedas como uma vela de seda. Sobrevoou o topo das montanhas e viu o vale lá embaixo. Aya percebeu que ainda tinha um longo caminho até cair.

Foi por isso que elas escolheram uma noite com tanto vento. Aya levaria muitos minutos para pousar, talvez horas até que pudesse caminhar até a linha do trem magnético. Tempo bastante para que as Ardilosas escapassem antes que ela sequer pudesse pensar em divulgar a matéria.

Aya fixou o olhar na faixa prateada da linha do trem magnético. Balançou os pés e puxou as tiras para tentar se guiar até lá. Mas o paraquedas se inflou acima dela, levado por outra corrente de ar.

Ia ser uma longa caminhada. Agora, porém, não havia nada a fazer a não ser deixar as câmeras espiãs registrarem o panorama e cair lentamente, bem lentamente.

O último aviso de Lai ecoou nos ouvidos, mas Aya não tinha medo. Assim que a matéria fosse para o ar no seu canal, nada disso seria problema dela. Desde a Guerra de Diego, o mundo tinha regras muito rígidas quanto ao estoque de armas. O Comitê do Tratado Global iria entrar em ação dentro de horas e desmantelar a montanha.

Alguém estava muito enrascado.

Mas não Aya Fuse. Seu maior problema agora era saber o que vestir na Festa dos Mil Famosos de Nana Love. Porque, com um fim como aquele, a reportagem do Destruidor de Cidades a tornaria famosa a *tal* ponto.

Talvez pelo resto da vida.

DIVULGANDO

— Você *não* vai vestir isso!

— Por que não? — Aya enroscou o dedo no cabelo, que estava armado como o de um Cabeça de Mangá e pintado de roxo brilhante. O vestido tinha várias luzes vivas espalhadas pelo tecido e os sapatos eram plataformas de atrito variável. Ela patinou pelo apartamento de Hiro como se o chão fosse feito de gelo, pegou o vestido pelas pontas e o puxou, olhando para si mesma. — Essa roupa é totalmente demais!

— Talvez para quem tem 15 anos — murmurou Hiro.

Aya revirou os olhos.

— Bem, por acaso eu tenho 15 anos. E você não pode dizer como devo me vestir para essa festa. A gente só está indo por causa da minha matéria!

— É, mas sou eu que estou com o convite, lembra? Você só está acompanhando.

— Por enquanto — disse Aya, baixinho.

Aquela noite não seria *a* festa — a dos Mil Famosos só aconteceria na semana seguinte —, aquela era apenas uma balada mensal dos Tecnautas. Mas Ren disse que Aya deveria estar lá quando a matéria do Destruidor de Cidades fosse revelada. Com tantos fãs de física e de trens magnéticos, a festa promoveria entrevistas, comentários e a divulgação frenética que toda grande reportagem exige.

— Tanto faz, Aya-chan. Apenas, *por favor*, não visite mamãe e papai até que essas tatuagens dinâmicas desapareçam.

Aya mostrou a língua para ele, o que fez as espirais nas bochechas girarem. As tatuagens temporárias ainda coçavam ao se moverem e ela deu um risinho.

— Ren Machino — falou Hiro para a sala e então perguntou: — Onde *está* você?

— Quase chegando — respondeu ele.

— Espere lá embaixo. Estamos quase na porta.

— Qual é a pressa? — Ren pareceu achar graça. — A matéria do Destruidor de Cidades só vai ao ar daqui a uma hora.

— Eu sei. Estou olhando para o relógio a noite toda.

— Hiro fica de mau humor ao olhar para o relógio — interrompeu Aya, girando sem sair do lugar nas plataformas. — A matéria é *minha*, sabe, e ninguém está me vendo toda nervosa.

Hiro suspirou.

— Ela se recusou a esconder a sequência do trenó no pano de fundo, Ren. O cérebro dos meus pais vai ter um troço.

— E Hiro continua se esquecendo de quem é a matéria! — disse Aya. — Mas não se preocupe. Eu o lembro a toda hora.

A gargalhada de Ren ecoou.

— Eu o lembrarei também, Aya-chan!

Hiro fez um som de desdém, cortou a conexão com um estalar dos dedos e transformou a tela de parede gigante em um espelho. Ele pegou emprestado um dos ternos do pai: seda de aranha preta e botões de bambu autênticos. Não estava mal.

Aya patinou pela sala com as plataformas e viu a trilha de faíscas na tela de parede enquanto Moggle acompanhava o movimento. Tinha requisitado o vestido com a reputação de Hiro, mas acertar as contas com ele seria moleza.

Aya não entendia por que Hiro estava tão nervoso. Ela sentia que estava mais do que na hora, aquela noite parecia mais real do que todo o anonimato e busca por méritos de sua vida até então. Tudo fora uma mera preparação para isso... para a fama.

E o melhor de tudo era que Frizz iria à festa. Ele ainda se sentia culpado pela matéria da Rainha da Gosma, mas naquela noite toda a vergonha iria embora. Embora Frizz ainda não soubesse, ele e Aya finalmente seriam iguais em termos de reputação, sem falar que iriam juntos para a Festa dos Mil Famosos na semana seguinte.

— Pare de patinar por aí assim! Você parece com uma feia prestes a divulgar fotos do seu gato! — falou Hiro.

Ela parou.

— Ah, não!

— O que foi? Esqueceu de editar alguma coisa?

— Não, é que... talvez essa matéria *ficasse* melhor com um gato!

Hiro finalmente sorriu e então voltou para o espelho.

— Na verdade, você está perfeita, Aya-chan. Mesmo que cause um ataque cardíaco na mamãe e no papai.

— Perfeita? — perguntou ela, torcendo para que Moggle estivesse gravando aquilo. — Sério?

— Sério. — Ele deu de ombros. — Se não estivesse, eu não iria retransmiti-la. Quer ver uma coisa?

Ele mexeu o dedo e a tela mostrou a planta de um apartamento. Era enorme, com *closets*, janelas de material inteligentes e um buraco na parede capaz de fornecer quase qualquer coisa.

— O que é isso? — perguntou ela.

— Um apartamento na Mansão Movimento. Acabou de ser posto à venda.

Aya ficou atônita. A Mansão era o local em que moravam os mais famosos da cidade. Tinha a melhor vista e a privacidade mais intensa, e até mesmo as paredes refletiam o status dos moradores. Com o passar das semanas, elas se moviam um pouco, dando o nome à mansão. Cada centímetro quadrado refletia as últimas atualizações em termos de reputação.

— Mansão Movimento? Você acha que ficarei famosa a *esse* ponto?

Ele deu de ombros.

— Você pode ter impedido uma guerra, Aya-chan. Isso significa méritos, além de fama. Pronta para ir?

Aya sentiu as bochechas quentes, não apenas pelas novas tatuagens dinâmicas. Ela olhou pela última vez para a tela de parede e gesticulou, alterando a vista para o seu reflexo. Naquela noite, de alguma forma, ela quase parecia uma perfeita. Até o nariz dava a impressão de ser bonito.

Ela concordou com a cabeça.

— É, estou superpronta.

Tinha chegado a hora.

Dez câmeras flutuavam acima deles e mais dezenas esperavam sobre os degraus da mansão. As lentes refletiam as luzes das tochas ao enfocarem Hiro, Aya e Ren. Todo mundo sabia que a nova matéria de Hiro Fuse ia ao ar naquela noite, e os rumores diziam que era ainda mais ambiciosa que a reportagem sobre a imortalidade. O que ninguém sabia é que a matéria era apenas a retransmissão do canal de sua irmã caçula. Pegar carona na reputação de Hiro deixava Aya chateada, mas teve que admitir que era a maneira mais rápida de espalhar a notícia.

Assim que chegaram aos degraus da mansão, ela aumentou o brilho do vestido ao máximo.

— Não acabe com a bateria — sussurrou Ren, sorrindo para as câmeras.

— Mas o Hiro disse que eu preciso fazer uma entrada triunfal! — O próprio sorriso vacilou um pouco ao subir a escadaria. O tornozelo direito ainda estava torcido por ter sido arrastada pelas pedras e arbustos por aquele paraquedas idiota. — Talvez eu não devesse ter colocado isso — murmurou ela.

— Você está fantástica. Apenas aumente o atrito desses sapatos. Cair de cara no chão gera uma fama negativa — disse Hiro.

Baixinho, Ren acrescentou:

— E lembre-se, daqui a uma hora, você será a pessoa mais famosa da festa.

Aya olhou nervosa para Hiro e lhe deu a mão.

Ela verificou a tela ocular: a reputação média da festa já estava na casa dos dois mil, muito maior do que aquela em que Aya tinha entrado de penetra havia dez dias. E esse valor só aumentaria à medida que os famosos chegassem, os Tecnautas populares que poderiam explicar o que era um impulsionador de massa em termos que os extras pudessem entender.

No interior da mansão, o ar estava tão cheio de câmeras flutuantes que Aya se perguntou como alguma delas conseguia uma tomada perfeita. Cardumes inteiros andavam juntos como carpas em um aquário superlotado. Moggle juntou-se à dança lá em cima, parecendo enorme e desajeitada entre câmeras do tamanho de dedos.

O mais engraçado é que ela já tinha visto milhares de festas como aquela nos canais e nunca havia notado as câmeras. Mas agora as formas e seus movimentos rápidos causavam tanta distração quanto os mosquitos na temporada de chuvas.

Mas dava para entender por que elas estavam ali. Só os Viciados em Cirurgia já eram inacreditáveis de ver. Havia dezenas de novas texturas de pele: pelos, escamas, cores estranhas e membranas translúcidas — até crostas de pedra, como se estátuas vivas tivessem ido à festa. Aya notou rostos baseados em animais, figuras históricas e sabe-se-lá-o-quê, todos disputando a atenção do cardume de câmeras.

Com a festa de Nana Love dali a uma semana, todo mundo passou dos limites para tentar impressionar e chegar aos mil primeiros lugares.

Contudo, de alguma forma, nenhum dos Viciados em Cirurgia era tão perturbador quanto as figuras que ela e Miki tinham visto de relance no túnel do trem magnético. A festa envolvia moda e chamar atenção, mas aqueles esquisitos eram uma coisa... inumana.

Ela respirou fundo e tirou as modificações corporais da cabeça. Nem todos ali eram Viciados em Cirurgia. Havia também os gênios: matemáticos brincando com cubos quebra-cabeça e labirintos no ar, turmas de cientistas vestindo jalecos de laboratório, todos juntos em um paraíso tecnauta.

Aya vasculhou a multidão atrás de Frizz, mas acabou distraída com tantas visões extraordinárias.

— Olhe aqueles Pixelados! — gritou.

Do outro lado do salão, havia um casal seminu com imagens borradas passando pelas costas. De alguma forma, eles estavam alterando as cores das células da pele tão rápido que eram capazes de sintonizar um canal, como camaleões contra uma tela de parede.

— É falta de educação apontar — disse Ren. — E isso é coisa do passado. Olha aqueles quatro no canto.

Aya acompanhou seu olhar.

— O que quer dizer? Não vejo ninguém.

— Exatamente. Essa é a nova geração de pele pixelada: camuflagem quase perfeita.

— Muito engraçado, Ren. Você é um tremendo... — Ela parou de falar. O canto tinha acabado de se *mover*, uma alteração quase imperceptível, como uma ruga sobre um papel de parede. O movimento deixou a silhueta de um corpo humano em sua visão. Aya sussurrou: — Moggle, você registrou isso?

— Grande coisa, os polvos fazem o mesmo — disse Hiro.

— É daí que vem a ideia — falou Ren. — As células da pele dos polvos têm pequenas bolsas de pigmento no interior, que eles controlam com...

— Espera aí — interrompeu Aya. — Por que não dá para ver as roupas que eles estão usando?

Hiro riu e Ren disse:

— Que roupas?

Aya ficou de olhos arregalados.

— Ah. Isso é... interessante.

— Tem um problema, porém — disse Hiro, pensativo. — A invisibilidade não é o *oposto* da fama?

— Hiro! Alerta Anônimo! — sussurrou Ren.

Aya ergueu os olhos para ver Toshi Banana atravessando o salão com sua famosa câmera flutuante no formato de um tubarão cortando o ar. Um séquito de aspirantes a divulgadores e tietes seguiam sua passagem.

— O que *ele* está fazendo aqui? Ele é famoso demais para essa festa e odeia Tecnautas! — disse Hiro.

— E, hã, ele está vindo na nossa direção? — perguntou Aya baixinho.

— Nem pensar.

Mas a figura de ombros largos de Toshi veio em linha reta até eles, empurrando um Viciado em Cirurgia com pintas de leopardo e um bando de Cabeças de Mangá.

O séquito fez um círculo ao redor do trio, com uma pequena esquadrilha de câmeras flutuantes ocupando o espaço acima. De repente, Aya se lembrou de todas as entrevistas difamatórias que Toshi conseguira ao longo dos anos — ele era especialista em fazer os oponentes parecerem idiotas.

— Hiro Fuse? É você?

A voz de Toshi era igual à do seu canal: baixa e grave, prestes a ficar furiosa a qualquer momento. Aya notou que ele não se importou em se curvar.

— Hã... — Hiro começou a falar.

— Não tem certeza? Bem, *eu* acho que é você, e quase nunca me engano. — Toshi riu e as tietes caíram na gargalhada. — *Adorei* sua matéria sobre imortalidade.

— Ah, obrigado, Toshi-sensei. — Hiro pigarreou. — Agradeço muito.

Aya revirou os olhos. Bastou um elogio do Anônimo para Hiro já estar puxando o saco.

— Corações clonados! Revoltante! — Toshi olhou para trás em direção à menina leopardo e revirou os olhos. — Algumas pessoas adoram perverter a ordem natural, hein?

— Você quer dizer aqueles coroas? — Hiro deu de ombros. — Acho que têm apenas medo de morrer.

— Medo, exatamente! Foi isso que a libertação nos deu.

— Você continua difamando a libertação — disse Ren. — Por que não volta a ser um avoado?

Toshi virou seu corpo largo e olhou Ren de cima a baixo.

— Eu conheço você?

Ren quase não se curvou.

— Eu duvido.

— Bem, ao contrário do que todos acreditam, nem todo mundo era avoado na Era da Perfeição. Alguém tinha que administrar a cidade. — Toshi virou de volta para Hiro. — Sua reputação parece ter caído desde aquela matéria, Hiro-chan. Talvez seja por causa de suas companhias.

— Ei! — gritou Aya, dando um rodopio sem atrito. — A companhia dele está bem aqui!

Toshi olhou com desdém para ela.

— Uma extra? Está namorando abaixo de sua reputação, Hiro-chan?

— Namorando? Essa é a minha... — começou Hiro, mas diante dos olhares do séquito de Toshi, sua voz sumiu.

O Anônimo suspirou devagar e o olhar passou por cima do ombro de Hiro, como se procurasse alguém mais importante.

— Bem, se seu trabalho de hoje for interessante, talvez possa participar do meu canal. Isso pode ajudá-lo a nadar com os peixes grandes.

— Pode esquecer! Depois de hoje nós dois seremos um zilhão de vezes mais famosos que você! — disse Aya.

De repente, as câmeras do séquito giraram para focalizar Aya. Toshi olhou com desprezo para ela como se tivesse encontrado uma barata entre os hashis.

— Essa *feia* está na sua matéria, Hiro-chan? Se estiver, eu não entendo.

Quando começou a responder, Aya chegou à uma conclusão perturbadora. Para difamadores da libertação como o Anônimo, o Destruidor de Cidades só seria mais uma prova de que a humanidade ameaçava o planeta, mais um motivo para que todos voltassem a ser controlados.

Com sua dezena de câmeras, Toshi estava recolhendo material para distorcer a reportagem a seu favor. Se já havia usado a reportagem de Hiro sobre imortalidade para instigar o medo de superpopulação, imagine o que poderia fazer com um *Destruidor de Cidades*!

— Não se preocupe, Toshi-*chan* — disse Ren. — Você vai entender em breve. Todos vão. — Ele virou para Aya. — Vamos divulgar a matéria mais cedo. Vamos divulgar agora.

— Sério?

— Boa ideia, Ren. Uma pequena surpresa para todos — falou Hiro.

Aya ergueu os olhos para o Anônimo. Qualquer coisa que o pegasse de calças curtas estava bem para ela, que se curvou.

— Com licença, temos algo importante a fazer.

Ele começou a gaguejar uma resposta, mas os três já estavam se afastando. Senhas de acesso passaram pela tela ocular de Aya e os dedos de Hiro começaram a se mexer. Aya mandou uma mensagem rápida para Frizz, para ter certeza de que ele veria a matéria na primeira exibição.

As mãos de Hiro pararam e ele virou para Aya.

— Pronta, irmãzinha?

Devagar, ela concordou com a cabeça e sentiu as tatuagens dinâmicas girando.

— Pronta.

— Divulgando em três... dois... um...

Eles disseram as últimas senhas juntos e se entreolharam.

A matéria do Destruidor de Cidades estava nos canais.

Ren se espremeu até o meio da multidão e parou no centro do salão ao lado de um Cabeça de mangá com um penteado reluzente de um metro de altura. Ele bateu palmas duas vezes.

— Senhoras e senhores, um breve anúncio!

Ele fez uma pausa por um instante enquanto o burburinho diminuía. Até mesmo os Arautos da Fama ficaram em silêncio diante de sua audácia, mas Ren pareceu não se envergonhar e olhou fixo para todo mundo.

Ele se curvou para cumprimentar o salão.

— Desculpe a interrupção, mas a nova matéria de Hiro e Aya Fuse já está rolando. E ela envolve algo pelo qual vocês podem se interessar... o fim do mundo!

MENTINDO

Quinze minutos depois, a matéria começou a bombar.

Claro que a maioria dos convidados voltou a conversar após o anúncio de Ren. Algumas telas portáteis foram ligadas, mas as telas da mansão permaneceram às escuras. Por que interromper uma festa por causa de uma transmissão dentre um milhão? Especialmente quando era o canal da irmã caçula de Hiro Fuse, e não do próprio famosão.

Em um canto, Toshi Banana fazia questão de mostrar que ignorava o resto da festa, contando piadas para seu séquito e curtindo suas gargalhadas. Mas Aya notou uma das tietes distraída com sua tela ocular. Assim que a matéria chegou à verdade sobre o Destruidor de Cidades, ela ficou na ponta dos pés para cochichar no ouvido do Anônimo, que fez uma expressão pensativa.

Na cidade, a matéria estava bombando mais rápido — amigos avisavam amigos, canais retransmitiam, a novidade se espalhava como fogo em mato seco. Aya viu a audiência do canal subir aos poucos, sua reputação aumentando devagar, já de volta a menos de cem mil.

— Acabei de ver uma série de mensagens no canal dos guardas — disse Ren. Com as duas telas oculares ligadas, sua expressão estava perdida em rabiscos de luz. — Eles estão reunindo carros voadores.

Aya sorriu. Como uma boa cidadã, ela marcou a matéria como de interesse para a segurança a fim de ter certeza de que o governo assistiria imediatamente. Eles mandariam guardas até lá naquela noite para afastar os aventureiros e paparazzi dos trilhos e ter certeza de que ninguém viraria patê de trem magnético. Claro que a questão não era apenas de segurança pessoal — no dia seguinte com certeza o Comitê do Tratado Global mandaria naves suborbitais de cada continente para lá.

Olhando as telas oculares, Ren começou a gargalhar.

— Isso é hilário! Gamma Matsui está difamando você: ela acha que o vídeo do trenó é falso! Diz que seria impossível você ter ficado no ar tanto tempo, então a matéria toda é uma farsa.

Aya ficou de queixo caído.

— Isso é maldade! O que ela sabe, afinal de contas?

— Não importa *o que* ela sabe, Aya, e sim que é a divulgadora mais famosa a notar você até agora.

Aya bufou de frustração, mas era verdade: a audiência subira de novo. Ela abriu o canal de Gamma na tela ocular e sofreu para ouvir por causa da música e do falatório da festa.

— Eu daria tudo pela sua tela de parede agora, Hiro — disse Aya, animada para poder ver vinte canais acompanhando sua matéria. — Por que eu deixei que vocês me convencessem a vir aqui?

Ren colocou uma das mãos no ombro de Aya e ofereceu uma taça.

— Shh. Beba um pouco de champanhe. Está vendo aquela mulher parecendo uma extra que está brincando com um cubo de Rubik? Ela pode calcular a velocidade terminal do trenó de cabeça, só de assistir. Quando a questão é *física*, ela deixa Gamma no chinelo. É *por isso* que estamos aqui.

— Mas ela nem está assistindo ao meu canal! Será que devo ir lá explicar?

— Nem ouse — falou Hiro. — Ninguém mais está falando em farsa por enquanto. Não atice fogo morto.

Aya gemeu e deixou a champanhe de lado. Às vezes, a coisa mais difícil era não fazer nada.

— Bem, temos boas notícias. O Anônimo está indo embora — disse Hiro.

Aya ergueu os olhos a tempo de ver Toshi Banana e seu séquito a caminho da porta. Pareciam estar com pressa.

Ren riu.

— Provavelmente quer voltar para a sua tela de parede e começar a difamar você antes que a matéria cresça demais.

— Não seria melhor a gente difamá-lo primeiro? — perguntou Aya.

Ren piscou para apagar os rabiscos da tela ocular e virou para ela.

— Não é preciso. Isso é um Destruidor de Cidades, lembra? É grande demais para aquele avoado se apossar da matéria.

Cinco minutos depois a matéria estourou, bombou pelos canais, passou da interface da cidade para a rede global. Parecia que tudo estava acontecendo ao mesmo tempo, em uma daquelas inexplicáveis explosões de popularidade — ou pelo menos rápido demais para a pequena tela ocular de Aya dar conta.

Ali na festa as pessoas começaram a olhar em sua direção, cientes de que algo grande estava rolando na interface da cidade. Elas sacaram telas portáteis e se reuniram em cantos para assistirem juntas.

— Até agora, tudo bem — comentou Hiro. — Sua reputação acaba de atingir os dez mil mais famosos. Você está deixando para trás o Arauto da Fama de hoje!

— Fico feliz em ouvir isso. — Ela fez uma careta, pois seu sinal sonoro de alerta estava fora de controle, parecia uma britadeira dentro do ouvido. — Tem algo de errado com a minha tela ocular!

— Não há nada de errado, Aya, são pings entrando. Melhor desligar o som — disse Ren.

Ela apertou os punhos e calou o barulho, então esfregou o ouvido.

— Ai, ser famoso dá dor de cabeça!

— Aya Fuse, reclamando de fama? — falou alguém. — Isso é que é de doer a cabeça.

Aya virou e descobriu Frizz parado ali, lindo com seus olhos grandes, e sorrindo.

— Frizz! — gritou ela e o puxou para um abraço. — Você viu a minha matéria?

— Claro. — Ele deu um abraço forte, então se afastou e se curvou para Hiro e Ren. — Frizz Mizuno.

Hiro riu ao devolver o cumprimento.

— Então você é o famoso Rei da Gosma?

— E você é o famoso irmão mais velho de Aya — disse Frizz e então franziu a testa. — Porém, provavelmente, não é mais tão famoso assim, comparado com ela.

Hiro arregalou os olhos e Aya pegou seu braço.

— Vá dar uma volta, Hiro — ordenou ela. A Honestidade Radical já dava nervoso suficiente sem o irmão mais velho por perto.

Sorrindo, Ren arrastou Hiro para um grupo de divulgadores esperando por entrevistas.

— Só tenho um minuto, Frizz. Eu precisarei responder perguntas em breve, mas estou feliz que você tenha vindo!

— Senti sua falta. — Ele se aproximou encarando os olhos de Aya. — Eu não cheguei a pedir desculpas ao vivo por você ter sido difamada.

Aya virou o rosto, tremendo um pouco diante do olhar de mangá.

— Não foi culpa sua, Frizz... eu devia ter tido mais cuidado. E ser a Rainha da Gosma foi meio... interessante.

— Depois da noite de hoje, eles não vão mais chamar você assim. — Ele pegou o braço de Aya. — Mas eu nunca pensei em você como gosmenta.

Ela arriscou olhar para Frizz de novo e falou baixo demais a fim de evitar ser ouvida pelas câmeras flutuantes.

— Mas você se lembra do que disse naquele dia? Que não tinha certeza do tipo de pessoa eu era? Você entende agora por que eu precisei mentir para conseguir essa matéria?

Foi Frizz que virou o rosto dessa vez.

— Pareceu horrível trair amigos dessa forma, mas eu entendo agora. — Suspirou. — Acho que às vezes a pessoa tem que mentir para descobrir a verdade.

Ele parecia tão triste ao dizer essas palavras que Aya deu outro abraço apertado, sem se importar com quantas câmeras estivessem observando ou quantos canais de difamadores comparassem sua feiura com a beleza de Frizz.

— Mas eu nunca vou mentir para você, Frizz. — Ela sentiu seus músculos retesarem.

— Então me diga uma coisa.

— O que quiser.

— Se não tivesse encontrado o Destruidor de Cidades, se essa matéria fosse apenas sobre as Ardilosas surfando no trem magnético, você ainda assim teria divulgado?

Aya se afastou. Frizz não era bobo; notara que suas mentiras tinham começado muito antes de ela saber sobre o Destruidor de Cidades.

Mas será que Aya *teria* traído as Ardilosas apenas para se tornar famosa? Como Miki dizia, surfar pela natureza abria tanto a mente, e durante o tempo que passou com o grupo, teve a impressão de que as Ardilosas eram suas amigas. Poderia ter mudado de ideia... talvez.

Seria mentira não ter certeza da verdade?

Aya pigarreou.

— Quando entrei para a turma das Ardilosas, eu estava procurando uma matéria, *qualquer* matéria. Mas depois que falei com você naquele dia, comecei a pensar melhor.

Frizz concordou com a cabeça.

— Então você já tinha mudado de ideia?

Aya encarou seus olhos de mangá. Frizz queria acreditar nela. Seria tão fácil apenas concordar.

E por que deixar Frizz triste? Afinal, ela não poderia andar disfarçada outra vez. Depois daquela noite, todos saberiam que Aya Fuse era uma divulgadora — não precisaria mais mentir para conseguir matérias. Qual seria o problema em ser uma Rainha da Gosma mentirosa pela última vez?

— Tudo aconteceu tão rápido. Primeiro eram apenas truques, então de repente o mundo inteiro estava em jogo. — Aya virou o rosto. — Mas não... eu não poderia ter feito isso com elas.

Frizz deu outro abraço.

— Fico aliviado.

Aya fechou os olhos com força para esconder suas dúvidas. Frizz acreditou assim, do nada. Talvez ela não tivesse exagerado, pois a pergunta era hipotética, afinal de contas.

Seria absurdo afastar Frizz para sempre, quando o preço para ficar com ele era apenas uma pequena distorção da verdade.

— Hã, Aya? — sussurrou Frizz em seu ouvido. — Acho que seu irmão está chamando você.

Ela o abraçou ainda mais forte.

— Eu não ligo.

— Na verdade, não é apenas Hiro. É tipo... muita gente.

Aya suspirou e se afastou, olhando sobre o ombro dele. Quando viu todo mundo, ficou de queixo caído.

A febre de divulgação tinha começado.

FEBRE DE DIVULGAÇÃO

Havia dezenas de pessoas esperando. Ren reuniu todo mundo na escadaria principal da mansão, com os mais famosos próximos ao pé da escada. Praticamente metade era formada por Tecnautas com visuais bizarros e roupas de material inteligente, e o restante parecia deslocado ali na festa — divulgadores, repórteres, um punhado de representantes do governo. Alguns famosos, outros não.

Mas todos estavam ali por causa *dela*.

Hiro pegou Aya pelo braço e delicadamente a conduziu para um espaço vazio ao pé da escada. Havia centenas de câmeras flutuantes apontadas para ela, em constante movimento para pegar o melhor ângulo, seguindo cada passo que dava. Aya se sentiu estranhamente pequena sob todos aqueles olhares, tão insignificante quanto na primeira noite em que surfou pela natureza.

Mas aquilo era o oposto da obscuridade, Aya lembrou a si mesma. Era tudo o que sempre quis — pessoas que a vissem e prestassem atenção em cada uma de suas palavras.

— Desligue a tela ocular — sussurrou Hiro. — Você vai precisar de seu cérebro inteiro para isso.

Aya concordou com a cabeça e mexeu o anular. Mas ao erguer os olhos para os rostos atentos diante dela, as respostas que tinha ensaiado na noite anterior, até então cristalinas, começaram a voar de sua cabeça.

— Hã, isso me deixou meio travada — sussurrou.

Hiro apertou seu braço.

— Eu estou bem aqui.

Aya concordou com a cabeça e pigarreou.

— OK, vamos começar.

As perguntas vieram sem dó nem piedade.

— Como você encontrou as Ardilosas, Aya?

— Acho que foi pura sorte. Eu apenas as vi surfando uma noite e as segui até uma festa como essa aqui.

— Por que algumas imagens de fundo foram alteradas?

Aya pigarreou, se perguntando como alguém podia ter assistido às horas de material tão rápido.

— Como as Ardilosas queriam anonimato, então eu borrei alguns rostos, só isso.

— Você não está escondendo mais alguém?

— Tipo quem?

— Os construtores do impulsionador de massa.

— Claro que não!

— Então você não sabe nada a respeito deles?

Aya fez uma pausa e desejou que tivesse mencionado as figuras inumanas na matéria, porém não tinha uma imagem sequer para comprovar uma afirmação tão surreal. Falar sobre construtores alienígenas agora soaria um milhão de vezes mais improvável.

— Por que eu *os* protegeria? Quem construiu o Destruidor de Cidades é desequilibrado. Ou você não viu a parte da destruição?

— Isso não é um pouco de exagero, Aya? — perguntou outro divulgador. — Algumas toneladas de aço caindo do céu não podem destruir uma cidade, podem?

Aya sorriu. Ren fez questão de que ela estivesse preparada para aquela pergunta.

— Em velocidade de reentrada, basta apenas um pequeno projétil para derrubar um prédio apoiado em suportes flutuantes. Então, se um cilindro se dividir em milhares de pedaços... bem, faça as contas. Ou, melhor ainda, peça para aquela mulher ali fazer. Aquela com um cubo de Rubik.

— Não dá para parar os cilindros como os Enferrujados costumavam abater mísseis?

Ela própria tinha pesquisado a resposta àquela pergunta.

— Os Enferrujados nunca foram muito bons em interceptar destruidores de cidades, a não ser para autopropaganda. E mísseis deixavam um grande rastro de fumaça. Os projéteis de metal seriam pequenos e invisíveis.

— Por que você acha que eles esvaziaram a montanha?

— Ren Machino, que me ajudou com tudo isso, acha que o impulsionador de massa foi projetado para ser totalmente automático.

— Você acha que pode haver mais dessas coisas pelo mundo?

Aya ficou atônita.

— Eu certamente espero que não.

— Com a atual escassez de metal, onde você acha que eles conseguiram todo aquele aço?

— Não faço ideia.

— Por que você quis ser uma divulgadora, Aya?

— Hã... — Ela fez uma pausa, pois não estava preparada para a pergunta, embora Hiro tivesse avisado que sempre havia algum avoado que fazia perguntas pessoais, não importava a seriedade da matéria em questão. — Depois da libertação, eu senti dificuldade de entender o mundo, e contar histórias de outras pessoas é uma boa maneira de conseguir isso.

O divulgador sorriu.

— Essa não é a mesma resposta que seu irmão mais velho sempre dá?

— Ah, droga... sem comentários. — Ao som das risadas, Aya sorriu e finalmente relaxou um pouco.

— Que tipo de rosto você vai querer quando fizer 16 anos? — gritou um divulgador de moda lá dos fundos.

— Ainda não sei. Eu meio que gosto de Cabeças de Mangá.

— A gente já percebeu, Rainha da Gosma!

— OK, sem comentários outra vez.

— Não se preocupa de estar fazendo apologia de truques perigosos, Aya?

Ela deu de ombros.

— Só estou contando a verdade sobre o mundo.

— Mas você não contou a verdade para as Ardilosas.

Aya olhou de relance para Frizz e disse:

— Às vezes é preciso mentir para descobrir a verdade.

— Por que você acha que uma famosa como Eden Maru anda com as Ardilosas?

Aya deu de ombros.

— Foi como ela disse na entrevista: para fugir de vocês.

— Você acha que a *nossa* cidade construiu o impulsionador de massa? — perguntou alguém da última fileira. Um dos fãs de Toshi Banana, notou Aya.

— Por que a gente faria isso?

— Nós somos a cidade mais próxima da montanha. Isso não faria de você uma traidora?

— Faria de mim *o quê*?

— E se nós precisarmos do impulsionador para a nossa defesa?

Ela olhou para Hiro, que disse:

— Se a questão é a nossa defesa, então nós não deveríamos *saber* sobre ele?

— Então, Hiro, como é ser superado pela irmãzinha? — interrompeu um Tecnauta divulgador.

— É motivo de muita vergonha — disse Hiro e então sorriu. — Mas é bem melhor do que ver minha mansão ser bombardeada.

As perguntas não paravam: sobre a infância de Aya, seu divulgador predileto, planos para futuras matérias. Um falatório interminável sobre cálculos e mísseis, Ardilosas e câmeras espiãs, paraquedas e paparazzi. Toda vez que um divulgador saía para preparar sua matéria para os canais, outro entrava no lugar, e logo as perguntas começaram a se repetir. Aya tentou dar respostas novas, mas, no final, teve que repetir as mesmas palavras a toda hora.

Finalmente, Frizz puxou Aya para um canto e prometeu que ela voltaria logo. Hiro continuou falando sem perder o ritmo.

— Água — disse com a voz rouca.

Frizz colocou um copo em sua mão e ela bebeu sem parar.

— Obrigada.

— Ela arfou quando o copo ficou vazio e deu uma olhada ao redor. O ar estava cheio de câmeras flutuantes viradas para Aya, mas as pessoas mantinham distância e tentavam não olhar. Pela primeira vez em sua vida, havia uma bolha de reputação ao redor.

Do outro lado do salão, um bando de Tecnautas estava reunido diante da imensa tela de parede da mansão vendo Ren demonstrar os sinistros cálculos balísticos e os prédios entrando em colapso. Por um momento ela ficou sozinha com Frizz.

— Como eu me saí? — perguntou, baixinho.

— Fantástica. — Frizz sorriu. — Então, como é ser famosa?

Ela gemeu e se lembrou de sua enorme estupidez da última vez que estiveram juntos.

— Muito engraçado.

— Não, é sério. Como é andar com alguém tão sem reputação como eu?

— Corta essa! O que aconteceu com sua Honestidade Radical?

— Provocar não é mentir. E, além disso, estou realmente imaginando como você me vê agora.

Aya revirou os olhos.

— Mas você não chega a ser um extra qualquer. Não há diferença de ambições entre nós!

— Sim, existe.

— O que quer dizer?

— Você passou uma hora sem ver sua reputação? — Ele riu. — Isso é realmente de cair o queixo. Adivinhe antes que eu diga.

Aya engoliu em seco. Nem tivera tempo de respirar desde a divulgação da matéria, quanto mais verificar sua reputação. E, de alguma forma, ela estava com medo de ligar a tela ocular e checar.

— Quer dizer que sou mais famosa que você? Estou dentro dos mil mais famosos?

— Não seja descerebrada, Aya! Coroas imortais levaram seu irmão aos mil mais famosos. Isso é um Destruidor de Cidades! Dê um chute de verdade.

Aya deu de ombros, sem querer soar convencida.

— Hum, quinhentos?

— Ainda descerebrada! — Frizz fez uma careta de dor. — Não contar está me matando!

— Então conta! — gritou Aya.

— Você é a 17ª pessoa mais famosa da cidade! — falou Frizz, esfregando as têmporas. — Ai, isso doeu.

Aya o encarou. Mesmo que não pudesse mentir, Frizz só podia estar enganado.

— Décima sétima?

— Nana Love divulgou você.

— Impossível! Desde quando *ela* liga para armas dos Enferrujados?

— Nana-chan liga para toda a humanidade, o que é bacana da parte dela. — Frizz deu de ombros. — Talvez ela tenha mandado um ping para você.

— Impossível! — Aya ligou a tela ocular com o coração disparado. — Você acha isso mesmo?

— Provavelmente. Ela mandou um para mim quando cheguei aos mil primeiros.

A interface de Aya apareceu com uma pilha enorme de pings, dezenas de milhares que se estendiam até o infinito. Ela *jamais* teria tempo de ler todos!

— Você devia ver sua cara, Aya — disse Frizz, rindo. — Parece uma criança que acabou de comer sorvete demais.

— Demais é a palavra certa. Você devia ver todas essas mensagens! — Ela se lembrou do truque de Hiro depois de grandes matérias, quando recebia um excesso de mensagens. Seus dedos começaram a se mexer. — Espere aí, vou separá-las por reputação. Mensagens de extras vão para o final e os importantes ficam no início. Se Nana-chan realmente estiver aqui, vai ficar logo no... *uau*.

Havia tantas mensagens que dava para vê-las se movendo enquanto a interface da cidade lutava contra a atualização constante de reputações. Aos poucos, algumas alcançaram o início da lista — divulgadores famosos, políticos, uma mensagem de agradecimento do Comitê da Boa Cidadania...

— Eu realmente vou descolar uns méritos com isso — murmurou Aya. — Mansão Movimento, aí vou eu.

Então ela viu... um ping brilhando e subindo com asas de anjo.

— Ah, Frizz, você estava certo... Nana-chan estava assistindo!

Ele riu.

— Eu disse!

Aya estava prestes a abrir quando, de repente, o ping de Nana desceu. Ela olhou atônita para o novo recado que não possuía nenhuma decoração, tinha apenas o texto preto igual ao de uma resposta automática.

— Hã, Frizz, tem outra acima.

— Outra o quê?

— Acho que alguém mais famoso que a Nana Love acabou de me enviar uma mensagem.

— Mas não existe ninguém que seja... a não ser... — Frizz soltou um gemido. — Você quer dizer que *Tally Youngblood acabou de te mandar um ping*?

Aya concordou devagar com a cabeça. Estava bem ali, queimando a retina a laser. Um ping da pessoa mais famosa do mundo — a garota que trouxera a libertação. O nome adorado pelos cultos Youngblood todas as manhãs, amaldiçoado por Toshi Banana enquanto difamava a mais nova turma pró-libertação, repetindo sempre que a história da Guerra de Diego era ensinada para as crianças...

— Como ela descobriu tão rápido? — murmurou Aya.
— A Tally não está escondida em algum lugar na floresta?
— A matéria ganhou alcance global há duas horas. Tally deve ter amigos que checam os canais por ela.
— Mas desde quando Tally Youngblood simplesmente manda pings para alguém? — Dizer o nome deixou sua garganta seca outra vez.
— Quem se importa? *Abra!*

Aya mexeu o dedo e a mensagem se abriu. Tinha uma marca de autenticidade da interface global. Mas, ao ler, Aya se perguntou se estava confusa pelo inglês de Tally.

— O que ela diz? — Frizz gritou.
— Apenas sete palavras.
— *Que* palavras? "Obrigada"? "Parabéns"? "Oi"?
— Não, Frizz. A mensagem diz "*Corra e se esconda, estamos a caminho.*"

PRESA

— Que estupidez — reclamou Hiro. — Temos que voltar para a festa. A gente parece idiota ao sair correndo dessa maneira!

— Está me dizendo para ignorar Tally Youngblood? — disse Aya. — A mensagem falou para correr e se esconder!

— Você chama isso de se esconder? — perguntou Ren.

Aya olhou para o céu. Eles tinham sido seguidos por mais ou menos uma centena de câmeras flutuantes ao saírem da festa, provavelmente se perguntando por que a 17ª pessoa mais importante do mundo abandonara de repente a primeira entrevista que dava na vida. A silhueta do enxame surgiu contra o céu da noite, um bando de lentes brilhando lá de cima como olhos de predadores.

— Ele tem razão. Temos que encontrar algum lugar discreto — disse Frizz.

— Estou *tentando*. — Aya suspirou.

Os quatro saíram da festa por uma porta lateral e passaram a esmo por um campo de beisebol às escuras. Fogos de artifício ainda eram disparados do teto da mansão. O brilho das luzes pela grama alongou a sombra de Aya.

Ela se lembrou do último aviso de Lai no trenó: *"Quem construiu essa monstruosidade é perigoso."*

— Qual o sentido em ser discreto? — disparou Hiro. — Se acha que alguém está vindo atrás de você, não era melhor ficarmos onde *todo mundo possa nos ver*?

Aya parou tão de repente que Moggle esbarrou nela por trás. Talvez o lugar mais seguro fosse aquele onde todos podiam ver. Ninguém ousaria fazer nada em uma festa cheia — ou com cem câmeras bem acima, por falar nisso.

Ela suspirou.

— Acho que dá para a gente voltar.

— Exatamente — gritou Hiro. — Podemos divulgar a mensagem de Tally Youngblood. Se todo mundo souber que ela está a caminho, vai ser um sucesso!

Frizz pigarreou.

— Acho que essa não é a melhor hora para se preocupar com a reputação, Hiro.

— A questão não é a reputação, seu avoado!

— Tecnicamente falando, não sou um avoado — disse Frizz calmamente. — É por isso que não estou gritando nossos planos *onde qualquer um consegue escutar*.

Aya olhou para cima. Ainda havia uma bolha de reputação relativamente grande à volta, mas apenas algumas câmeras estavam próximas o bastante para terem registrado o ataque de nervos de Hiro.

— Não importa o que a gente faça, temos que falar baixo — disse ela. — Não sei por quê, mas acho que Tally-sama não quer que a cidade inteira saiba que ela está vindo.

Ren balançou a cabeça.

— Ela não é daqui, Aya, então não sabe como a economia de reputação funciona. E quase meio milhão de pessoas está assistindo agora. Sua fama vai nos proteger.

— Você *não pode* se esconder, Aya — disse Hiro. — Todo mundo sabe exatamente onde você está. Não era essa a intenção da noite de hoje?

Frizz franziu a testa e olhou para ela antes de dizer:

— Pensei que a intenção fosse salvar o mundo.

Aya suspirou.

— Podem ter havido várias intenções, OK? Só façam silêncio um segundo enquanto eu penso!

Os outros três pararam de falar. Aya ficou ali sentindo os olhos sobre si, as lentes de cem câmeras flutuantes e mais meio milhão de pessoas assistindo através delas. Até Moggle estava encarando.

Não era o melhor lugar para pensar.

Frizz se aproximou e colocou o braço nos ombros de Aya.

— Se a gente voltar para a festa e alguém vier atrás de você, quem vai detê-lo? Um bando de Pixelados?

Hiro deu de ombros.

— Os guardas, como em qualquer outro crime.

— Você confia nos guardas? — perguntou Frizz. — Lembra o que aquele divulgador falou? Nossa cidade pode ter construído aquele troço!

— O cara que chamou a Aya de traidora? — Hiro riu. — Ele era um total descerebrado!

— Bem, pode ser que não esteja totalmente enganado — falou Ren. — O impulsionador de massa foi construído a partir de materiais que saíram daqui. Alguém da nossa cidade deve ter participado.

— Alguém com muita autoridade — acrescentou Frizz — para usar todo aquele aço sem ninguém saber.

Aya engoliu em seco. O impulsionador de massa era tão grande — quem quer que o tenha construído detinha poder suficiente para escavar uma montanha. Será que alguns guardas realmente conseguiriam deter pessoas assim? Será que meio milhão de testemunhas seriam empecilho para quem tivera a audácia de destruir cidades inteiras?

Ao olhar para o arvoredo escuro ao redor do campo de beisebol, ela se lembrou das palavras de Eden Maru...

"Também é possível desaparecer diante de uma multidão."

— Moggle, suba o mais alto que conseguir e dê uma olhada ao redor. — Ela virou para Hiro. — Eu vou fazer o que a Tally-sama disse... e me esconder.

Aya voltou a se afastar das luzes da mansão — e de tudo. Hiro seguiu, ainda discutindo.

— Você está pensando como uma extra. *Não dá* para se esconder! Tudo o que alguém precisa para encontrar você é sintonizar os canais!

Aya sentiu tontura ao andar — as câmeras flutuantes seguiam cada passo do alto, como se ela estivesse sobre uma esteira caminhando sem sair do lugar. A sensação era de estar presa sob as lentes como uma borboleta pregada por uma centena de alfinetes.

— Você consegue dar um jeito nelas? — perguntou Aya para Ren.

— Bem, talvez. — Ele sacou uma caixa de truques. — Quando os Tecnautas mais importantes querem uma bolha de reputação tamanho gigante, eles interferem com o sinal de qualquer coisa a mais ou menos cem metros. Talvez eu consiga arrumar alguns minutos de isolamento.

Aya olhou para as câmeras acima.

— Por favor, um pouco de anonimato cairia bem agora. Seria mais seguro, de qualquer forma.

— Mas *por que* alguém viria atrás de você? — Hiro continuou discutindo. — Todas as pessoas no mundo já sabem que essa arma existe. O que mais você pode fazer contra eles? Você não escondeu nada, certo?

Aya balançou a cabeça.

— Claro que não. Você e Ren vivem dizendo que esconder imagens é pura mentira. Então está tudo lá. Bem, tirando...

— Tirando o quê? — perguntou Frizz, baixinho.

— Tem uma coisa que deixei de fora. — Ela olhou para Hiro. — Mas eu nem tinha imagens deles.

Ele apertou os olhos.

— Deles quem, Aya?

— Bem, na primeira noite em que eu surfei... O que isso importa, afinal de contas?

Hiro se aproximou.

— Porque se ficou algo de fora na matéria, alguém pode silenciar você! O que ficou faltando?

— Bem, naquela primeira noite, eu vi algumas pessoas no túnel que não eram assim tão... hã... humanas.

Houve uma pausa. Os três olharam atônitos para ela.

Um barulho surgiu da escuridão ao lado e todos se assustaram. A alguns metros, uma câmera flutuante estava caída de lado e apagada. Outro barulho foi ouvido mais adiante e então um terceiro ruído. Aya ergueu os olhos.

As câmeras flutuantes começaram a cair.

Ela sorriu.

— Uau, Ren. Como você fez isso?

Ren abaixou a caixa de truques com uma expressão confusa no rosto.

— Tenho más notícias. Eu *não sou* o responsável por isso, é outra pessoa que está fazendo.

Os barulhos vinham de todas as direções agora, como uma chuva de granizo que ficava mais forte aos poucos. Ao cobrir a cabeça com os braços, Aya viu que o céu já estava semivazio.

Em breve ela seria invisível outra vez. E então, quando ninguém estivesse olhando, Aya Fuse poderia desaparecer para sempre.

Ela começou a correr.

CORRA E SE ESCONDA

— Quero quatro pranchas voadoras! — gritou Hiro. — Ignore de quem elas sejam! Não me importo com os donos, isso é uma emergência.

Aya voltou para a festa com eles — àquela altura, uma multidão seria melhor do que a escuridão. As últimas câmeras insistiam em persegui-los e foram caindo do céu uma por uma.

— Moggle, você ainda está aí em cima? — sussurrou Aya. O ponto de vista da câmera surgiu e ela viu a si mesma e os demais a distância, eram pontinhos contra o enorme campo de beisebol. Não havia mais ninguém que pudesse ver. — Fique bem no alto, Moggle! Alguém está interferindo em tudo ao nosso redor.

Assim que falou isso, outra câmera flutuante caiu no chão na frente de Aya, que pulou por cima do aparelho. O vestido de noite quase se enroscou nos tornozelos.

— Lá estão elas! — gritou Hiro.

Quatro pranchas vinham em disparada pelo campo na direção deles, iluminadas pelas luzes da festa dos Tecnautas.

— Mas elas não vão simplesmente cair como as câmeras? — perguntou Aya.

— Acho que consigo bloquear a interferência sobre os sustentadores — disse Ren ao mexer na caixa de truques enquanto corria. — Apenas fique perto de mim.

— Mas tem alguém nos perseguindo? — perguntou Frizz.

Aya observou a escuridão entre as mansões. Ainda não havia ninguém — nada além dos restos inanimados das câmeras espalhadas pelo chão.

Então ela ouviu o barulho de um carro voador.

O carro disparou acima deles, abafou o som dos passos e desmanchou o cabelo de Aya ao passar.

Por um momento, ela pensou que fossem os guardas, mas então ouviu o barulho de hélices — o carro era feito para trabalhar fora da cidade, onde os guardas nunca iam.

E, por algum motivo, Aya duvidou que tivessem os guardiões lá em cima.

O carro fez uma curva fechada e desceu em frente a eles. A grama brilhou e balançou com a tempestade provocada pelas hélices. Redemoinhos de terra se formaram nas bases do campo de beisebol.

Pelo para-brisa, dois motoristas observavam Aya com uma calma estranha — tinham os olhos muito afastados, pele branca e sem pelos, como os rostos horripilantes no túnel.

Ela cambaleou e parou. Como Miki dissera naquela noite, eles não pareciam humanos.

Frizz a puxou para continuar correndo e deram a volta pelo carro voador. Aya manteve os olhos semicerrados por causa da poeira e o vestido inflou como um paraquedas aberto atrás dela.

Quando o carro pousou no chão, a lateral se abriu e jogou um facho de luz no campo. A silhueta de mais duas criaturas no interior ficou visível por um instante entre as nuvens de poeira.

Então Aya ouviu um grito — Ren e Hiro saíram da tempestade de areia em disparada sendo seguidos por duas pranchas vazias.

— Eu nunca pilotei uma dessas coisas antes! — gritou Frizz.

— Basta ficar junto de mim!

Aya pulou na prancha e o puxou para trás dela. Os dois perderam o controle por um instante, pois Frizz sacudia como uma criança em uma gangorra.

— Fiquem próximos ou eles vão interferir com as pranchas! — gritou Ren e sacudiu a caixa de truques ao passar voando.

Aya fez uma curva fechada e seguiu Ren e Hiro. Sentiu o abraço de Frizz ficar mais apertado, o corpo dele espremido contra o seu enquanto ganhavam velocidade.

Atrás deles, o som do carro voador aumentou novamente, as hélices levantadas pelo vento agitavam o ar. Aya abriu bem os braços e desejou que não estivessem usando sapatos plataforma. Pelo menos as duas últimas semanas tinham servido para alguma coisa: andar de prancha em dupla em meio a um vento cortante não era tão complicado quanto surfar um trem magnético.

Porém, o peso extra de Frizz era um problema, porque Hiro e Ren estavam se afastando. Aya se inclinou para a frente, para acelerar mais a prancha. Se ficassem muito longe de Ren, eles cairiam como as câmeras com sustentadores bloqueados.

E os dois sequer estavam usando braceletes antiqueda...

— Segura firme! — gritou ela, mas o rugido do carro voador abafou suas palavras.

Felizmente, a mansão não estava muito longe agora. Dava para ver os convidados no telhado assistindo à perseguição, provavelmente se perguntando que tipo de golpe publicitário era aquele.

O carro voador rugiu ao passar por cima de novo e as hélices fizeram Aya e Frizz rodopiarem. Ela se contorceu e mal conseguiu mantê-los sobre a prancha.

— Lá em cima! — berrou Frizz.

Duas figuras pularam da porta do carro voador com os braços e pernas esquisitos, bem abertos ao caírem. Eles quicaram e giraram no rodamoinho abaixo do carro, mas rapidamente recuperaram o controle. Aya notou os sustentadores fazendo volume sob o corpo magro.

— Eles estão usando aparatos de aerobol! Isso não é nada bom! — gritou Aya.

As criaturas estavam se aproximando agora, navegando na onda de ar provocada pelo carro como windsurfistas em uma ventania.

— Segura firme! — berrou ela e então realizou uma brusca virada com a prancha, voltando pelo campo de beisebol.

Os braços de Frizz a apertaram com mais força e seu peso acompanhou o movimento dela.

Mas as figuras inumanas estavam diminuindo a distância rapidamente. Quando Ren e Hiro viraram para seguir, as criaturas magras passaram em velocidade por eles sem sequer olharem.

Era Aya Fuse quem elas queriam.

Aya foi em direção às árvores próximas e tentou acelerar mais. Porém, a prancha era apenas um brinquedo, não se comparava aos modelos de alta velocidade das Ardilosas.

O arvoredo surgiu diante deles e Aya manobrou de um lado para o outro para passar entre os troncos grossos. Raios de luz vindos do carro voador surgiam entre as folhas e reluziam no chão da floresta.

Os lábios de Frizz colaram no ouvido de Aya.

— Por que não caímos?

Aya ficou surpresa, pois Ren e Hiro estavam a pelo menos uns 50 metros de distância.

— É claro! Eles tiveram que parar com a interferência para usar os aparatos, o que quer dizer... Moggle, venha cá! Eu preciso de você!

— Aya! À direita!

Uma das figuras deu um rasante em direção a eles com os dedos compridos esticados como garras. Frizz se abaixou e fez Aya se agachar quando a criatura passou.

— Ai! — Frizz se contraiu atrás dela. — Algo me espetou!

— O quê? — Aya ficou de pé novamente e fez outra curva fechada com a prancha. Virou o pescoço para ver Frizz. — Você está bem?

— Acho que sim. Mas me sinto um pouco... cuidado!

Aya virou a cabeça com rapidez e descobriu a outra figura inumana esperando bem acima deles, com os braços abertos e agulhas reluzindo na ponta dos dedos.

Ela virou o corpo todo de lado e inclinou a prancha até parar. Mas Frizz ficou mole e soltou os braços de sua cintura.

— Frizz! — Aya chamou, mas ouviu apenas um gemido como resposta...

E então ele começou a cair da prancha.

— *Frizz!*

Ela esticou a mão para pegá-lo, mas Frizz já estava girando em pleno ar. Ele caiu na direção de uma das criaturas que o esperava e os dois corpos colidiram com um baque seco. A figura magra cedeu, com os braços ao redor de Frizz, e ambos voaram para a escuridão.

Subitamente livre do peso de Frizz, a prancha começou a rodar. Os troncos de árvore passaram girando por Aya e os galhos pontudos bateram em seu rosto e mãos. Ela ajoelhou e agarrou as beiradas da prancha até que parasse de girar.

Quando a prancha diminuiu um pouco a velocidade, Aya a soltou e rolou para as folhas. Ficou de pé e correu em direção às duas figuras estateladas e imóveis no chão da floresta.

Os olhos foram atraídos para o estranho rosto da criatura inumana. A pele era branca, os braços finos e com aparência frágil, mas não havia dúvida quanto às agulhas na ponta dos dedos — elas foram feitas para causar algum dano.

Mas a coisa mais esquisita eram os pés. Nus e deformados, pareciam com mãos, tinham longos dedões recolhidos como as pernas de uma aranha morta.

Ela desprendeu Frizz da criatura.

— Consegue me ouvir?

Ele não respondeu. Então Aya notou o pequeno ponto vermelho no pescoço de Frizz. Uma espetada daquelas agulhas o deixara inconsciente... ou pior.

Aya o puxou para perto e sentiu a cabeça girar. O carro continuava voando acima deles e lançava luz sobre a copa das árvores. As sombras acompanhavam seus movimentos, como se o mundo inteiro girasse.

— Aya! — surgiu um grito. Ela olhou para cima e viu Hiro e Ren manobrando entre as árvores.

Mas à frente deles a outra criatura voava, vindo bem na direção de Aya com os braços estendidos e os dedos reluzindo. A pele brilhava na escuridão.

Ela puxou Frizz mais para perto e se sentiu completamente abandonada. Onde estavam os guardas? Cadê o meio milhão de pessoas que estava assistindo a todos os seus movimentos há cinco minutos?

A criatura estava a 10 metros, 5...

Uma pequena figura escura disparou das sombras e acertou o estômago daquele ser. Ela se dobrou, soltou um gemido e passou girando por Aya, sustentada no ar pelo aparato de aerobol.

— Moggle. — Aya suspirou. A câmera flutuante quicou e caiu nos arbustos.

A criatura inumana pairava inconsciente no aparato de aerobol com os pés em forma de mãos balançando a um metro do chão. Os lábios soltaram um gemido e os olhos tremendo, tentando se abrir...

Aya correu até a figura e pulou em seus ombros. O aparato ajustou-se ao novo peso e eles flutuaram juntos pelo chão da floresta.

A criatura esticou a mão para pegá-la, mas Aya agarrou seu pulso e enfiou as agulhas dos dedos no pescoço dela. A criatura esbravejou por um momento, de olhos arregalados, e então desmaiou completamente.

— Aya! — Hiro manobrou até parar. — Você está bem?

— Estou. — Ela pulou dos ombros da criatura e olhou para o carro voador, que esperava lá no alto, imóvel, vasculhando a copa das árvores com os faróis de maneira hesitante. — Preciso de ajuda com Frizz.

Hiro flutuou até ela e parou.

— Ele vai ficar bem, Aya. Eles não se importam com Frizz.

— É, mas eu sim.

Aya puxou a prancha e correu até o corpo inconsciente. Ajoelhou e pôs o braço de Frizz sobre a prancha, tentando colocá-lo por inteiro.

Frizz soltou um gemido.

— Você está bem?

— Me sinto é esquisito — murmurou ele. — Pesado.

— Não me diga! — Aya fez um esforço. — Se ao menos a gente tivesse uma maneira de... — Ela olhou para a criatura inumana estatelada ao lado de Frizz.

Hiro saiu da prancha ao lado dela e olhou para a figura.

— Uau. Você deixou *isso* fora da matéria?

— Preciso de ajuda para tirar o aparato de aerobol dessa coisa. — Aya gemeu ao puxar o sustentador da caneleira. — Dá para colocar no Frizz!

— Tudo bem — disse Hiro ao se ajoelhar. — É assim que se faz.

Ele soltou as tiras com prática, soltou o sustentador e prendeu na perna de Frizz.

— O que aconteceu com ele? — perguntou Ren ao se juntar à confusão.

— Aquela criatura o acertou com uma das agulhas que usa nos dedos. — Aya ergueu os olhos para o carro voador. A porta lateral estava abrindo de novo e a luz revelou mais duas silhuetas. — Droga, tem mais vindo!

— Acabei. — Hiro amarrou o último sustentador no antebraço de Frizz. — Programei o aparato para velocidade neutra. Ele deve flutuar como se estivesse em gravidade zero.

Imediatamente desprovido de peso, Frizz saiu rapidamente do chão. Aya colocou-o sobre a prancha e se ajoelhou sobre ele.

Hiro e Ren ficaram cada um de um lado da prancha, deram as mãos para Aya e a puxaram como se fosse uma criança entre os pais. Logo dispararam por uma brecha entre as árvores.

— Eles estão nos seguindo? — perguntou Aya.

Ren olhou para trás.

— Acho que não. Estão recolhendo os outros dois.

— Acho que dois corpos estranhos são piores que uma testemunha viva. Falando nisso, você tem que dar algumas explicações, Aya — disse Hiro.

— Assim que a gente estiver em segurança.

— O que significa voltar para a festa, *certo*?

— Não. Vamos fazer o que a Tally disse: vamos nos esconder.

— Onde? — perguntou Ren.

Aya mordeu o lábio e segurou firme o corpo inconsciente de Frizz para que não escorregasse da prancha.

— O reservatório subterrâneo.

— Frio e úmido, mas é o único lugar na cidade sem câmeras — disse Ren.

— Exatamente — falou Aya.

Algo surgiu pelas árvores no canto da visão e ela arriscou uma olhada. Era uma câmera flutuante com camuflagem escura, ainda meio tonta da colisão.

A câmera piscou alegremente os faróis noturnos enquanto imagens tremidas surgiam no campo de visão de Aya. Quem quer que fossem as criaturas inumanas, daquela vez não foram apenas os olhos de Aya que as registraram. Ela abriu um sorriso.

Moggle tinha gravado tudo.

A SABEDORIA DA MULTIDÃO

A nova zona de construção emitia um tênue brilho laranja, as máquinas escavadeiras estavam paradas nos buracos das fundações.

— Verifiquem as caixas postais antes de perdermos a conexão — disse Hiro.

Aya vasculhou a tela ocular e balançou a cabeça. Ela recebeu algumas mensagens prioritárias pelo canal dos guardas e talvez umas dez mil perguntando o que estava acontecendo, sem contar um milhão de teorias que dominavam as transmissões — mas nada de Tally Youngblood.

— Se ela estiver a caminho em uma nave suborbital, vai ficar fora de contato por algumas horas — disse Ren.

Aya suspirou.

— Desde que chegue aqui rápido.

Eles desceram em direção ao túnel e entraram.

— Ei, estou desmaiando de novo? — gemeu Frizz, que se remexeu enquanto a escuridão os envolvia.

— Não, apenas entramos no subterrâneo. — Aya o abraçou com mais força. — Sem faróis, Moggle. Eles chamam muita atenção.

— Seu vestido brilha — murmurou Frizz.

Aya assentiu e mexeu os dedos para o vestido ganhar vida. A bateria estava nas últimas, mas as luzes cintilantes foram o bastante para romper a escuridão.

— Falei para você que esse era o vestido certo, Hiro.

— Engraçadinha. Você vai nos contar o que aconteceu lá fora?

— Ainda não.

Eles desceram enquanto a luz laranja dos refletores na superfície sumia ao fundo. Depois de longos minutos, o eco da água pingando chegou aos ouvidos e o túnel abriu para revelar a imensidão do reservatório.

Aya parou a prancha em pleno ar.

A caverna brilhava com as luzes fracas do vestido, o teto reluzia com o reflexo na água. Moggle parecia se lembrar do lugar e logo estava voando nervosa em círculos pela caverna, para verificar se havia Ardilosas escondidas com travas na mão.

Hiro parou próximo à irmã e sentou de pernas cruzadas na prancha.

— Belo esconderijo, Aya. Não existe chão de verdade para ficar de pé, não é?

— Não, mas temos muita água — disse Ren.

— Não é exatamente a Mansão Movimento. — Aya suspirou.

O apartamento que Hiro mostrara não saía da cabeça. Os grandes espaços abertos, a vista perfeita da cidade. E cá estava ela, em sua primeira noite de fama, escondida no subterrâneo.

A lenta respiração de Frizz ecoava pelos arcos de pedra. Ele se remexeu debaixo de Aya, os efeitos da agulhada estavam passando. Ela verificou a marca no pescoço — a vermelhidão tinha praticamente sumido.

— O que havia naquelas agulhas foi feito para derrubar você, Aya — disse Ren. — Mas Frizz é um perfeito. Ele vai ficar bem.

Ela assentiu. A operação tornava o corpo dos perfeitos mais fortes e com maior capacidade de cicatrização, além de mais belos.

— Então, quem eram aquelas pessoas? — perguntou Hiro.

— Não faço ideia. Só tinha visto uma vez antes.

— Quando viu a montanha abrir pela primeira vez? — indagou Ren.

— Sim. Miki e eu observamos da beirada do trem. Eram três figuras muito magras e altas. Mas estava tão escuro que pensei que fossem apenas umas sombras estranhas... a princípio.

Hiro pigarreou.

— E você não se importou em mencionar isso?

— Eu não tinha imagens das criaturas! E era tão confuso. Pensei que, se começasse a matéria com aquelas aberrações, todo mundo pensaria que se tratava de outra reportagem sobre Viciados em Cirurgia. Alienígenas não combinavam muito com o tema de destruição de cidades.

— Eles não *combinavam com o tema*?! — gritou Hiro. — Você é alguma divulgadora Enferrujada, por acaso? É para isso que serve o pano de fundo!

— Deixe o sermão para depois, Hiro — disse Ren. — Agora a gente precisa descobrir quem são eles e por que estão atrás de Aya.

— A gente devia voltar para a superfície e divulgar isso! Chame os guardas se você quiser! — disse Hiro com desdém.

— Vamos confiar na nossa própria cidade? — perguntou Ren.

— Eu confio em qualquer um, desde que haja algumas centenas de milhares de pessoas assistindo — murmurou Hiro. — O que não entendo é como foi que esses Viciados em Cirurgia sacaram que você os viu?

— Talvez tenha algo no pano de fundo que explique isso — falou Ren. — Pena que estamos isolados das transmissões aqui embaixo.

— A Moggle tem uma cópia de tudo — disse Aya.

— OK, vou dar uma olhada. Se acontecer alguma coisa emocionante, me sacuda. — Ren deitou na prancha e as telas oculares deram sinal de imersão completa.

Aya engoliu em seco. Com Ren vasculhando as imagens e Frizz semiconsciente, ela estava praticamente sozinha com Hiro. As últimas luzes do vestido começaram a se apagar e a escuridão tornava a expressão do irmão cada vez mais irritadiça.

— Que tal um pouco de luz, Moggle?

A câmera acendeu os faróis noturnos e iluminou a caverna. As sombras se moviam enquanto Moggle flutuava nervosa pelo reservatório, mas Hiro permanecia imóvel encarando a irmã.

Aya suspirou.

— Eu não tive *intenção* de mentir.

— Não, Aya. Mas quando a pessoa escolhe o que incluir na sua matéria, sempre acaba mentindo. Por isso os melhores divulgadores colocam *tudo*. Deixe a manipulação para os extras que só assistem por dez minutos.

— Mais uma vez: eu não tinha uma imagem sequer das criaturas!

— Ainda assim, você viu e omitiu. É como se mentisse.

Aya gemeu e olhou para a água. A superfície ficou mais escura à medida que as luzes do vestido foram se apagando uma por uma.

— Eu estraguei tudo, não foi?

— Tudo não. — Hiro deixou os ombros caírem. — Mas se você tivesse contado o que viu, a gente já podia saber quem eram essas pessoas.

— Como?

— A sabedoria da multidão, Aya. Se um milhão de pessoas olharem para um quebra-cabeça, existe a chance de uma delas saber a solução. Ou talvez dez pessoas tenham uma peça diferente e isso é o suficiente para montá-lo.

Aya suspirou.

— Acho que você tem razão. Eu simplesmente nunca encarei os canais dessa forma.

— Isso porque você só se importava em ficar famosa. Os canais são mais do que isso. Como eu sempre digo, ser um divulgador é uma forma de entender o mundo.

Ela revirou os olhos. Era tudo o que precisava: uma lição de filosofia de seu irmão mais velho metido. As últimas luzes do vestido estavam falhando, a bateria finalmente acabara.

— Bem, não temos nenhuma multidão aqui. Então o que *você* acha que eles são? Alienígenas?

— Não, são alguma espécie de Viciados em Cirurgia. — O bater dos dedos de Hiro sobre a prancha ecoava pela caverna. — Na verdade, estão mais para macacos.

— O que quer dizer? — Aya se remexeu na prancha. — Eu não vi nenhum pelo.

— Mas notou os dedões dos pés, certo? Eles eram preênseis como os de um macaco. É como se tivessem quatro mãos.

— Mas isso não faz sentido. — Aya suspirou. — Para que ser um Viciado em Cirurgia se a pessoa vai se esconder o tempo todo?

— Não acho que eles sejam assim por modismo, Aya. É como os meus coroas imortais: a cirurgia tem um *significado*. Tem que haver uma maneira de tudo isso se encaixar.

— Você quer dizer as armas de destruição, bases secretas e patas de macacos?

Hiro sorriu.

— Entendo por que você teve dificuldade em colocar tudo isso em dez minutos.

Eles ficaram calados por um tempo enquanto Aya via o brilho nos olhos de Ren. Talvez quando amanhecesse, o furor da matéria do Destruidor de Cidades tivesse passado um pouco. As pessoas precisavam dormir em *algum momento* afinal, não importava a gravidade da matéria. Em algumas horas, subir de mansinho para mandar uma mensagem para Tally Youngblood seria fácil.

Ela se lembrou do ano anterior na escola para feios, quando aprendeu sobre as origens da libertação: a Fumaça, os Especiais, a terrível Guerra de Diego. Um tema era comum a todas aquelas lições: assim que Tally-sama chegava, os vilões não tinham a menor chance.

O tempo passou de maneira estranha na caverna. Isolado da interface da cidade, o relógio na tela ocular de Aya não funcionava, mas os minutos pareciam se arrastar. Ela chegou a cochilar uma vez e acordou em pânico, imaginando onde estava.

Mas Frizz continuava ao seu lado, dormindo até passarem os efeitos da agulhada. Tão perto assim sobre a prancha, era possível sentir a sua respiração, e o calor do corpo quebrava o frio da caverna. Não importava o que Hiro dissera sobre a fama ser capaz de protegê-la, ela se sentia mais segura perto de Frizz do que sob os olhos de um milhão de pessoas.

Sentado de pernas cruzadas na prancha, Hiro mantinha os olhos fechados e acenava com a cabeça. Os olhos de Ren estavam abertos, as telas oculares reluziam como dois vaga-lumes no ar, mas ele não fazia nenhum barulho.

Parecia que tinham se passado horas até que Frizz começou a se remexer ao lado de Aya. Ele se apoiou nos cotovelos e esfregou o pescoço.

— Como você se sente? — sussurrou Aya.

— Bem melhor. — Frizz olhou sonolento ao redor. — Onde estamos?

— Nos subterrâneos. — Aya apertou a mão dele. — Não se preocupe. Nós estamos seguros aqui embaixo até Tally-sama chegar.

— Você me trouxe aqui? Como conseguiu... uau. — Por um instante, Frizz começou a flutuar e sair da prancha. — O que está acontecendo?

Aya sorriu.

— A gente pegou um aparato de aerobol daquelas criaturas. Você está quase sem gravidade.

Ele parou de se mexer, deixando-se assentar ao lado de Aya.

— Você me salvou.

Ela suspirou.

— Eu coloquei você em uma tremenda enrascada, é o que quer dizer. Se não fossem as minhas mentiras, você não estaria nessa confusão.

— Mentiras?

Aya assentiu devagar.

— Como eu disse, eu vi essas criaturas há dez dias, mas não sabia o que elas eram. Então eu meio que... cortei da matéria.

Frizz não falou nada, apenas olhou para a água escura.

— Acho que sou uma mentirosa compulsiva — enfim sussurrou.

Ele balançou a cabeça.

— Não, não é não.

— Sou *sim*. Não passo dez segundos sem mentir. Sou a 17ª pessoa mais famosa da cidade no momento e por conta de quê? Fazer um grupo inteiro acreditar que eu fazia parte dele! E aí não sou sequer capaz de divulgar a matéria sem deixar algo de fora. Você deve me odiar.

Frizz tomou fôlego lentamente.

— Eu nunca contei para você como criei a Honestidade Radical, não foi?

— Eu nunca perguntei — sussurrou Aya. — Só fiquei falando sobre minha própria obsessão com a fama.

— Bem, eu costumava mentir... *constantemente*. Às vezes tinha motivo, mas geralmente mentia apenas por diversão. Sempre estava fingindo, criando um novo Frizz para cada pessoa que conhecesse, especialmente para as garotas, sabe. — Ele deu de ombros e os olhos de mangá brilharam na escuridão. — Mas comecei a esquecer quem eu era de verdade. Isso provavelmente parece estranho.

— Na verdade, não. Foi mais ou menos o que aconteceu comigo e as Ardilosas. Gostava de ser aquela pessoa, ela era mais corajosa do que eu.

Ele deu de ombros.

— Às vezes é divertido mudar quem você é. Mas eu queria descobrir quem era sem as mentiras. Como um relacionamento funciona quando a pessoa não pode esconder nada. — Frizz pegou a mão de Aya, que sentiu um arrepio. — Como é a sensação de fazer isso...

Ele se inclinou através da pequena distância entre os dois rostos e beijou Aya.

Ao se afastarem, Frizz sussurrou:

— Sem mentiras.

— Fico tonta. — Aya suspirou.

Ela sentiu o rosto quente, como se tivesse ficado vermelha, mas não envergonhada. Um eco dos lábios de Frizz permanecia sobre os dela e a pele ficou arrepiada.

— Você está certa. — Ele sorriu. — É de ficar tonto mesmo.

— Mesmo comigo, a Rainha da Gosma e da Mentira?

Ele deu de ombros.

— Mas você também é sincera, Aya. Você se inclui nas suas matérias, de uma forma ou de outra. Mesmo aquela sobre... — Frizz fez uma pausa e olhou ao redor da caverna com uma expressão pensativa. — Ei, a gente está perto daquele grafite que você divulgou?

— Claro, aqueles túneis dão aqui embaixo. — Ela riu baixinho. — Quer ver ao vivo?

Frizz fez que não com a cabeça.

— Mas aquela matéria não está no seu canal? Onde todo mundo possa assistir?

Aya hesitou. Antes daquela noite, quase ninguém assistia ao seu canal. Mas com uma reputação na casa dos 17, mais pessoas iriam checar quem ela era. E, ao mesmo tempo, todo mundo estava formulando teorias e debatendo por que Aya Fuse desaparecera e para onde fora.

Talvez apenas alguns milhares se importariam em assistir às suas antigas matérias, e a maioria não notaria que os túneis dos grafiteiros eram um ótimo esconderijo. Mas e se apenas uma pessoa, dentre o milhão de habitantes da cidade, mandasse uma câmera flutuante para verificar?

— Epa, você pode ter razão. Hiro! Acho que a gente tem que ir!

O irmão se remexeu e acordou.

— O quê? Por quê?

— Os túneis que dão aqui estão no meu canal, naquela matéria do grafite que eu divulguei.

— Mas aquilo foi há duas semanas... — A voz de Hiro sumiu.

— Do que você chamou aquilo? De sabedoria da multidão?

As vozes atraíram a atenção de Ren, que sentou e piscou para se livrar do brilho da tela ocular.

— O que está acontecendo?

— Esse lugar é famoso por causa do canal de Aya — disse Frizz.

Ren ficou de pé instantaneamente e resmungou:

— Nós somos tão *idiotas*.

— Moggle! — chamou Aya. — Desligue os faróis!

A câmera flutuante obedeceu e deixou todo mundo na escuridão.

Aya piscou para se livrar dos pontinhos de luz e abraçou Frizz com mais força. Aos poucos os olhos se ajustaram e ela viu alguma coisa...

Em uma das manilhas pingando água, havia uma pequena luz se movendo e agitando as sombras na escuridão.

PAPARAZZI

— Siga a minha voz, Moggle — chamou Aya, avançando de prancha até a parede mais próxima.

As manilhas daquele lado do reservatório não apareciam na matéria sobre o grafite. Com certeza não havia gente o suficiente perseguindo Aya para cobrir cada túnel e tubulação da cidade.

— Aqui está a parede — sussurrou Frizz.

Ela esticou a mão e tocou na pedra fria. Seguiu em direção ao som de água pingando até ouvir o eco da boca da manilha diante deles.

— Moggle? Vem aqui — chamou baixinho. Um instante depois a câmera esbarrou em Aya. — Vá lá em cima e veja se está vazio. Sem os faróis!

Moggle partiu.

Sobre o ombro, a luz da outra manilha estava aumentando. Aya conseguiu ver a silhueta de Hiro e Ren contra o brilho.

— Você consegue mesmo causar interferência em uma câmera, Ren?

— Posso tentar. — O rosto de Ren apareceu em pleno ar, iluminado pela caixa de truques.

— Aya, se você precisar sair rápido daqui, me deixe para trás. Eu não sei pilotar e ninguém está atrás de *mim* — sussurrou Frizz.

— Não seja idiota, Frizz. Essas criaturas sabem que você as viu. Não vou deixar você aqui!

Aya ligou a tela ocular. Pelo ponto de vista de Moggle, o túnel se estendia à frente, vazio e sem luz.

— A manilha está limpa.

— Vamos andando então — murmurou Hiro. — A luz está chegando perto.

Aya deitou na prancha e se espremeu nela com Frizz. Eles entraram no túnel e começaram a subir rapidamente.

Moggle estava próxima à superfície, pois as luzes de tom laranja dos refletores brilhavam na saída da manilha. Os canais voltaram a aparecer na tela ocular e o relógio da cidade mostrou que faltavam duas horas para o amanhecer.

— Cuidado, Moggle — sussurrou Aya. — Não deixe que ninguém veja você!

A câmera flutuante diminuiu a velocidade e deu uma olhadela pela entrada da manilha. Aya observou enquanto Moggle vasculhava a zona de construção — não havia nada além de máquinas imóveis e da estrutura de ferro vazia de um prédio inacabado.

— OK, Moggle, espere pela gente.

Aya e Frizz subiram em direção à superfície até ela sentir uma brisa fria no rosto. A silhueta de Moggle surgiu iluminada pelos refletores. Os canais entraram no ar com força total e encheram a visão de Aya com uma centena de discussões acaloradas: surpresa diante de seu sumiço, teorias sobre quem construiu o Destruidor de Cidades, questionamentos sobre se tudo aquilo não teria passado de um golpe. A maioria das pessoas achava que ela havia sido sequestrada pelo carro voador misterioso. O Anônimo declarara que o impulsionador de massa era a arma secreta da cidade e pedia a prisão de Aya como traidora.

Ela piscou os olhos para afastar toda aquela confusão e se concentrou no mundo à frente. A matéria sobre a Rainha da Gosma a havia ensinado como os canais podiam ser inúteis.

Às vezes a sabedoria da multidão era apenas uma barulheira.

Na entrada do bueiro, Aya vasculhou a zona de construção com os próprios olhos.

— OK, parece que ainda está vazio. Todo mundo pronto?

— Só uma pergunta — disse Frizz. — Onde estamos indo?

— Ah, tem razão. — Aya franziu a testa.

Se a multidão tinha descoberto o reservatório subterrâneo, onde mais ela poderia se esconder? Todos os lugares interessantes que Aya havia explorado tinham sido incluídos em alguma matéria. O dormitório, os nomes de todos os amigos e até sua cor favorita estavam listados em seu canal.

Aya não tinha guardado nenhum segredo para si.

— Que tal a sua casa, Hiro?

— A minha casa? Não dava para sermos mais óbvios?

— Pelo menos tem boa privacidade. É uma mansão para quem tem muita reputação, então as câmeras flutuantes não podem chegar perto. E a parte famosa da cidade não é longe daqui.

— Esqueça. Você não vai me envolver nessa... — Ele foi parando de falar. — Mas você tem razão quanto à privacidade. Por que não vamos para a Mansão Movimento? Lembra do apartamento que mostrei?

— Sim, mas não é meu.

— Porém, está vago. Basta entrar e tomar posse. Você tem uma reputação de... uau! Você chegou à posição 12!

— Nada supera ser abduzida por alienígenas — disse Ren.

— O que você acha, Frizz? — perguntou Aya.

Ele hesitou e, então, soltou um suspiro.

— Qualquer coisa é melhor do que um buraco no chão.

Eles saíram devagar do bueiro, tremendo de frio no vento gelado.

Aya olhou para o vestido de gala, que estava coberto de folhas molhadas e água do túnel: o Retorno da Rainha da Gosma. Mas o cheiro de pinheiros e o ar puro eram bem-vindos depois de horas de folhas podres e esgoto.

A cidade parecia mais desperta do que o normal em plena madrugada, as janelas piscavam com as pessoas assistindo aos canais. Aya ficou ansiosa ao ver isso — era exatamente o oposto do pânico do anonimato.

De repente havia gente *demais* que sabia seu nome.

Eles voltaram voando para a cidade em direção à área em que Hiro morava. Os sinais característicos da fama surgiram ao redor: piscinas flutuavam no céu soltando vapor no frio e tochas iluminavam o caminho no chão.

Mas não havia ninguém fora de casa, mesmo ali as janelas brilhavam com a luz de telas de parede. Não importava o tamanho da reputação, todo mundo parecia estar acompanhando o desenrolar da história.

— Epa — disse Ren ao tirar os olhos da caixa de truques.

— Temos companhia.

Aya acompanhou o olhar dele — uma câmera solitária subia em direção a eles com a luz das tochas sendo refletida pelas lentes.

— Consegue criar uma interferência?

Ren balançou a cabeça.

— É uma câmera profissional de paparazzi, feita para perseguir famosos.

— Estamos próximos à Mansão Movimento. Vamos logo! — gritou Hiro ao disparar na frente.

— Segure firme, Frizz! — berrou Aya, que apontou para o chão e ganhou velocidade ao descer.

Os dois corpos fizeram as manobras como um só quando Frizz a abraçou. Ele se sentiu mais confiante do que na primeira vez na prancha com Aya, então ela decidiu se arriscar mais.

Aya pegou um atalho entre dois apartamentos, separados por suportes flutuantes, para contornar uma mansão alta e estreita. Os sustentadores da prancha tremeram e eles derraparam no ar. Frizz a abraçou com mais força. A poucos metros do ombro de Aya, Moggle estremeceu diante das fortes correntes magnéticas.

Mas quando ela olhou para trás, a câmera de paparazzi ainda continuava lá. Ren estava certo — aquele modelo fora feito para perseguir os famosos. Alguns truques simples não seriam suficientes para despistá-la.

Aya desceu ainda mais e deu um rasante pela alameda que cortava um jardim. O calor das tochas passou voando pelas laterais e o cheiro de fumaça entrou nas narinas. A câmera estava firme na perseguição, aproximando-se o suficiente para reconhecer seus rostos.

A última coisa que Aya queria era aparecer na Mansão Movimento com cem câmeras flutuantes a reboque.

— No fim do jardim, suba em linha reta! — gritou Frizz.

— O que você está planejando?

— Apenas faça!

Eles passaram voando pelo último par de tochas. A alameda do jardim deu para um campo de santuários e templos da época dos Pré-Enferrujados. Assim que saíram do jardim, Aya jogou o peso para trás e subiu com a prancha. Moggle seguiu, rodopiando alegremente.

— Volte e me pegue! — berrou Frizz... e pulou da prancha.

— Frizz! — gritou Aya, girando a tempo de vê-lo voar.

É claro que ele voou — Frizz ainda estava com o aparato de aerobol e continuava em gravidade zero. Ele foi levado pela inércia em direção à câmera de paparazzi e encolheu o corpo como uma bola. A câmera o acertou bem nas caneleiras e o baque do plástico de alto impacto soou como um tapa.

Frizz girou para longe com a colisão. Aya fez uma curva fechada para colocar a prancha na sua linha de voo.

Ele deu um gemido ao acertar Aya e a derrubou da prancha. Os dois giraram juntos pelo ar até que os sustentadores do aparato compensaram o peso de Aya.

— Moggle! — Ela gemeu por causa do abraço apertado de Frizz, que tornava difícil a respiração. — Traga a nossa prancha para cá!

A prancha abandonada tinha parado confusa, provavelmente imaginando por que os pilotos tinham pulado fora. Moggle chegou ao lado e a conduziu até o ponto onde os dois flutuavam abraçados.

— Eu matei a câmera? — perguntou Frizz.

Aya olhou para baixo e viu a câmera de paparazzi quicando aos pedaços entre os santuários e templos.

— Sim, mas aquele truque foi assustador!

Moggle trouxe a prancha até os pés dos dois e Frizz deixou que Aya saísse do abraço para a superfície.

— Sem falar que doeu — disse Frizz ao abaixar para massagear as canelas, pois as caneleiras tinham rachado com a colisão.

— Bem-feito — disse Aya, apontando a prancha para a Mansão Movimento.

Ela desceu e voou de mansinho debaixo da piscina de meditação flutuante da vizinhança. A luz das estrelas passava entre os nenúfares e as carpas.

— Aya? — A voz de Ren surgiu em seu ouvido. — Estamos na mansão. Onde estão vocês?

— Chegando. Despistamos aquela câmera.

— Acho que vocês atraíram outra, então. Olhe para as janelas.

Aya franziu a testa.

— Que janelas?

— *Qualquer* janela. São todas iguais!

— O que você...? — Aya ela começou a perguntar, mas assim que os dois saíram dali debaixo da piscina de meditação, surgiu uma mansão enorme e de estilo antigo diante deles, com janelas brilhando com a luz de telas de parede.

Todas piscavam ao mesmo tempo, centenas de telas sintonizadas na mesma transmissão.

— Epa — disse Frizz. — Você viu aquilo?

— Sim. — Aya engoliu em seco. — Todo mundo está assistindo ao mesmo canal, o que nunca acontece, a não ser que...

— Ou Nana Love acabou de ficar noiva ou uma câmera está filmando a gente.

Aya virou a cabeça e vasculhou o ar ao redor. Finalmente conseguiu descobrir outra câmera de paparazzi a poucos metros de distância, com as pequenas lentes focalizando seu rosto.

— Droga.

Então Aya viu o enxame de dezenas de câmeras flutuantes de vários modelos e tamanhos vindo de todas as direções. Nuvens de câmeras manobravam juntas e faziam curvas como um cardume de peixes.

— Vai logo, Aya! — gritou Frizz.

— Cegue as câmeras, Moggle! — Ela se inclinou para frente e disparou em direção à Mansão Movimento.

Moggle seguiu com os faróis noturnos ligados no máximo e voltados para trás. As lentes dos perseguidores reluziam como fogos de artifício estourando no céu.

Quando eles chegaram à Mansão Movimento, o enxame estava alcançando e envolvendo os dois, filmando de todos os ângulos possíveis no momento em que Aya desceu até os degraus do prédio.

— Belo trabalho ao despistá-las — disse Hiro secamente e virou para a porta. — Deixe a gente entrar, rápido.

— Peço desculpas, mas a Mansão Movimento é um prédio seguro — disse a porta.

— Não brinca — disse Aya. — É por isso que estamos aqui. Estou tomando... hã...

— Posse do apartamento 39 como residência legal — sugeriu Hiro.

— Estou tomando posse do apartamento 39 como minha residência legal. E exijo total privacidade! E, falando nisso, sou Aya Fuse. Hã, oi.

A porta fez uma pausa enquanto raios laser varreram o rosto e as mãos de Aya. Havia um paredão de câmeras atrás de seu ombro, todas brecando no ar por causa do limite de privacidade. Algumas pararam perto demais e caíram instantaneamente. Privacidade para valer era uma das marcas registradas da Mansão Movimento.

A porta abriu com um som suave.

— Posse aceita. Bem-vinda ao novo lar, Aya Fuse.

MANSÃO MOVIMENTO

As janelas enquadravam o horizonte da cidade como pinturas, reunindo vistas para o mar, montanhas e até mesmo um vislumbre do imenso campo de futebol. Eram vistas perfeitas...

A não ser por todas aquelas câmeras.

Não havia tantas quanto no fim da perseguição, mas algumas ainda permaneciam no limite dos 50 metros. Aya percebeu a curva da barreira de privacidade pelo jeito que as câmeras flutuavam no céu — uma bolha de reputação literal em volta da mansão. Até mesmo Moggle tinha que esperar lá fora, porque os saguões também eram monitorados para garantir a privacidade.

Aya acenou e torceu para que Moggle pudesse vê-la.

— Fechar as janelas — ordenou Hiro do chão, onde estava esparramado.

Por um instante, Aya se perguntou por que a sala não o obedeceu — e então riu.

— Esse é a *minha* sala, Hiro! Você não pode dar ordens.

— Salas — corrigiu Ren. — No plural.

Aya riu e acionou as plataformas sem atrito para patinar pelo apartamento. O luxo excessivo do lugar a seguia por todos os cantos, especialmente nos enormes closets que precisavam ser preenchidos. Aya já havia enfiado o vestido gosmento dentro do buraco na parede, estava com sapatos novos e um macacão de guardião com aquecimento interno, filtros de água e inúmeros bolsos.

Ele também era à prova de gosma.

— Então você não se importa que aquelas criaturas nos vejam? Elas também assistem aos canais, lembra? — perguntou Hiro.

— É, pode ser. — Aya suspirou e gesticulou para que as janelas ficassem opacas. — Maximize a privacidade e a segurança.

— Sim, Aya-sensei — falou a sala.

— Ouviu isso? — perguntou Aya, girando o corpo sem sair do lugar. — A sala não para de me chamar de sensei!

— Você *está* entre os mil primeiros — disse Ren. Ele deitou no chão olhando para os lustres com as duas telas oculares ligadas.

— Entre os vinte primeiros — falou Aya. Na verdade, todos os quatro eram sensei agora, pois os demais foram levados pelo redemoinho de sua reputação.

— Que tal todos concordarmos que Aya é muito famosa, está certo? Agora a gente pode seguir adiante? — disse Hiro.

Ela parou de patinar e deu de ombros.

— Adiante *para onde*, Hiro? Tally vai pousar em breve e aí a gente vai fazer o que ela disser.

— Quer dizer que você não deseja divulgar nada disso?

Aya revirou os olhos. A libertação acontecera depois que Hiro tinha saído da escola, então ele perdera todas as aulas sobre Tally Youngblood. Hiro não parecia compreender que, no momento em que ela chegasse, tudo ficaria bem.

— A gente vai esperar pela Tally antes de decidir *qualquer coisa* — disse Aya. — Estamos seguros aqui, certo?

— É o que parece. — Ren bateu com o nó dos dedos na janela opaca. — Ei, sala, de que é feito esse vidro?

— De uma camada de diamante artificial misturada com matéria inteligente e circuitos eletrônicos. O vidro foi arquitetado para proteger os moradores de caçadores de celebridades e fofoqueiros. É impossível se infiltrar.

— A gente devia ter vindo aqui primeiro, mas vocês tinham que teimar em fazer *exatamente* o que Tally-sama falou — disse Hiro.

— Você queria voltar para a festa, Hiro! Acha mesmo que um bando de Pixelados teria me salvado? — perguntou Aya com desdém.

— Eu teria pensado nesse lugar mais cedo ou mais tarde.

— Mais cedo ou mais tarde geralmente é tarde *demais* — falou Frizz.

Hiro virou e olhou com raiva para ele, mas Frizz já tinha saído de onde estava para flutuar e inspecionar o par de lustres no teto alto. Cada um era composto por um milhão de pedaços de vidro cobertos por um laser de tom azul suave.

Agora que tinha se recuperado, Frizz estava testando o aparato de aerobol. Nadou pelo apartamento enorme e sem mobília impulsionando os braços para trás e para a frente. Aya achou a visão perturbadora, pois era parecida demais com as criaturas e seus aparatos de levitação.

Frizz falou lá de cima.

— Ei, Hiro, por que todo mundo fala que isso é tão complicado?

— Porque voar de verdade *é* complicado. Você está apenas quicando por aí em gravidade zero.

— E como eu tento voar de verdade?

— Não tenta, seu avoado. Você arrancaria os próprios braços!

— Eu posso ter passado por uma cirurgia cerebral, mas não sou um avoado.

— Não *tecnicamente* — murmurou Hiro.

— Quem é o avoado aqui, Hiro? Se não fosse pelo Frizz, aquelas câmeras de paparazzi teriam pegado a gente no reservatório — esbravejou Aya.

— É, pode ser. — Hiro suspirou, se endireitou e fez uma pequena saudação para Frizz. — Desculpe por chamá-lo de avoado. Você é muito esperto, na verdade.

Frizz devolveu a saudação em pleno ar.

— E você não é tão esnobe quanto a Aya disse.

Hiro ficou boquiaberto.

— *O que* você disse, Aya?

Ren se levantou de repente e se sentou no chão.

— Encontrei algo no pano de fundo do seu canal, Aya, sobre o momento em que viu as criaturas.

— Ótimo! — Aya estava ansiosa para escapar do olhar furioso do irmão. — Pode mostrar para a gente?

— Claro, assim que eu encontrar a tela de parede daqui.

— É, cadê a...? — Aya começou a dizer, mas a janela que ia do chão ao teto já estava brilhando.

— Uau — disse baixinho. — A tela de parede é de diamante. Esse lugar é *tão* legal.

Uma imagem distorcida e tremida apareceu. Aya reconheceu como a visão de uma câmera espiã. Uma semana atrás:

Miki examinando a parede do túnel do trem magnético, procurando pela porta secreta.

Ver aquele rosto de Normal outra vez trouxe de volta a culpa que tinha sido sufocada pela fama repentina. Aya imaginou o que Miki achava dela agora que o mundo inteiro podia assistir aos rituais e truques secretos das Ardilosas.

A voz de Eden Maru surgiu fora do enquadramento, ecoando pelo túnel: *É aqui. Afastem-se. Pode haver alguma coisa lá dentro.*

Miki respirou devagar e murmurou: *Ou alguém.*

A própria voz de Aya respondeu: *Mas aquelas aberrações estavam guardando alguma coisa aqui. Ninguém* mora *neste lugar.*

A imagem foi congelada e Hiro resmungou:

— "Aquelas aberrações?" Então foi assim que elas souberam que foram vistas. Você *disse* no próprio pano de fundo!

Aya balançou a cabeça.

— Mas ainda assim não faz sentido. Como elas examinaram todas essas imagens tão depressa? Havia horas e mais horas de material da câmera espiã e as criaturas vieram atrás de nós assim que saímos da festa.

— E se a responsável for a sabedoria da multidão? — perguntou Ren baixinho.

Aya franziu a testa.

— O que quer dizer?

— Não sabemos quantas dessas figuras inumanas existem por aí. Pode haver centenas. Talvez exista uma montanha cheia delas em algum lugar.

— Ou uma cidade inteira. Aquele impulsionador de massa precisou de muita gente para ser construído — falou Frizz.

Aya sentiu um calafrio na espinha. Ela havia pensado nas criaturas como sendo parte de uma pequena turma. A ideia de uma *cidade* inteira fez sua mente ficar zonza.

— Isso é absurdo — disse Hiro. — Por que uma cidade inteira iria querer...

— Silêncio, Hiro! — Ren fechou os olhos. — Alguém ouviu isso?

Aya prestou atenção e os ouvidos captaram um zumbido baixo ecoando pela sala.

Frizz se afastou do teto e flutuou para baixo.

— Acho que está vindo da tela de parede.

Então Aya sentiu o gosto de chuva e relâmpagos.

— Matéria inteligente — falou Aya. — A janela é feita disso...

Todos viraram para a tela. A superfície estava ondulando, a imagem congelada do rosto de Miki ficou distorcida como se a transmissão estivesse ruim. O zumbido desafinou, virou uma harmonia de tons incompatíveis que lutavam entre si e faziam o próprio ar tremer. O gosto de chuva ficou amargo na boca de Aya.

— Alguém está decodificando a sua janela! — gritou Ren e ficou de pé correndo.

A silhueta de três pessoas começou a ficar saliente na superfície lisa. Um braço projetou-se para dentro envolto pela imagem congelada de Miki como uma múmia coberta da imagem da tela de parede.

Frizz pegou Aya e começou a puxá-la em direção à porta.

— Espere um pouco! — gritou ela. — Olhem os corpos...

As figuras que saíam da tela de parede não eram disformes como as criaturas, e sim altas e fortes. Entraram na sala sem rostos aparentes e ainda cobertas pelas cores da tela, como se tivessem sido envolvidas pela matéria inteligente.

— São Pixelados? — disse Aya, baixinho.

Os três se moviam com a graça de um predador e a cada passo as cores perdiam a intensidade até virarem um tom de cinza.

— Não, estão usando trajes de camuflagem — sussurrou Ren.

A figura mais alta do trio levantou o braço e puxou a camada de cinza da cabeça para revelar um rosto de beleza fria e intimidante. Os olhos eram selvagens e totalmente pretos, a pele estava coberta por tatuagens dinâmicas, cada traço era forte e cruel.

Ela era a pessoa mais famosa do mundo.

— Meu nome é Tally Youngblood. Desculpe o incômodo, mas esta é uma circunstância especial.

CORTADORES

Obviamente, Aya tinha aprendido tudo sobre os Especiais na escola.

Há muito tempo, a cidade de Tally Youngblood criou um tipo especial de perfeitos — cruéis, implacáveis e mortais em vez de avoados. Originalmente, os Especiais deveriam proteger a cidade ao perseguir fugitivos e manter a ordem. Mas, aos poucos, foram se tornando um grupo secreto próprio, cada geração modificando a próxima como ervas daninhas que cresciam fora de controle. Eles desdenhavam de quem não fosse Especial e queriam manter o mundo inteiro sob controle. No fim, tomaram conta da própria cidade e começaram a Guerra de Diego.

Tally e seus amigos também eram Especiais, porém um tipo diferente chamado de "Cortadores". Jovens e independentes, de alguma forma eles descobriram como reprogramar os próprios cérebros. Os Cortadores se rebelaram contra a líder maligna dos Especiais, libertaram a cidade e salvaram Diego. Então espalharam a libertação pelo mundo, acabando com a Era da Perfeição para sempre.

Ao ficar diante de Tally, Aya sentiu um imenso nervosismo de reputação. Aquela era a pessoa que criara seu mundo. Canais, Tecnautas, fama — tudo o que era importante para ela fora gerado pela libertação.

Olhar para um rosto tão familiar e, no entanto, tão estranho, era de mexer com a cabeça.

Para começar, nas aulas de Aya, Tally-sama jamais pareceu assustadora. Mas ao vivo as unhas eram longas e afiadas, os olhos escuros e penetrantes. Ela era três anos mais velha do que na época da libertação, é claro. Tinha quase 20 anos agora e vivia na natureza selvagem para se proteger da expansão das cidades.

Tally até mesmo *parecia* selvagem: o cabelo longo e descuidado, as tatuagens dinâmicas apagadas pelo sol, a pele escurecida.

Aya tirou o braço da mão de Frizz e fez uma saudação nervosa, torcendo para não esquecer o inglês.

— É uma honra conhecê-la, Tally-sama.

— Hã, na verdade é Tally *Youngblood*.

Aya se curvou outra vez.

— Desculpe. *Sama* é um título de respeito.

— Que beleza, outro culto para mim. — Tally revirou os olhos. — É tudo de que o mundo precisa.

Aya ouviu uma risadinha. Os outros dois Cortadores — um rapaz e uma moça — abaixaram os capuzes dos trajes de camuflagem para revelar rostos iguais aos de Tally: lindos e cruéis, cheios de tatuagens dinâmicas. Os olhos percorreram a sala com uma energia frenética, mas ao mesmo tempo os sorrisos surgiram nas faces, como se eles estivessem curtindo a agitação.

— Meu nome é Aya Fuse.

Tally não devolveu a saudação e simplesmente riu.

— Fala sério. Todos os canais nesta cidade parecem conhecer você. E *pare de se curvar*!

— Eu... sinto muito.

Aya notou que estava acenando com a cabeça. Queria que mais alguém dissesse outra coisa, mas Hiro, Ren e Frizz pareciam tão abalados pela fama de Tally quanto ela.

Os três Cortadores estavam andando pelo apartamento para vasculhar os outros aposentos.

— Mais alguém tentou entrar aqui? — chamou Tally.

— Não, esse prédio é muito seguro — respondeu Aya.

— É, nós percebemos durante os dez segundos que levamos para invadi-lo — falou a outra Cortadora. — É isso o que você chama de *se esconder*, por acaso? Tem umas cinquenta câmeras flutuantes lá fora!

— Nós tentamos nos esconder, mas a minha posição é muito alta nesse momento.

A garota olhou para Aya sem esboçar reação, como se as palavras não tivessem feito sentido.

— Posição? Você ocupa algum cargo no governo? Não é jovem demais para isso?

— Não. Posição no ranking de... reputação.

Os olhos da Cortadora vasculharam o enorme apartamento.

— Você mora mesmo aqui? Não é de estranhar que as cidades estejam se expandindo. Mesmo sendo feia, ela tem cinco quartos!

— Eu vivo aqui, mas nem todos os feios conseguem... — Aya foi parando de falar, frustrada com seu inglês.

Hiro estava certo: ninguém de fora da cidade entenderia a economia de reputação. E aquele não parecia ser o melhor momento para explicar.

— Você é Shay-sama! — disse Frizz, desligando uma tela ocular. Ele sussurrou em japonês — Posição 214 por ser mencionada em aulas de História.

Aya assentiu e se sentiu uma idiota por não ter reconhecido Shay. Todos os Cortadores eram famosos. Alguns tinham até cultos próprios, mas ela jamais conseguiu acompanhá-los.

— Eu peço desculpas, Shay-sama. Não sou muito boa em História recente.

Tally e o rapaz riram e Shay ergueu uma das sobrancelhas. Aya sentiu que estava ficando vermelha como uma criança pedindo um autógrafo.

— Não se preocupe quanto a isso — disse Shay. — E também não me venha com esse lance de "sama".

— É, ela prefere ser chamada de chefe — falou Tally com desdém.

— Senti sua falta também Tally-wa — respondeu Shay.

— Estou confuso — disse Frizz.

Aya concordou com a cabeça e se perguntou se os Cortadores estavam falando algum dialeto que as aulas de Inglês Avançado não cobriam. Hiro e Ren davam a impressão de nem estar acompanhando. Línguas estrangeiras não eram assim tão populares antes da libertação, na época em que eles frequentaram a escola.

Mas Frizz veio ao socorro de Aya.

— Só queremos demonstrar o devido respeito.

— Bem, respeite o que vou dizer. — Tally virou para Aya. — Precisamos tirar você daqui logo. Você esbarrou em algo que é maior do que imagina.

— Maior do que *o fim do mundo*? — perguntou Aya.

— Maior do que esse impulsionador de massa. Nós já encontramos vários pelo planeta inteiro.

Aya engoliu em seco e se perguntou se Ren estaria certo. Talvez houvesse mesmo um grande número dessas criaturas, uma cidade inteira em algum lugar.

— Por que você não contou para os canais globais?

— As outras montanhas estavam todas vazias. Você foi a primeira pessoa a encontrar os projéteis. E não queríamos que ninguém procurasse as pessoas que os construíram. Elas são perigosas.

Aya concordou com a cabeça.

— Eu sei, Tally-sama. Eu as encontrei cara a cara.

— Nós imaginamos que isso aconteceria assim que eles viessem atrás de você. — Tally apertou os olhos. — As pessoas que os veem costumam desaparecer, incluindo um amigo nosso. Por isso estamos aqui.

— Temos que ir, Tally-wa — falou o Cortador. — O sol vai nascer em breve.

— OK, Fausto. Mas, primeiro, duas perguntas. — Tally encarou Aya com os olhos escuros. — Você não contou a ninguém que a gente estava vindo, não foi?

Orgulhosa, Aya fez que não com a cabeça e controlou a vontade de dar um risinho para Hiro.

Tally sorriu.

— Boa garota. Segunda pergunta: sei que você é uma ótima surfista de trem, mas já andou em uma prancha voadora com duas pessoas?

— Sim.

— Recentemente, na verdade — acrescentou Frizz.

— Você pode vir comigo, então. — Tally virou para o Cortador. — OK, Fausto. Como derrubamos aquelas câmeras?

Ele deu de ombros.

— Nanoestruturas. Ou talvez granadas de luz?

— Granadas de luz, com certeza. — Tally sentiu um arrepio. — Shay e eu tivemos uma experiência ruim com nanoestruturas uma vez.

— Hora de mandar a granada, então, Tally-wa — falou Fausto. Ele tirou uma mochila do ombro e começou a vasculhar o interior.

— Com licença, Tally...-wa? — disse Aya, torcendo para que fosse o título correto. — Meus amigos também viram as... pessoas estranhas.

— Vocês viram? — Tally virou para os demais. — Todos os três?

Hiro, Ren e Frizz se curvaram em tom de desculpas e Tally soltou um gemido.

— Nós podemos ser menos óbvios se forem quatro pessoas, Tally-wa — disse Shay. — E eles estarão mais seguros conosco do que se ficarem aqui e forem raptados.

— Mas só temos três pranchas! Isso não é suficiente para sete pessoas.

— Esse buraco na parede pode produzir coisas grandes — falou Hiro com um inglês meio vacilante.

— Pranchas com hélices que funcionem fora da cidade, sem uma malha magnética? — perguntou Fausto.

Hiro franziu a testa.

— Talvez não.

— Que beleza — disse Tally. — Temos que chamar David até aqui, o que ferra com todo o plano. E vocês sabem o quanto ele odeia cidades.

— Com licença, Tally-sama — falou Ren com um inglês hesitante. — Hiro sabe usar um aparato de aerobol. Se ele ficar junto de nós, será possível rebocá-lo.

Tally titubeou por um instante, olhou para Shay e então concordou com a cabeça.

— OK, isso deve dar certo.

Hiro começou a soltar o aparato de aerobol de Frizz e colocar no próprio corpo, reclamando da caneleira quebrada. Ren pediu que o buraco na parede fabricasse alguns braceletes antiqueda e lembrou a todos que desligassem seus localizadores. Os Cortadores começaram a aplicar plástico adaptável nas mãos e rostos para esconder as tatuagens dinâmicas e as belas feições cruéis.

Aya se perguntou por que eles precisavam se disfarçar de feios na natureza.

— Com licença, Tally-wa, mas aonde *estamos indo*?

Os Cortadores se entreolharam e a pergunta ficou no ar por um momento.

— Não sabemos ainda, mas descobriremos em breve — respondeu Tally finalmente.

CORTADORA HONORÁRIA

As pranchas estavam esperando no telhado.

Os três Cortadores seguiram na frente, as silhuetas camufladas pelo traje corriam pela escuridão como ondulações graciosas no ar. Aya mal conseguiu ver o ataque — os braços se moveram quase invisíveis, os lançamentos pareciam uma brisa repentina que levantou poeira e folhas em cima do telhado.

Foi tudo tão silencioso e fantasmagórico... até que as explosões começaram.

Um estouro de luzes brancas e intensas tomou conta do céu e lançou sombras sobre o telhado. Uma cascata de explosões agrediu os ouvidos de Aya.

— Vamos! — disse Frizz ao pegar sua mão e puxá-la adiante.

Meia dúzia de passos depois, sem conseguir ver direito por causa das luzes, Aya sentiu a superfície de uma prancha sob os pés. Alguém alto e musculoso chegou perto e passou um braço por sua cintura.

— Segure firme! — gritou Tally e a prancha subiu rápido, enchendo o ar com o som das hélices. O corpo de Tally era seco e rígido, como uma ginasta feita de cabos de aço. — Não falamos para fechar os olhos?

— Foi mal.

Aya segurou firme na cintura de Tally e piscou para os pontos de luz sumirem da visão. Parecia com as ocasiões em que ficava sem enxergar por causa de Moggle...

Moggle! Sua câmera flutuante estava em algum lugar lá fora, provavelmente fora atingida pelas granadas de luz e estava confusa.

— Com licença, Tally-wa. Mas Moggle pode vir também?

— Quem?

— Minha câmera flutuante.

— Sua... espere aí. Você *possui* uma câmera flutuante?

Aya piscou de novo e a visão começou a retornar devagar.

— Quase todo mundo aqui tem. De que outra forma a gente arrumaria material para os canais?

— Você quer dizer que todos têm canais próprios também? — Riu Tally. — Essa cidade é maluca!

Aya olhou por cima do ombro. As câmeras, atrapalhadas pelo bombardeio de granadas de luz, estavam voando confusas de um lado para o outro. As pranchas ultrarrápidas dos Cortadores passaram por elas em segundos.

— Por favor? A Moggle não gosta de ficar sozinha.

— Nem pensar. Não percebeu que a gente está tentando se esconder? — gritou Tally contra o vento.

— Claro... mas a câmera seria para mais tarde. Para a História.

— Esqueça. História também não é minha matéria favorita, especialmente quando fala de *mim*.

Aya olhou para o rosto disfarçado de Tally e, por um instante, teve a estranha lembrança de Lai. Mas a comparação era idiota. Tally era a pessoa mais famosa do mundo e Lai era uma extra por opção própria — ou pelo menos era, até Aya divulgar seu nome e lhe trazer fama indesejada.

— Tally-wa? Por que vocês estão disfarçados como feios?

— Para o caso de sermos filmados por alguma daquelas câmeras. Não podemos deixar que ninguém saiba que estamos na cidade. Falando nisso... — Tally gesticulou e o traje de camuflagem começou a mudar até assumir o desenho e a textura de um uniforme de dormitório.

Aya concordou com a cabeça, mas ainda assim a situação era frustrante. Lá estava ela, andando de prancha com Tally Youngblood, e ninguém podia ver. Aya não tinha sequer uma câmera espiã!

Ela percebeu que tinha visto poucas fotos de verdade de Tally. Mesmo nos livros de história, todas as imagens eram pinturas ou mangás, como se Tally fosse uma Pré-Enferrujada de antes da época das câmeras.

Mas os extras queriam ter ligações com seus heróis. Por isso Nana Love sempre seria Nana-*chan*, jamais Nana-sensei, não importava a fama que alcançasse. Os famosos deviam imagens de si próprios ao mundo.

Algumas tomadas em nome da História não fariam mal a ninguém.

Ao passarem voando pela nova zona de construção, com as hélices berrando e deixando para trás o ferro dos Enferrujados, Aya ligou a tela ocular, acionou um sinal de rastreio e sussurrou uma pequena mensagem para Moggle em japonês...

— *Siga a gente até onde conseguir.*

O que acontecesse em seguida valeria a pena ser divulgado.

* * *

Eles chegaram ao limite da cidade e deixaram para trás todos os perseguidores.

O ar antes do amanhecer estava muito frio, mas Tally mal parecia notar. Aya aumentou o aquecimento do macacão de guardião e ficou contente por ter abandonado o vestido sujo de gosma.

As pranchas dos Cortadores eram muito poderosas, mesmo carregando dois passageiros. Obviamente eles diminuiriam a velocidade assim que deixassem a malha magnética e tivessem que rebocar Hiro.

E assim que saíssem da cidade, Moggle não conseguiria segui-los de maneira alguma.

— Tally-wa? — arriscou Aya. — A gente podia pegar a linha magnética do trem para fora da cidade. Ela tem bastante metal.

Tally balançou a cabeça.

— Há muito tráfego por lá. Vários guardas estão a caminho da montanha, sem falar que o Comitê do Tratado Global está vindo.

— Mas eles ficariam contentes em deixar você passar, certo? É Tally Youngblood! Deve ter pilhas de méritos.

— Méritos?

— Ah, em minha cidade, méritos são... — A mente de Aya girou em busca do inglês correto. — Respeito por parte das autoridades. Como fama, só que a pessoa ganha por realizar atos comunitários. Porque você salvou todo mundo da Era da Perfeição, minha cidade daria toda a assistência que precisasse.

— Não estou interessada na ajuda deles.

Aya fez uma pausa e imaginou se a tiete do Anônimo não tinha razão, afinal de contas.

— Você está preocupada que minha cidade tenha construído essa arma?

Tally deu de ombros.

— Eu não diria *preocupada*. Na verdade, isso facilitaria a situação. Governos já foram derrubados antes, afinal de contas. — Ela virou para trás e deu um sorriso afiado para Aya. — Por mim.

O sol começou a nascer e a natureza se estendia diante deles, escura e infinita. As luzes das fábricas tornavam-se cada vez mais esparsas lá embaixo e a tela ocular de Aya começou a perder o sinal dos canais.

Não que eles estivessem divulgando algo de novo: para onde Aya Fuse fora agora? Será que todos os dramáticos desaparecimentos não eram nada além de golpes publicitários? O impulsionador de massa daria início a uma nova era sinistra de guerras?

Ninguém ainda havia percebido que Tally Youngblood estava na cidade. Talvez a primeira noite de fama de Aya não tivesse saído como planejado, mas pelo menos ela possuía uma grande matéria para dar sequência àquela sobre o Destruidor de Cidades.

Aya sorriu. Salva de alienígenas por Tally Youngblood!

Ao se aproximarem do limite da malha magnética, as pranchas se juntaram e os ímãs se entrelaçaram. Aya sentiu o impacto quando o aparato de Hiro ficou preso às pranchas.

— *Adeus, Moggle, volte para casa em segurança* — sussurrou em japonês.

— Está pronta? A situação vai ficar um pouco complicada agora — perguntou Tally.

— Não se preocupe comigo. Isso não pode ser pior do que surfar um trem magnético.

— Pode ser sim. — Tally olhou sobre o ombro e apertou os olhos. — Quando Shay e eu vimos sua matéria e todos aqueles truques que armou, como se disfarçar, surfar um trem magnético e voar pelo impulsionador, nós concluímos que você é uma garota corajosa.

Aya se curvou um pouco e sentiu que ficou vermelha.

— Sério?

— Sério. Achamos que você não se importaria de encarar mais uma aventura, Aya-la, visto que salvar o mundo está no topo de sua lista de prioridades.

Aya encarou o olhar de Tally e tentou decifrar sua expressão. Tinha certeza que *-la* era um bom título. Tally chamara sua amiga de *Shay-la* pelo menos uma vez.

— Uma aventura?

— É para isso que estamos aqui, para levar você em uma aventura.

Aya concordou com a cabeça, mas ainda estava insegura.

— Mas vocês vieram me proteger das... — Ela não sabia a palavra em inglês para *aberrações*. — Das pessoas esquisitas, certo?

— Bem, em parte. — Tally deu de ombros. — Também queremos chegar ao fundo dessa questão e encontrar o nosso amigo que desapareceu. Então achamos que uma garota corajosa como você gostaria de ajudar a gente, Aya-la, como uma espécie de Cortadora honorária.

Aya sentiu um sorriso se formar no rosto e teve que se lembrar de não se curvar.

— Claro, seria uma honra.

— Achei que fosse dizer algo assim. Só sinto muito que seus amigos tenham que vir conosco.

— Seria uma honra para eles também, Tally-wa.

— Não tenha tanta certeza. Sabe aquele sinal de rastreio que você vem mandando para a sua câmera flutuante?

— Hã, minha o quê?

— Sua câmera flutuante, Aya-la... aquela que está convenientemente nos seguindo. — O sorriso afiado de Tally surgiu outra vez. — Nós estamos aumentando o seu sinal um pouquinho. Não tanto a ponto dos guardas da sua cidade nos importunarem, mas o suficiente.

Aya engoliu em seco.

— Suficiente para quê?

Tally virou para a parte da frente da prancha.

— Para aquilo ali.

Aya olhou para o horizonte. Não conseguia ver nada além da escuridão da natureza e do brilho da aurora surgindo ao longe.

— Avise quando conseguir vê-los — disse Tally. — Quero que pareça realista.

— Realista? — Aya murmurou e, alguns instantes depois, os olhos captaram um conjunto de objetos reluzentes entre o brilho tênue das estrelas. Ela apertou os olhos para afastar os últimos resquícios da interface da cidade e percebeu o que eram os objetos.

Os faróis de três carros voadores.

— São amigos seus, Tally-wa?

— Eu nunca os encontrei, mas acho que você já.

Aya ficou atônita, sua empolgação mudou de rumo e ela sentiu um aperto no estômago. Os carros voadores estavam se aproximando velozmente, o rugido das hélices ecoava pelo mato... as figuras inumanas a tinham encontrado de novo.

E Tally Youngblood deixara que isso acontecesse.

O PLANO

— Todos vocês! Voltem para a cidade! — gritou Tally.

A prancha fez uma curva fechada e Aya segurou firme ao lembrar que os braceletes antiqueda eram inúteis na natureza.

— E quanto ao meu irmão?

— Eu cuido dele. — Tally manobrou para perto de Hiro. — Melhor segurar firme, só para garantir!

Tally surgiu acima dos braços esticados de Hiro e, segundos depois, Aya viu seus dedos agarrarem as laterais da prancha.

A prancha disparou para retornar à cidade. Mesmo com a conexão magnética, os nós dos dedos de Hiro ficaram brancos enquanto eles aceleravam.

Aya olhou para a floresta escura que passava rápido. Esse lance de rebocar Hiro já tinha parecido complicado demais quando eles estavam indo *devagar*.

— E se Hiro cair aqui? — gritou no ouvido de Tally. — Estamos todos indefesos! Você só estava usando a gente como... — O inglês falhou.

— *Isca* é a palavra. Vou explicar tudo depois, Aya-la. Esse é o momento em que você tem que confiar em mim!

Aya fechou os olhos e se lembrou com quem estava falando. Aquela ao seu lado na prancha era Tally Youngblood — a pessoa mais famosa do mundo — e não uma mera Ardilosa sem-noção.

Por mais assustadora que fosse a situação, tudo ficaria bem.

Ela arriscou olhar sobre o ombro. Os três carros voadores estavam se aproximando facilmente das pranchas sobrecarregadas. Ao chegarem perto, as hélices fizeram o ar tremer.

Tally começou a balançar a prancha e Aya segurou com mais força.

— O que você está *fazendo*?

— Eles estão tentando nos intimidar. Temos que fazer parecer que está funcionando.

— Mas por quê? — Aya tentou manter o equilíbrio sem tirar os pés do lugar. Um passo em falso e ela esmagaria os dedos de Hiro!

— Você não escutou o que eu disse? Não queremos revelar o plano!

Aya franziu a testa. Qual era o sentido de parecerem indefesos? Já não era *hora* de os Cortadores acionarem a armadilha, qualquer que fosse?

O limite da cidade surgiu adiante — talvez fosse lá que os Cortadores iriam agir. Assim que estivessem sobre a malha magnética, Hiro poderia voar outra vez e os braceletes antiqueda funcionariam.

Aya olhou ao redor. Fausto estava a apenas 10 metros de distância, acompanhado de Frizz com seus olhos de mangá mais arregalados do que nunca. Ele manobrava de um lado para o outro com uma expressão de empolgação na máscara de feio. Ren e Shay seguiam na frente, voando baixo e em linha reta.

Um carro se aproximou de Aya e Tally. A porta lateral abriu e revelou duas criaturas olhando para ela, vestindo aparatos de levitação.

— Estão esperando que a gente volte para a malha magnética. Isso significa que não querem nos matar — gritou Tally.

— Que maravilha. — Aya engoliu em seco ao pensar nas coisas piores do que a morte que as criaturas podiam ter planejado.

Um dos carros voadores chegou mais perto e Aya sentiu um tremor familiar começando a se formar no ar.

— Onda de choque! — berrou ela no momento em que a turbulência os atingiu.

Seus ouvidos estalaram e os olhos foram fechados pelo vento. A prancha atingiu um bolsão de baixa pressão e caiu, fugindo dos pés de Aya, que agarrou a cintura de Tally com toda a força.

Então a prancha subiu de novo e Aya dobrou o tornozelo quando seus pés pisaram firme em uma lombada na superfície.

Os dedos de Hiro...

Aya ouviu o grito do irmão ao cair. O limite da cidade ainda estava longe.

— Tally! — gritou ela.

— Não se preocupe.

Segura por Aya, Tally dobrou o corpo e fez uma curva de tirar o fôlego. Por um instante, não havia nada debaixo de Aya além de árvores e matagal, ficou quase de ponta-cabeça. As hélices rugiram e a levaram em direção à figura de Hiro, que girava no ar.

Aya queria gritar, mas toda a força que tinha foi direcionada para apertar a cintura de Tally.

Elas ultrapassaram Hiro e ouviram seus gritos de pânico. Então Tally manobrou para cima e esticou a mão, pegou o braço de Hiro calmamente e o depositou sobre a prancha.

O rosto estava pálido.

— Foi mal ter esperado até o último segundo, Hiro — disse Tally, olhando para os carros voadores no alto. — Não queria que parecesse tão fácil.

Os três cambalearam sobre a prancha instável, de braços dados uns nos outros. As hélices guincharam com o peso extra de Hiro.

O nariz de Aya captou o cheiro de metal queimando.

— Nós estamos superaquecendo?

— Sim, bem na hora — disse Tally.

Eles dispararam pelo limite da cidade assim que o gemido metálico das hélices parou. A prancha tremeu quando os sustentadores magnéticos entraram em ação.

Mas eles continuavam descendo...

— Estamos pesados demais! Pode me soltar, eu consigo voar agora! — berrou Hiro.

— Ainda não. — Tally continuava com o braço em volta dele.

Acima, seis figuras inumanas pularam para fora dos carros. Dois foram em perseguição de cada uma das pranchas dos Cortadores, as agulhas nos dedos reluziam como estalactites na luz da aurora.

— Essa é a hora que você pega as criaturas, certo? — perguntou Aya.

Ela torceu para que Moggle estivesse próxima o bastante para registrar o momento em que os Cortadores tirassem os disfarces e surpreendessem as aberrações.

— Ainda não.

Ao longe, Aya viu Frizz e Fausto girando, na hora em que a prancha perdeu o controle, diante da aproximação de duas figuras inumanas.

Aya olhou para baixo. O chão continuava passando rápido demais para o seu gosto. Tally foi em direção a uma viela estreita entre duas fábricas, onde uma das criaturas esperava com os quatro membros estendidos.

— Solta! — gritou Hiro.

Tally concordou com a cabeça.

— OK, em três segundos... dois...

No *um* ela o empurrou da prancha. Hiro pulou para a frente com os braços abertos — mas algo estava errado.

Ele girou fora de controle, os braços rodando como um pião. Uma criatura chegou ao seu lado e o espetou com uma agulha.

— *Hiro!* Tally, faça alguma coisa! — berrou Aya.

— Não se preocupe, Aya-la. Tudo está acontecendo como planejado.

Tally manobrou a prancha para longe da criatura, mas havia outra esperando na extremidade oposta da viela. Ela e Aya estavam voando em sua direção.

— Tally! Suba!

— Pare de sacudir os braços, Aya-la, ou a situação vai ficar complicada.

— Já está complicada!

Elas dispararam diretamente para os braços abertos da criatura e Aya sentiu uma agulhada na lateral do corpo. Uma onda de frio passou por seu corpo como tentáculos envolvendo os pulmões e o coração.

— Faça alguma coisa — sussurrou ela, ainda esperando que o disfarce de plástico adaptável de Tally caísse para revelar o rosto assustador de Cortadora.

Então Aya notou uma coisa na mão de Tally — uma das ombreiras de Hiro com as tiras soltas. Tally tinha arrancado de propósito. Ela deixou cair assim que a prancha foi em direção ao chão.

— Só se segure por mais alguns segundos, Aya-la. Não quero bater sua cabeça. — Tally desmoronou sobre a superfície da prancha, com os olhos se fechando. Mas ela parecia completamente alerta ao sussurrar: — E quando despertar, não me chame de Tally. Somos apenas seus amigos feios, sacou?

— Mas por quê...?

— Confie em mim, Aya-la. Às vezes salvar o mundo pode ser complicado.

A cabeça de Aya estava girando por causa da agulhada, perdendo o controle sobre a consciência, mas aos poucos ela entendeu qual tinha sido o plano o tempo inteiro: uma forma dos Cortadores disfarçados serem capturados.

Aya e os demais não passaram de meras iscas...

E Tally Youngblood — a realizadora da libertação, a pessoa mais famosa do mundo — não passava de uma Rainha da Gosma mentirosa.

PARTE III
SAINDO DE CASA

A reputação é um apêndice ocioso e enganador;
obtido, muitas vezes, sem merecimento,
e perdido sem nenhuma culpa.
— *Otelo, o mouro de Veneza* (Iago, Ato 2, Cena 3)

AUDIÊNCIA CATIVA

O mundo inteiro estava girando.

Tudo rodopiava de maneira instável debaixo dos pés de Aya. Parecia um sonho. Uma mistura de fúria, empolgação e terror passou por seus pensamentos, entrecortada pelo gosto amargo da traição. Todos os cinco sentidos se misturaram em um rugido constante, como se cada certeza formasse um emaranhado.

Então surgiu um foco: uma pequena dor em meio à confusão de sensações. Algo pontiagudo furando seu ombro, avançando quente pelas veias...

Aya Fuse despertou de repente.

— Não!

Ela se sentou em um rompante, a fúria repentina tomando conta do corpo, mas foi forçada a deitar por mãos fortes.

— Não grite — disse alguém. — Eles acham que estamos dormindo.

Dormindo? Mas o coração de Aya estava disparado, o sangue fervia com energia. O corpo se convulsionava, as mãos crispadas arranhavam o chão duro de metal.

Depois de um momento de tensão, sua visão finalmente ficou clara.

Um rosto feio estava encarando Aya. Dois dedos se aproximaram e examinaram com cuidado seus olhos, um por um.

— Tente ficar calma. Acho que dei uma dose muito grande.

— Dose de quê? — Aya perguntou, sem fôlego.

— Suco para despertar, mas você vai ficar bem em um minuto — disse a garota feia.

Aya ficou ali deitada, com o coração disparado, enquanto a sensação de ardência no ombro passava. Ela respirou pausadamente e esperou que a realidade parasse de rodopiar.

Mas a calma era um conceito relativo. Enquanto o corpo absorvia a energia absurda que a possuíra, Aya aos poucos percebeu onde estava: o compartimento de carga de um enorme carro voador, que passava por uma violenta tempestade. A estrutura tremia, o chão de metal sacudia debaixo dela e a chuva castigava as janelas. As hélices rangiam enquanto tentavam estabilizar o veículo, uma cacofonia que se misturava ao vento uivante.

Na luz difusa, Aya levou um instante para se lembrar que a garota feia que acabara de acordá-la estava usando um disfarce.

— Tally Youngblood, você é uma mentirosa, um desperdício de gravidade — sussurrou.

Tally riu.

— Ainda bem que isso foi em japonês, Aya-la, porque não pareceu muito respeitoso.

Aya fechou bem os olhos para forçar a mente a trabalhar em inglês.

— Você... mentiu para nós.

— Eu jamais menti, apenas não expliquei os detalhes do nosso plano — falou Tally calmamente.

— Você chama isso de *detalhe*? — Aya olhou ao redor pelo compartimento escuro e sacudido pela tempestade. Uma porta de metal sem janela separava a cabine do motorista do ambiente. As paredes estavam cobertas por redes para cargas que sacudiam com o balanço do carro. O ar era quente e úmido, e Aya sentiu o suor pingando dentro do macacão pesado. — Nós confiamos em você, mas você deixou essas aberrações nos capturarem! De *propósito*!

— Foi mal, Aya-la, mas não pareceu uma ideia muito sagaz explicar nosso plano para uma viciada em transmissões qualquer. Essa era a nossa única chance de descobrir de onde vinham os sequestradores. Não podíamos arriscar que você aproveitasse essa situação para uma próxima matéria.

— Eu nunca teria feito isso!

— Foi o que você disse para as Ardilosas.

Aya abriu a boca, mas não saiu nenhuma palavra. A raiva começou a crescer de novo, os últimos vestígios do suco para acordar fervendo no sangue. Por que Tally estava deturpando tudo?

— Aquilo foi *totalmente* diferente! — finalmente conseguiu dizer. — Eu posso ter enganado as Ardilosas, mas não usei ninguém como isca.

— Não como isca, mas você as usou, Aya-la. E nós tivemos que fazer o mesmo com você.

— Mas você *mentiu* para a gente!

Tally deu de ombros.

— O que você disse mesmo na sua entrevista? "Às vezes a pessoa tem que mentir para descobrir a verdade."

Aya ficou sem ter o que dizer outra vez, chocada ao ver suas palavras serem usadas contra ela. Mas, então, se lembrou de quem tinha dito isso primeiro — Frizz. Da última vez que o viu, ele estava girando em direção ao chão sobre a prancha de Fausto.

— Meus amigos... eles estão bem?

— Fique calma. Todo mundo está bem. — Tally se afastou.

Aya levantou e se encostou na parede trêmula do carro voador. Shay e Fausto estavam sentados de pernas cruzadas do outro lado do compartimento de carga com Hiro encolhido entre eles, ainda inconsciente. A longa figura de Ren encontrava-se deitada no meio da cabine, roncando alegremente.

Frizz estava deitado ao lado de Aya, absolutamente imóvel. Ela rolou para mais perto e apertou sua mão... mas ele não reagiu.

— Tem certeza de que Frizz está bem? Ele foi acertado duas vezes por essas agulhas na noite passada.

— Já anulei as nanoestruturas que as criaturas injetaram em vocês. Ele está apenas dormindo. — Tally arregaçou a manga e olhou para as tatuagens dinâmicas no braço. Os desenhos formavam uma interface, e não uma mera decoração. — Todos estão apagados há seis horas, o que me parece um pouco exagerado. Vocês sempre dormem até o meio-dia?

O carro voador sacolejou e fez Aya sentir novamente as dores e os hematomas. Seus músculos estavam doloridos depois de horas se arrastando pelo reservatório, fugindo de paparazzi e dormindo em um chão de metal que tremia.

— Não, ficamos muito exaustos de fugir a noite inteira, esperando que você *resgatasse a gente*. — As três últimas palavras foram ditas com desprezo.

— Ouça, Aya-la, acredite ou não, você está mais segura conosco do que em sua cidade. As criaturas teriam capturado você mais cedo ou mais tarde. Elas sempre conseguem. Pelo menos dessa forma, estamos por perto para proteger você.

— E, até agora, vocês estão fazendo um ótimo serviço — disse Aya com desdém.

— Você parece estar inteira, pelo que vejo. — Tally apertou os olhos. — Até agora.

— Mas como acha que me sinto? Você é a pessoa mais famosa do mundo e *usou* a gente!

— Como eu *acho* que você se sente? — Tally se aproximou. Seus olhos escuros brilhando com uma intensidade repentina. — Eu sei como é ser manipulada, Aya-la. E *sei* como é estar em perigo. Enquanto a sua cidade construía mansões para vocês morarem, meus amigos e eu estávamos protegendo este planeta. Nós derramamos mais sangue do que você tem correndo pelas veias, então não tente *me* fazer sentir culpada!

Aya se encolheu. Por alguns terríveis instantes, ela notou o rosto Especial por trás da máscara e a ameaça na voz de Tally. Lembrou-se dos rumores aterrorizantes que ouviu na escola sobre o real significado da palavra "Cortadores".

Naquele momento, ela acreditou nos boatos.

— Fique fria, Tally-wa — disse Shay do outro lado do compartimento de carga. — Os medíocres são frágeis e ainda precisamos da ajuda deles.

A raiva abandonou o rosto de Tally, que desmoronou sobre a rede para cargas como se tivesse ficado exausta pelo acesso de fúria. Logo voltou a parecer com uma simples feia.

— OK, mas *você* fala com Aya. Ela está me deixando qualquer coisa menos fria.

Shay virou para Aya, abrindo as mãos.

— Entendo que esteja aborrecida, Aya-la. Sabe o que está sentindo em relação a Tally nesse momento? Vamos dizer que eu já senti isso antes. Algumas vezes.

Tally sorriu.

— Você não conseguiria viver sem mim, Shay-la.

— Eu *estava* vivendo sem você. O resto dos Cortadores estava curtindo a vida em Diego até que você apareceu com esse plano idiota.

— Idiota? — O olhar de Aya foi de Shay para Tally. — Mas eu pensei que vocês fossem amigas.

— Melhores amigas para sempre — disse Shay, baixinho. — Só que ser capturado por um bando de aberrações não é a minha ideia de diversão. E você, Fausto? Gosta de estar preso neste carro voador que não para de tremer?

— Estou adorando cada minuto — disse sem prestar atenção, enquanto alterava o traje de camuflagem para diferentes tipos de roupas de dormitório, como se não quisesse se envolver no assunto.

— Não me lembro de você ter tido uma ideia melhor — disse Tally.

— Eu tenho várias ideias. — Shay voltou a se virar para Aya. — Porém, aprendi que, quando Tally mete um plano na cabeça, é mais fácil apenas concordar. Ou a pessoa descobre que Tally pode ser muito, muito especial.

Aya engoliu em seco e imaginou se seu inglês tinha sido afetado pela substância que as criaturas injetaram. A conversa fez com que sua mente voltasse a girar. Os Cortadores eram tão diferentes de como as pessoas famosas, ricas em méritos e que salvam do mundo deviam ser.

— Com "especial"... você quer dizer algo bom ou ruim? — perguntou.

— Nem bom ou ruim, somente especial. — Shay deu de ombros. — Tally é uma pessoa que faz as coisas acontecerem, apenas isso, e a atitude mais fácil é simplesmente acompanhá-la. Então, você vai ser uma medíocre boazinha e nos ajudar?

— Mas vocês são Cortadores! Vocês acabaram com a Era da Perfeição, e eu só tenho 15 anos. Como posso ajudar *vocês*?

Shay sorriu.

— Bem, pela tradução que vimos da sua matéria, você parece enganar muito bem as pessoas.

Aya suspirou.

— Obrigada por me lembrar disso.

— De nada. Só estamos pedindo que minta mais um pouco. Explique para nossos esquisitos raptores por que um bando de feios estrangeiros estava tentando tirar vocês da cidade. — Ela apontou para a máscara de feia. — Esses disfarces não vão convencer ninguém se eles tiverem suspeitas.

Aya franziu a testa ao começar a perceber que o plano seria complicado.

— Mas vocês nem falam japonês.

— Tenho certeza de que pensará em alguma explicação — riu Shay. — Apenas imagine a grande matéria que vai conseguir, Cortadora Honorária!

Aya concordou devagar com a cabeça. Seria uma matéria fantástica: uma feia chamada pelos Cortadores para ajudar a salvar o mundo. Além disso, ela poderia mostrar como a famosa Tally Youngblood era de verdade.

— Mas eu não tenho sequer uma câmera espiã. Matérias não valem de nada sem as imagens.

— Tem certeza disso? Verifique sua tela ocular.

Aya mexeu o dedo anular. Os canais familiares não estavam lá, mas alguns sinais surgiram no limite da visão: uma língua irreconhecível ao passarem por alguma cidade, trechos da interface do carro voador debaixo de camadas de protocolos de segurança. E, no canto do olho, a última posição de sua reputação no momento em que atravessaram as câmeras atingidas pelas granadas de luz: oito.

— Eu estou entre as dez pessoas mais famosas — falou Aya baixinho.

Então ela notou: o sinal fraco, porém estável, de Moggle, vindo de poucos metros de distância.

Aya arregalou os olhos.

— A Moggle está presa ao fundo do carro.

— Sim. Entrou ali debaixo de mansinho enquanto as criaturas estavam colocando a gente dentro. Muito esperta a camerazinha que você tem.

Aya olhou para a figura de Ren, que dormia.

— As modificações são dele, não minhas.

— Garoto esperto.

— OK, você conseguiu uma matéria, então vale gastar seu tempo para nos ajudar a salvar o mundo? — perguntou Tally.

— Você promete nos proteger?

— Sim, prometo.

Aya respirou fundo e se lembrou das palavras de Lai no trenó.

— Claro que ajudo. Acontece que eu *gosto* do mundo, afinal de contas.

— Isso é tão entusiástico da sua parte, Aya-la — disse Shay. — Agora, e seus amigos? Eles vão criar problema?

— Não, tenho certeza que vão ajudar também.

Aya pegou a mão de Frizz e imaginou se devia acordar o restante. Era melhor que todos soubessem o que estava acontecendo, antes que alguém tivesse a chance de...

... *entregar o plano.*

Aya virou para Frizz com os olhos arregalados. Ele começou a se mexer diante de seu toque e um gemido baixinho saiu de seus lábios... belos lábios que só podiam falar a verdade, nada mais.

E, de repente, ela percebeu que agora *não* era a melhor hora para a Honestidade Radical.

INGLÊS AVANÇADO

— Aya? — murmurou Frizz, abrindo os olhos. — É você?
— Sim, sou eu — disse ela se aproximando. — Você está bem?
— Acho que estou coberto por hematomas. E *sei* que estou muito chateado com Tally Youngblood.

Aya apertou sua mão, sem saber o quanto deveria contar sobre a situação em que se encontravam. Depois do que Shay tinha dito, ela imaginou o que Tally faria se soubesse que a cirurgia cerebral de Frizz ameaçava seus planos.

Ela o deixaria inconsciente de novo? O jogaria para fora do carro voador?

Aya concluiu que precisava de ajuda com essa situação.

Ela virou para Shay.

— Acorde aqueles dois, Shay-la? Melhor explicar tudo de uma vez só.

Shay concordou com a cabeça e cutucou Hiro e Ren. Eles acordaram devagar, os olhos vasculharam o compartimento de carga sem acreditar no que viam.

— O que aconteceu? — disse Hiro ao sentar.

O aparato de levitação fora retirado e ele nunca mais conseguiria desamarrotar suas roupas de festa.

Aya ajudou Frizz a sentar e chamou os demais com um gesto para que se aproximassem. Quando todos estavam reunidos, ela disparou a falar em japonês.

— Eles nos usaram como isca e deixaram que todos nós fôssemos capturados, então acho que estamos indo para o lugar de onde essas aberrações vieram.

Ren olhou de soslaio para Shay.

— Então essa é verdadeira razão para estarem disfarçados.

— Sim. E agora precisam de nossa ajuda. Os Cortadores querem invadir a base das criaturas sem que elas saibam quem são. Temos que fingir que são nossos amigos.

— Eles perderam o juízo? Como ousam arrastar a gente para essa confusão? — reclamou Hiro.

Aya virou para o irmão e deu de ombros.

— Acho que Tally é tão famosa que pensa que pode fazer qualquer coisa.

— Bem, *eu* não vou ajudá-los. — Hiro cruzou os braços. — Não depois de deixarem sermos sequestrados de propósito!

— Mas não estaríamos apenas ajudando os *Cortadores* — falou Frizz. — Tally disse que existem mais impulsionadores de massa. Um monte. Não acha que em algum lugar deve haver um cilindro apontado para a nossa cidade, Hiro? Talvez programado para destruir a sua mansão?

— Bem, talvez sim — murmurou Hiro e lançou um olhar triste para Tally.

— E você não acha que a matéria ficará melhor se ajudarmos? — perguntou Aya. — Eles querem que a gente seja uma espécie de... Cortadores Honorários.

— Cortadores Honorários? — sussurrou Ren. — Essa *seria* uma grande matéria.

Hiro balançou a cabeça.

— Uma bela porcaria de matéria sem câmeras.

— Não se preocupe. A Moggle continua conosco, presa ao fundo do carro.

— A Moggle fez isso enquanto estávamos desacordados? — Riu Ren. — Minhas modificações são demais!

Aya assentiu.

— Então, o que você me diz, Hiro? Vamos divulgar isso?

O carro voador passou por um trecho de forte turbulência e o chão fugiu por um instante. Todos ficaram suspensos no ar e depois caíram com força sobre a superfície de metal. Mas Hiro permaneceu ali sentado como se não houvesse tempestade, compenetrado.

Finalmente, ele concordou.

— OK, mas todos nós divulgaremos as nossas matérias ao mesmo tempo. E todo mundo poderá usar as imagens que quiser da Moggle.

— Combinado — disse Aya.

— Tem horas em que vocês dois são muitos estranhos — comentou Frizz. — Posso lembrar que a forma de divulgar essa matéria é o *menor* de nossos problemas?

Aya suspirou.

— Quanto a isso, você tem razão.

A expressão empolgada de Ren sumiu e ele soltou um longo suspiro.

— Honestidade Radical.

— E daí? — falou Hiro. — Não dá para simplesmente ficar calado?

Frizz balançou a cabeça.

— Eu nem consigo manter em segredo uma festa surpresa. Como vou conseguir esconder o fato de que a pessoa mais famosa do mundo está disfarçada ao meu lado?

— Você não consegue manter em segredo uma *festa surpresa de aniversário*? — perguntou Hiro. — OK, a Honestidade Radical é oficialmente o grupo mais idiota de que já ouvi falar!

— Bem, quando a criei, não planejava levar Tally Youngblood escondida para um lugar cheio de alienígenas, OK? E nem vocês, até que descobriram que podiam divulgar a matéria!

— O que você quer dizer com isso? — perguntou Hiro.

— Tem mais uma coisa — interrompeu Aya. — Acho que Tally é meio... instável.

Hiro e Ren olharam para ela como se achassem que estivesse brincando, mas Frizz concordou.

— Quando eu tive a ideia para a Honestidade Radical, passei algum tempo estudando a história das cirurgias cerebrais. Não apenas os avoados, mas todo mundo, inclusive o que a cidade de Tally fez com os Especiais. — Frizz olhou de soslaio para os três Cortadores. — Eles se tornavam mortais quando as pessoas ficavam em seu caminho. O seu lema era "não queremos lhe fazer mal, mas faremos se for necessário". E faziam. Os Especiais matavam pessoas.

Hiro olhou de lado para Aya.

— E você quer que sejamos "Cortadores Honorários"?

— Mas achei que eles estivessem curados — disse Aya.

Frizz assentiu.

— A maioria teve a operação completamente revertida, mas os Cortadores que protegeram Diego na guerra receberam a permissão de manter os reflexos e a força porque os cérebros foram curados. — Ele se aproximou. — Porém,

Tally Youngblood jamais foi modificada. Ela disse que não queria que alguém a "reprogramasse", por isso desapareceu na natureza.

— Droga, realmente não é assim que contam os canais de história — disse Ren.

Aya engoliu em seco. Isso era bem pior do que imaginava. Ela virou para Frizz.

— Então você entende o problema? Não pode deixar que Tally saiba da Honestidade Radical. Não há como prever o que ela vai fazer se descobrir que você pode arruinar os planos.

Frizz levantou as sobrancelhas.

— Então, vamos explicar a situação, Aya-chan. Você quer que eu, uma pessoa que não pode mentir, minta sobre o fato de que não posso mentir?

— Precisamos de outro plano — falou Hiro.

— E quanto à barreira da língua? — disse Ren. — Talvez você possa contar tudo para a Tally... mas em japonês.

Frizz fez que não com a cabeça.

— Não funciona assim, Ren. Falar a língua errada é apenas outra maneira de esconder a verdade. Eu não consigo enganar as pessoas.

— Mas você não podia, tipo, *esquecer* que eles não falam japonês? — perguntou Ren.

— Não posso mentir para mim, da mesma forma que não posso fazer isso com os Cortadores. — Frizz gemeu de frustração. — Quanto mais a gente fala no assunto, mais eu penso nele. E quanto mais eu penso, mais sinto a necessidade de contar que nós temos um segredo!

Ele resmungou de novo, olhando na direção de Tally.

Ela devolveu o olhar.

— Então, como andam as coisas aí? Já chegaram a alguma decisão?

Em um inglês perfeito, Frizz falou:

— Eles não querem que eu fale com você! — Ele engoliu as palavras e tapou a boca com as duas mãos.

Tally levantou uma sobrancelha.

— O quê?

— Nada! Ainda estamos discutindo, só isso — disse Aya em inglês.

Shay apontou com o queixo.

— Bem, é melhor se apressarem. Parece que vem visita aí.

Aya ergueu o olhar e viu a porta de metal da cabine do motorista abrindo.

Ah, que ótimo, pensou. *Mais gente para Frizz conversar.*

UDZIR

Duas figuras inumanas entraram flutuando.

Mesmo dentro do carro, elas usavam os aparatos de aerobol. O homem flutuou pelo compartimento de carga sobre a cabeça dos demais. A outra criatura, uma mulher, esperou segurando a porta com dedos reluzindo com agulhas. Atrás dela, Aya notou a cabine do motorista, onde duas outras figuras estavam sentadas diante dos controles do carro.

Assim de perto, os rostos esquisitos eram ainda mais perturbadores. Separados demais, os olhos inumanos pareciam apontar para direções diferentes, como os de um peixe. O homem flutuante percebeu todo mundo sem precisar virar o rosto, mantendo um olhar duro em Aya e permanecendo no mesmo lugar ao agitar as mãos e os estranhos pés descalços no ar quente e úmido.

— Vejo que estão acordados. E ninguém está ferido? — disse ele.

O japonês da criatura era ruim. Aya se deu conta de que, depois de seis horas de voo, o carro poderia estar sobre qualquer lugar da Ásia. Ela se perguntou de onde eles vinham.

— Estamos todos inteiros, mas não muito contentes — falou.

— Não esperávamos ter que pegar os sete — respondeu ele, fazendo uma pequena saudação no ar. — Pedimos desculpas por qualquer desconforto.

— Desconforto! Vocês sequestraram a gente! — reclamou Hiro.

A figura inumana concordou com a cabeça e seu rosto estranho fez uma expressão de arrependimento.

— É necessário nos escondermos por enquanto. Vocês tinham que ser silenciados.

— Silenciados? — falou Aya, engolindo em seco. — Você quer dizer que vai nos *matar*?

— Não, absolutamente! E perdoem meu japonês. Só quero dizer que vocês não podem se comunicar com seu lar. No entanto, em breve não haverá mais necessidade de segredos e vocês poderão retornar.

— Por que não podemos ir embora agora?

— Vamos pousar em breve e aí poderemos explicar tudo. Enquanto isso, meu nome é Udzir. Posso saber o de vocês?

Aya fez uma pausa e então se curvou ao se apresentar. Ren e Hiro fizeram o mesmo. Os Cortadores aproveitaram e deram nomes falsos quando Udzir se voltou para eles.

Mas seu olhar permaneceu sobre Tally.

— Você não é parecida com os outros.

Aya se perguntou o que ele queria dizer exatamente. Na Era da Perfeição, o Comitê do Tratado Global padronizou as diferentes regiões do mundo, e a moda de cirurgias bizarras depois da libertação só serviu para confundir ainda mais as velhas categorias genéticas dos Enferrujados. Mas os feios ainda mostravam sua ascendência, e as máscaras de plástico adaptável dos Cortadores não pareciam muito asiáticas.

Mas Udzir decidiu reparar em Tally — será que notara um traço de Especial não curado em seu olhar?

— É verdade — disse Frizz entre dentes. — Ela *não* é como a gente.

Aya interrompeu seu silêncio.

— O que Frizz quer dizer é que nossos amigos são estudantes de outra cidade. Eles não falam japonês muito bem.

— Eles não falam nada de japonês! — declarou Frizz. Aya apertou sua mão para que ficasse calado.

— Inglês, então? — Udzir trocou de idioma com facilidade.

Tally assentiu.

— Sim, em inglês é melhor. Você disse para onde estamos indo?

— Vocês verão em breve.

— Estamos voando para o sul há horas e está bem quente. Devemos estar perto da linha do equador — falou Fausto.

Udzir concordou com a cabeça e sorriu.

— E vocês são *bons* estudantes, pelo que vejo. Vou recompensá-los pela sabedoria: pousaremos em breve numa ilha que os Enferrujados chamavam de Cingapura.

Aya franziu a testa, tentando lembrar o que aprendera em geografia. O nome não lhe dizia nada, mas havia centenas de cidades perdidas dos Enferrujados. Pelo menos a mudança de assunto sossegou a necessidade de Honestidade Radical de Frizz.

O carro voador estava descendo agora. A viagem ficou mais turbulenta à medida que as nuvens escureciam as janelas. A cabine começou a balançar de um lado para o outro, sacudindo as amarras da carga. Aya ficou com o estômago embrulhado e se sentiu feliz por não ter comido nada desde o jantar na noite anterior.

Tally, Fausto e Shay pareciam inabalados pela turbulência. Eles se equilibraram como pilotos de prancha voadora e compensaram cada movimento do carro. Era como se tivessem aprendido a interpretar os rugidos da tempestade e antecipar o próximo ataque do vento.

Firme em pleno ar, Udzir ficou novamente interessado nos Cortadores.

— Vocês já encararam uma tempestade tropical antes?

— A gente viaja muito — respondeu Tally simplesmente.

— Notei que suas pranchas foram feitas para voar na natureza. Isso é muito raro, especialmente no caso de feios.

— Sério? Esses modelos são a última moda de onde a gente vem — falou Shay.

Frizz ficou tenso ao lado de Aya e ela enfiou as unhas em sua mão.

— E que lugar é esse, exatamente? — perguntou Udzir.

— Somos de Diego — disse Shay, e Aya sentiu Frizz relaxar um pouco ao ouvir a verdade.

— Uma cidade conhecida por seu espírito progressista — falou Udzir em tom de aprovação. — Talvez vocês gostem de nosso projeto.

— E qual seria? — perguntou Tally.

— Quando pousarmos — disse o homem. O carro voador adernou de repente e ele virou para a cabine do motorista. — Vocês saberão logo. Se quiserem, podem olhar para o nosso lar.

— Por que não? — Tally levantou e observou por uma das pequenas janelas. Os outros Cortadores fizeram o mesmo.

Moggle provavelmente estava filmando do fundo do carro, mas Aya decidiu olhar por si mesma. Ela respirou fundo o ar quente e úmido para lutar contra a náusea que crescia no estômago e chegou perto da rede para carga.

— Tenha cuidado — disse Frizz.

Aya concordou com a cabeça e cambaleou. A pequena janela estava molhada de chuva e o plástico era grosso e distorcia a visão.

O carro estava passando por uma camada de nuvens, e a janela só permitia ver uma massa cinza-escuro e a chuva caindo. Mas, aos poucos, as nuvens foram abrindo e recuando enquanto o carro descia.

A visão clareou e o carro voador ficou estável de repente. Havia um teto cinza-metálico logo acima deles, uma camada sólida de nuvens. Abaixo da tempestade, a densa floresta tropical se estendia até um vislumbre do oceano reluzente. A mata envolvia as maiores ruínas que Aya já tinha visto. Várias torres imensas ultrapassavam o arvoredo sacudido pelo vento e seus esqueletos de metal desapareciam nas nuvens.

Mesmo diante da fúria da tempestade, guindastes magnéticos estavam presos aos antigos prédios dos Enferrujados e pegavam vigas de ferro como aves de rapina. Parecia que estavam esperando uma brecha no temporal para destruir os edifícios.

O carro adernou forte e virou a paisagem de forma vertiginosa, fazendo as torres dos Enferrujados sumirem. Agora Aya viu uma enorme clareira aberta na floresta. Um aeroporto se estendia abaixo dela, com vários carros voadores e guindastes magnéticos espalhados pelo campo de pouso.

Havia vários trilhos de trens magnéticos, vindos de todas as direções, convergindo para uma estação central.

— Isso é imenso — murmurou Tally.

— Sim, temos muito orgulho de tudo o que fizemos — disse Udzir.

— Mas vocês estão desmatando a floresta! — disse Tally. Aya notou a raiva em sua voz.

— Nós servimos a uma causa maior. Assim que você vir mais, irá entender os sacrifícios que fizemos.

O carro virou ainda mais e girou em volta do aeroporto como um pequeno barquinho sendo sugado por um redemoinho gigante. Mais prédios giraram pelo campo de visão de Aya. Armazéns compridos, casas pré-fabricadas e indústrias automatizadas formavam um conjunto confuso. Figuras disparavam entre os edifícios, usando capas de plástico pesado e... voando.

Nenhuma delas andava — todas flutuavam de um ponto ao outro, tomando impulso em postes fincados no chão, onde se agarravam com mãos e pés para lutar contra o vento.

Aya saiu da janela e desmoronou no chão de metal, sentindo a náusea ficar mais forte.

— O que foi? — perguntou Frizz.

— Você estava certo, Ren — disse ela, baixinho. — Existe realmente uma cidade inteira deles.

— Nós não somos uma cidade, somos um movimento — disse Udzir.

— Parece animado. Que espécie de movimento? — disse Tally.

Udzir girou em pleno ar e esticou a mão para aguardar a rede para carga.

— Estamos salvando o mundo da humanidade. Talvez vocês queiram se juntar a nós.

Tally sorriu.

— Talvez sim.

— Duvido — murmurou Frizz.

Aya reconheceu sua expressão de dor, era a mesma que fizera quando tentou não dizer a sua reputação. Ele estava prestes a explodir! Se ao menos Udzir calasse a boca e voltasse para a cabine do motorista.

Porém, agora as duas criaturas estavam olhando com curiosidade para Frizz, como se ele tivesse dito algo radicalmente honesto demais.

— Nossas cidades estão se espalhando pelo mato como fogo, meu jovem. Então, não nos julgue antes de saber nossas intenções.

— Eu *não* estou julgando vocês — disse Frizz, apertando a mão de Aya com tanta força que doeu.

Udzir franziu a testa.

— Então o que você está fazendo exatamente?

— Ele está apenas enjoado — falou Aya.

— Não estou enjoado! — A voz de Frizz saiu engasgada. — Estou tentando não contar tudo!

— O que...? — Shay começou a dizer.

— O *que* você está tentando não contar? — perguntou Udzir em tom agressivo.

Aya notou que a força de vontade de Frizz falhou e tentou detê-lo. Mas uma das mãos estava presa na dele, e a outra segurava a rede para carga.

— Que essa é Tally Youngblood! — disparou Frizz. — E ela está aqui para acabar com vocês!

POUSO FORÇADO

Por um instante ninguém disse nada.

Então Shay rompeu o silêncio ao gritar para Frizz.

— Seu idiota estúpido!

Tally pulou pelo compartimento de carga, passou por debaixo de Udzir e acertou a mulher flutuando na porta. Ao voar, o rosto pareceu explodir, a máscara de plástico adaptável virou poeira.

A mulher golpeou com as agulhas dos dedos, mas Tally agarrou seus pulsos e meteu o ombro em seu estômago. Ela desmoronou instantaneamente e Tally prosseguiu para a cabine do motorista.

No compartimento de carga, Shay levantou relativamente calma e socou a cara de Udzir. Enquanto a criatura girava no ar, ela passou por seus braços que se debatiam e seguiu Tally.

Fausto ficou de pé e a máscara se desfez para revelar a beleza cruel de suas feições.

— Não quero lhes fazer mal, mas *ninguém* se mexa — anunciou.

— Nós não estamos nos mexendo! — disse Hiro.

Aya virou para Frizz, que estava pálido.

— Você está bem?

— Foi mal, eu não consegui evitar.

De repente, o carro voador adernou e fez uma curva fechada. O corpo inconsciente de Udzir bateu no teto e quicou no meio do compartimento de carga, rodopiando em pleno ar. Ao segurar na rede, com o estômago revirado, Aya percebeu que Udzir não estava girando — ele permanecia estável no ar, era o carro voador que girava *ao redor* dele...

Shay surgiu na porta da cabine do motorista e empurrou o corpo encolhido da mulher para fora do caminho.

— Uma pergunta rápida — falou ao se segurar no umbral.
— Algum de vocês, avoados, sabe dirigir um carro voador?
— O quê? *Vocês* não sabem? — gritou Aya.

Shay abriu os braços.

— O que acha que nós somos? Mágicos?

O carro empinou e disparou a subir. Os dois inumanos flutuantes começaram a rodopiar de novo, balançando os braços como bonecas de pano. As agulhas nos dedos da mulher passaram raspando pelo rosto de Aya por poucos centímetros.

— Alguém segure essa mulher! — gritou Aya.

Frizz esticou a mão e pegou a perna da criatura, fazendo o corpo bater no chão da cabine com um baque perturbador.

— Opa, foi mal.

— Bem que a Tally podia ter perguntado *antes* de nocautear os motoristas, mas isso é típico dela — falou Shay da porta.

— Entre aqui e me *ajude*! — chamou a voz de Tally. Shay virou e sumiu enquanto o carro voador girava freneticamente ao cair de novo.

Fausto pulou pelo compartimento de carga e agarrou a mulher inconsciente. Ele a levou até a rede para carga e tomou cuidado para não expor as agulhas nos dedos.

O carro desceu e girou, fazendo o compartimento dar voltas completas de poucos em poucos segundos, mas Fausto conseguiu pegar e prender o corpo de Udzir facilmente. Ele disparou pelas superfícies que rodopiavam, pulando do chão para a parede e para o teto, como uma criança em um brinquedo de parque de diversões.

As hélices gemiam aborrecidas e abafavam o rugido do vento. Aya ficou com os nós dos dedos brancos de se agarrar tão forte à rede, mal conseguindo se segurar. A gravidade ao redor era como um animal selvagem que queria arrancá-la da parede.

Então, de repente, o carro estabilizou e o grito das hélices virou um rugido constante. Pelo menos o chão do compartimento de carga parecia estar *embaixo* outra vez.

Shay surgiu na porta.

— Todos bem?

— Mais ou menos — respondeu Fausto. — Vocês demoraram a encontrar o piloto automático.

— Eu bem queria que a gente não tivesse encontrado. O sistema está programado para nos levar diretamente ao aeroporto. E parece que os motoristas mandaram um aviso; então, eles estão nos esperando. Temos que pular. Todo mundo está com braceletes antiqueda, certo?

— Claro, mas ainda estamos sobre a cidade? — perguntou Fausto.

— Depois do que aconteceu? Estamos a quilômetros de distância. Mas tem muito metal dos Enferrujados por aqui, até onde sabemos.

Fausto arregalou os olhos.

— Está brincando? Não é um pouco arriscado?

Shay deu de ombros.

— É mais seguro do que ficar aqui.

— A essa velocidade, vamos precisar de mais do que braceletes antiqueda. — Fausto ajoelhou, tirou as braçadeiras flutuantes de Udzir e jogou para Shay.

Ela prendeu nos antebraços e virou para Ren.

— Vamos, você e eu primeiro.

— Nós vamos pular em uma tempestade com apenas as ruínas para aparar a queda? Mas isso é *absurdo*! — gritou ele.

Shay riu.

— Você prefere acabar nas mãos de um grupo de Viciados em Cirurgia desequilibrados? Está pensando em se juntar a eles?

Ren gemeu e começou a se soltar da rede para carga.

— Abra a porta lateral! Vemos você no lugar de sempre! — gritou Shay para Tally.

A porta atrás de Aya e Frizz começou a se mover. Eles se afastaram e foram imediatamente encharcados pela chuva forte, o vento fez as roupas e cabelos sacudirem.

Sob a luz cinzenta que entrou no compartimento de carga, Aya percebeu como eles haviam chegado perto de cair. Sacudido pela tempestade, o topo do arvoredo passava disparado com os galhos mais altos batendo no fundo do carro.

— Pronto? — gritou Shay contra o vento.

Ren concordou com a cabeça e foi abraçado por Shay. Ela pulou pela porta de correr com um grito selvagem.

— Nossa vez, Hiro! — disse Fausto ao se levantar com o aparato da mulher preso de qualquer maneira nos antebraços.

— É melhor que isso dê certo! — gritou Hiro e virou para Aya. — Boa sorte e não se esqueça da Moggle.

Fausto pegou Hiro e o arrancou do carro voador. Os dois desapareceram na chuva incessante sem fazer um ruído.

— Mas sobraram dois de nós — falou Frizz. — E apenas...

— Eu — completou Tally. Ela estava parada na porta da cabine do motorista colocando uma caneleira de aerobol. — Ainda bem que todas essas criaturas usam esse aparato. Acho que não conseguem andar com aqueles pés.

— Mas você pode carregar os dois? — perguntou Aya.

— Por que vamos levar esse idiota? Ele nos traiu! — disse Tally, irritada.

— Mas ele não consegue evitar!

— Ele perdeu o juízo?

— Não, apenas tenho que dizer a verdade — falou Frizz.

— Você tem que fazer o *quê*?

— Honestidade Radical. É uma espécie de cirurgia cerebral.

Tally apertou os olhos.

— Uau. Sua cidade é oficialmente o lugar mais esquisito da Terra. Por que eles fizeram algo assim com você?

Aya pensou em falar algo que desviasse a atenção, mas Frizz já estava explicando.

— Eu pedi pela cirurgia. Fui eu que a criei, na verdade.

— Quer dizer que você é um avoado por conta própria? Já chega. Vou deixar você para trás. Vamos, Aya, não temos tempo para discutir!

Aya tentou se livrar de Tally.

— Você não pode simplesmente abandoná-lo aqui! Aquelas aberrações vão capturá-lo!

— E daí? Ele é uma aberração também. E o pulo já é perigoso o bastante com apenas nós duas!

— Eu *não* sou um avoado, mas ela está certa, Aya. Vai ser mais seguro sem mim! Me deixe!

— Droga, você *tinha* que dizer isso! — resmungou Tally.

Ela agarrou os dois e pulou.

Àquela velocidade, a chuva parecia dura como pedra.

— Moggle! Me siga! — gritou Aya ao cair para longe do carro voador.

Então eles se chocaram contra o arvoredo. As folhas molhadas bateram no rosto e nas mãos de Aya, os galhos se quebraram quando o trio girou pelo ar. A força do abraço de Tally parecia que ia esmagar seus pulmões. A luz cinzenta foi consumida pela escuridão quando eles caíram sob a cobertura da selva.

O rugido do carro voador sumiu. Tally girou ao lado de Aya para tentar manobrar com o aparato de aerobol entre os troncos das árvores e as colunas enferrujadas. Aya sentiu as forças magnéticas puxarem os braceletes antiqueda. Os três subiram acima do arvoredo outra vez, quicando como uma pedra sobre a superfície da água.

Eles caíram de novo, rompendo o emaranhado de cipós e folhas pesadas pela chuva. Aya sentiu espinhos rasgarem suas roupas e arrebentarem seu cabelo. Finalmente, a energia dos braceletes desapareceu e a própria Terra bateu contra ela.

Os três caíram quase deitados. Rolaram pelo matagal e pelas folhas, derrapando sobre vários metros de lama úmida e espessa. Aya sentiu as costelas estalando no abraço de Tally e o fôlego ser arrancado como se tivesse levado um soco no estômago.

Finalmente, eles rolaram e derraparam até parar.

Aya respirou fundo e dolorosamente, abrindo os olhos devagar.

Acima dela, muitos pássaros voavam em fuga diante da chegada surpresa e violenta dos três. A selva era densa lá embaixo e o céu ficava praticamente encoberto. Aya conseguiu ver o caminho aberto pela queda inclinada deles, um túnel de galhos partidos que se estendia ao longe. A água continuava caindo das folhas e arbustos sacudidos pela sua passagem, como se a tempestade os tivesse seguido até embaixo.

— Vocês dois estão bem? — perguntou Tally.

— Hã. — conseguiu dizer Aya. Respirar doía.

— Deixe-me adivinhar. O metal acabou — falou Frizz.

— Foi o suficiente. Menos do que isso e a gente teria se espatifado.

— A gente se espatifou *sim* — reclamou Aya.

O cabelo encharcado estava emaranhado sobre o rosto. Folhas, gravetos e lama cobriam todo o corpo.

Tally se agachou e apontou para uma estrutura enorme que se estendia ao lado deles.

— É, mas se a gente não tivesse caído perto dessa coisa aí, teria virado patê. O plano daquelas criaturas, seja ele qual for, inclui retirar todo o metal na altura do solo daquelas ruínas.

Aya gemeu e sentou devagar. Se eles quase tinham caído, e quanto aos...?

Ela começou a mexer o dedo anelar.

— Sem pings! — disparou Tally, agarrando o pulso de Aya. — Você vai entregar nossa posição. Além disso, a gente deve estar a alguns quilômetros dos outros. É longe demais para a sua dermantena funcionar.

— Mas eles podem estar feridos!

Frizz pegou a mão de Aya e a retirou com delicadeza de Tally.

— Fausto e Shay estavam levando apenas um passageiro cada um. Eles provavelmente tiveram um pouso mais suave do que nós três.

— Provavelmente? Você quer dizer se eles não voaram direto para uma árvore! — reclamou, mas resistiu à vontade de ligar a tela ocular. Aya vasculhou a floresta e imaginou se Moggle tinha encontrado metal suficiente para pousar com suavidade. — Você se importa se eu gritar, ao menos?

Tally deu de ombros.

— Vá em frente.

Aya tomou fôlego e berrou:

— Moggle!

Das profundezas da selva, ela notou faróis noturnos piscando em resposta. Entre os arbustos e cipós, viu a câmera flutuante ir na direção deles, costurando de um lado para o outro, os sustentadores pegando apoio de qualquer metal que tivesse sobrado no solo.

— Você filmou a queda?

Os faróis noturnos piscaram mais uma vez e Aya sorriu. As modificações de Ren haviam funcionado outra vez.

SELVA

Aya nunca tinha percebido como a natureza podia ser *incômoda*.

A selva era incrivelmente quente, fechada e sem lógica. Todas as direções eram bloqueadas por raízes imensas que se esparramavam debaixo das árvores. Teias de aranha reluziam entre os galhos e o ar úmido estava repleto de nuvens de insetos. Cipós enroscavam nos tornozelos e cobriam o chão, que a chuva transformara em um labirinto de cascatas, riachos e deslizamentos. O macacão de guardião estava sofrendo para manter a gosma longe, e as roupas de Frizz — o traje formal que ele usou na festa dos Tecnautas na noite anterior — ameaçavam se desfazer.

A flora densa só tinha algo a seu favor: tornava suportável o aguaceiro. Embora a chuva constantemente encontrasse um jeito de cair no solo ao escorrer pelos troncos de árvores e pingar das folhas cheias d'água, pelo menos não estava martelando a cabeça de Aya.

Era fantástico que qualquer ruína dos Enferrujados tivesse sobrevivido nesse tempo, mas ela notou os esqueletos de metal de prédios antigos entre as árvores, envolvidos por cipós e trepadeiras. A selva trabalhava para destruir seus ângulos e linhas retos.

— Para onde estamos indo, afinal? — perguntou Frizz. — Como vamos encontrar os outros sem mandar pings?

— A Shay falou no lugar de sempre — disse Tally.

— De sempre? — Aya espantou um mosquito do nariz. — Pensei que você nunca tivesse vindo aqui antes.

— Ela quis dizer a torre mais alta nas ruínas. — Um sorriso surgiu nos lábios de Tally. — Era nela que sempre encontrávamos com as pessoas na época em que éramos feias.

Frizz franziu a testa e Aya percebeu que um momento radicalmente honesto estava para acontecer.

— Você e Shay desafiam a lógica. Às vezes parecem ser melhores amigas e, em outras, dão a impressão de se odiarem.

— Talvez porque às vezes somos melhores amigas e, em outras, a gente se odeie.

— Não entendo.

Tally suspirou.

— Na Era da Perfeição, a gente acabava sempre em lados opostos. Não era nossa intenção brigar, mas as pessoas sempre nos reprogramavam, nos manipulavam para que traíssemos uma à outra. — Ela abrandou o tom de voz. — Acho que nos acostumamos a ser assim.

— Mas quando a matéria do impulsionador de massa foi divulgada, você pediu ajuda a ela. Então a Shay é sua amiga, certo? — disse Frizz.

— Claro que é. Ela impediu que eu levasse a vida como uma avoada, assim como todo mundo no planeta. Mas, ao longo do caminho, tivemos muitas brigas. — Tally apertou os olhos para Frizz. — É por isso que sua cirurgia cerebral me perturba. Só acontecem coisas ruins quando uma pessoa é reprogramada. Coisas que não podem ser desfeitas depois.

— Talvez *fosse* possível desfazer se você falasse com as pessoas em vez de fugir para a natureza.

Tally ergueu as sobrancelhas.

— Talvez a gente devesse descobrir para onde vai e deixar esse assunto para depois. — Aya se apressou em dizer.

— Deixe-me entender: você precisou de uma cirurgia no cérebro somente para conseguir *conversar*? — Tally perguntou para Frizz.

— Eu costumava mentir o tempo todo. Não confiava em mim mesmo, então precisei mudar.

— Isso é tão covarde! Não dava para simplesmente *aprender* a dizer a verdade?

— Dizer a verdade *é* o que eu estou aprendendo, Tally.

— Mas você não está fazendo uma escolha! — Tally apontou para a têmpora. — Eu ainda tenho a programação de Especial na minha mente, mas luto contra ela diariamente.

— E já percebi que você perde às vezes.

Tally contraiu os lábios.

— Você ainda não me viu perder o controle *para valer*, avoado. Melhor torcer para que isso nunca aconteça.

— Tecnicamente, eu não sou um...

Aya se meteu entre os dois.

— Em vez da gente ficar comparando as cirurgias no cérebro, que tal descobrir para que lado nós vamos? A chuva diminuiu um pouco.

Tally encarou Frizz com raiva durante um longo momento e então ergueu os olhos. A batida constante da chuva nas folhas lá no alto havia acalmado.

— Por mim, tudo bem — disse ela, ríspida.

Tally virou e foi até a árvore mais próxima, pulou no tronco e começou a subir. Frizz e Aya observaram em silêncio — a velocidade e a graça com que Tally passava por galhos que não pareciam capazes de sustentar seu peso eram surpreendentes.

— Eu não paro de aborrecê-la — falou Frizz.

Aya suspirou.

— Acho que a Tally e a Honestidade Radical não se dão bem. Ela e a Shay já encararam muita coisa. Afinal de contas, as duas lutaram em uma guerra quando eram da nossa idade.

Ele desviou os olhos do topo do arvoredo.

— E se ela estiver certa? Talvez eu seja preguiçoso demais para dizer a verdade sem a cirurgia.

— Você não é preguiçoso, Frizz. Não é todo mundo que funda o próprio grupo.

— Pode ser. — Ele bateu em um mosquito no braço. — Mas se não fosse pela minha Honestidade Radical, a gente não estaria preso aqui nessa selva.

— Não, mas ainda estaríamos presos. — Aya virou para ele e encarou seus olhos de mangá. — E se não fosse por sua Honestidade Radical, você provavelmente não teria parado para elogiar meu nariz naquela noite.

— Nem diga isso — falou Frizz, ao puxá-la para mais perto. — Às vezes sinto medo ao pensar que nos conhecemos por acaso. Se você tivesse saído da festa um minuto antes, nós nem teríamos nos encontrado.

Ela retirou uma folha molhada do cabelo de Frizz.

— Então você não estaria preso nessa selva cheia de lama.

— Prefiro estar aqui com você a estar em qualquer outro lugar.

Aya passou os braços pelos ombros de Frizz. O paletó estava ensopado e rasgado nas costas por causa do pouso forçado. As costelas de Aya ainda latejavam, mas ela o abraçou com força.

— Não me importo com o que a Tally-wa pensa. Quando você diz coisas assim, fico feliz que não possa mentir.

Ele a puxou com delicadeza e seus lábios se encontraram. Por um momento, Aya não sentiu mais os insetos e a chuva, e só sobrou o calor do corpo trêmulo de Frizz em seus braços.

O topo das árvores foi sacudido de repente. Eles olharam para cima.

Era Tally... que se atirou pelo ar com as mãos esticadas para agarrar nos ramos e cipós, pulando e se balançando de galho em galho, de apoio em apoio.

Ela pousou suavemente a alguns metros de distância entre os arbustos. Por um instante, Tally olhou para eles com as feições intensas e vulneráveis de Cortadora.

— Qual o problema? — perguntou Aya, se afastando de Frizz.

— Eu vi algumas criaturas perto daqui.

— Elas viram você?

— Claro que não. — Tally desviou o olhar, o rosto parecia confuso.

— Mas você está chateada — falou Frizz.

— Não é nada.

Aya decidiu não perguntar, mas Frizz, obviamente, tinha outra ideia em mente.

— Nosso beijo chateou você, não foi?

Tally virou para ele. Sua expressão mudou de surpresa para raiva, e daí para outra coisa...

— Frizz, acho que a Tally-wa não se importa se a gente...
— falou Aya calmamente.

— Da última vez em que beijei alguém, eu acabei vendo o cara morrer — disse Tally, direta. — E estava apenas pensando: a morte é uma daquelas coisas que *não pode* ser desfeita. Não com conversa e nem com toda a cirurgia cerebral no mundo.

Aya engoliu em seco e abraçou Frizz ainda mais, com o coração disparado.

— Sinto muito, Tally-wa. Que coisa triste — disse Frizz.

— Nem me fale. — Ela afastou o olhar. — Não acredito que eu tenha dito isso. A sua cirurgia idiota é contagiante ou algo do gênero?

Aya concordou devagar.

— Mas você não devia parar de beijar só por causa disso — falou Frizz calmamente.

Tally sustentou seu olhar por um momento e então deu uma risada amarga.

— Vocês querem ficar aqui e falar sobre águas passadas?

— Não — respondeu Aya rapidamente. — Acho que já tivemos muita Honestidade Radical por hora.

— Então me sigam.

Tally deu meia-volta e disparou para a massa de arbustos, árvores e lama. Aya começou a segui-la e soltou um suspiro.

Para onde quer que eles estivessem indo, aquela seria uma longa caminhada.

RUÍNA

Manter o ritmo de Tally não era muito divertido.

Graças aos músculos e reflexos Especiais, nada era capaz de detê-la — nem os emaranhados gigantes de arbustos, as árvores mortas desfeitas em dúzias de pedaços ou o rugido agitado da chuva. Ela subia nos troncos para examinar o caminho e pulava sobre os galhos entrelaçados como um macaco em pleno ar. Enquanto Tally esperava por Aya e Frizz com uma expressão entediada, a chuva e a lama escorriam pelo traje de camuflagem, que assumiu o padrão de vários tons de verde.

Moggle pulava de ruína em ruína, usando os campos magnéticos como pontos de apoio. Nos poucos lugares onde a câmera flutuante não encontrava o caminho, Aya e Frizz tinham que carregá-la sob um calor insuportável. Tally se recusou, pois disse que não gostava de câmeras. Para Aya, era surpreendente como um troço do tamanho de uma bola de futebol, cheio de sustentadores, lentes e circuitos, pudesse pesar tanto.

Mas a pior parte era se arrastar na lama por debaixo do emaranhado de raízes expostas, arrancando teias de aranha e cipós. As folhas podres se desintegravam nas mãos de Aya e um passo em falso acabou espalhando um ninho de centopeias. As árvores impediam a passagem da luz cinza do céu nublado, o que mergulhava o solo da selva em uma permanente escuridão.

Para se distrair, Aya imaginava qual seria a pessoa de quem Tally tinha falado. Muita gente morreu na Guerra de Diego, é claro, mas não se lembrava de nenhum Cortador. Quem mais Tally poderia ter beijado? Naquela época, todo mundo era feio ou avoado. Não fazia sentido.

Tally era tão diferente dos famosos normais. Se algum namorado de Nana Love tivesse morrido, todo mundo na cidade saberia o nome dele. Mas Tally era tão fechada que até mesmo seus ataques de honestidade radical eram misteriosos.

Aya sentiu a picada de um mosquito e bateu nele tarde demais. Havia sangue espalhado por todo o corpo esmagado do inseto. Ela suspirou e lhe deu um peteleco.

— Como a Tally-sama aguenta viver aqui fora? — sussurrou para Frizz. — Não tem conforto.

— Não acho que ela ligue para conforto — resmungou Frizz, que estava carregando Moggle e tentando passar por cima de um tronco podre sem deixar a câmera cair.

Aya tirou Moggle de suas mãos.

— E aparentemente também não gosta muito dos amigos, então com o *que* ela se importa?

— Bem, o planeta, para começar. — Ele pulou de volta para a terra enlameada e pegou Moggle outra vez. — É por isso que estamos aqui, lembra?

— Ah, sim... isso mesmo. — Aya suspirou e prosseguiu com dificuldade: — Nunca imaginei que salvar o mundo fosse tão quente e gosmento. Não sabemos sequer se estamos indo na direção certa. Não vejo Tally há séculos. Ela deve estar fazendo reconhecimento do terreno outra vez.

— Para onde quer que estejamos indo, pelo menos tem algum metal por perto. — Moggle começou a flutuar nos braços de Frizz e avançou assim que os sustentadores encontraram apoio.

Ele e Aya seguiram a câmera até que a selva se abriu diante dos dois. No centro da clareira recém-aberta, havia um par de torres antigas dos Enferrujados, com as vigas de aço enroscadas por cipós.

Aya piscou os olhos diante da claridade repentina. O aguaceiro devia ter parado há algum tempo. Pareciam dois mundos diferentes: lá atrás na floresta onde a chuva ainda caía, com as árvores pingando como roupas molhadas, e ali na área descoberta, com os raios de sol aparecendo através das samambaias.

Com um baque suave, Tally pousou ao lado deles.

— Fiquem quietos — disse ela baixinho ao olhar para o alto das torres. — As criaturas que vi anteriormente ainda estão lá em cima.

Aya recuou para as sombras e sussurrou:

— Você quer dizer que nos trouxe direto para elas?

— Precisamos pegar algum transporte. Ou acha que eu vou ficar olhando vocês dois *andarem* por esta selva?

— Você quer que nós sejamos capturados outra vez? — perguntou Frizz.

Tally suspirou.

— Não com sua cirurgia de avoado. Você acabaria nos entregando.

— Tecnicamente falando, eu não sou um...

— Apenas esperem aqui — disse Tally, que disparou pela clareira e entrou no matagal ao redor da base da ruína.

Aya olhou para as duas torres.

Uma era mais alta do que a outra, porém, ainda assim, não era tão grande quanto algumas torres que ela tinha visto do carro voador. Entretanto, como todos os prédios dos Enferrujados, o edifício era enorme e simples. Com ângulos retos infantis, sem vãos ou partes móveis, a torre era apenas uma grande coluna que se erguia aos céus. Havia tantos cipós emaranhados nas vigas que dava a impressão que a selva estava tentando derrubar o grande esqueleto de metal.

No alto, Aya viu três criaturas operando um guindaste magnético. Vestidos com aparatos de aerobol, eles pareciam com nadadores dando braçadas no ar quente e úmido, com os pés de dedos compridos batendo como se fossem um par extra de mãos.

Frizz apontou.

— Lá vai ela.

Tally estava subindo pelo interior da torre mais alta, passando por buracos nos pisos apodrecidos e pela vegetação que invadia o lugar. Ela pulava de andar para andar, ganhando impulso com o aparato de aerobol que pegou das criaturas, tão elegante e silenciosa quanto um gato se aproximando de mansinho da presa.

— Siga Tally, Moggle, mas fique escondida — sussurrou Aya.

Ela empurrou a câmera, que voou pela clareira e desapareceu na ruína.

Tally já tinha alcançado o topo, mas as figuras inumanas estavam concentradas demais no trabalho e não notaram sua aproximação. Elas controlavam as garras do guindaste e ajustavam as serras a fim de arrancar uma viga enorme.

Moggle subiu rapidamente pela ruína e as lentes refletiram os poucos raios de sol. Aya queria muito observar Tally pelo ponto de vista da câmera flutuante, mas usar a dermantena poderia denunciá-los.

As serras do guindaste magnético foram ligadas, provocando altos guinchos quando começaram a cortar o metal. Assustados pelo barulho, uma nuvem de pequenos pássaros marrons — *morcegos*, como Aya percebeu um instante depois — saiu voando da escuridão do interior das torres. Cascatas de fagulhas caíram formando arcos reluzentes no ar.

Enquanto o som vazava para a selva, Tally saiu da cobertura dos cipós da ruína e se lançou contra uma das criaturas. A figura desmoronou e saiu rodopiando da torre, flutuando inerte no ar.

As outras duas viraram para olhar, mas Tally já havia desaparecido de novo, depois de quicar do ponto da colisão para o interior da ruína. Confusas, as criaturas gesticularam entre si e agitaram o ar freneticamente, tentando descobrir o que acontecera.

Tally disparou do esconderijo outra vez e se chocou contra elas. Acertou golpes rápidos que mandaram as duas figuras girando pelo ar.

— Epa! — exclamou Frizz.

Ele apontou para a primeira vítima de Tally, que estava flutuando para longe das ruínas. Se afastando mais e mais do campo magnético das torres, a aberração começou a cair...

— Você acha que será um pouso suave? — perguntou Aya.

— Duvido — disse Frizz ao sair das sombras e gritar — Tally, olha!

Mas o som agudo das serras do guindaste continuava a ecoar pela selva e a cascata de fagulhas caía ao redor de Tally enquanto ela dominava as outras duas criaturas.

— Ela não consegue ouvir você! O que vamos fazer? — gritou Aya.

— Será que a Moggle não pode pegá-la? Como aconteceu na cidade quando eu e você caímos da sua prancha?

— Mas a Moggle também não consegue escutar a gente!

Neste momento, a criatura estava sobre a selva e descia rapidamente, ainda girando inconsciente em direção ao arvoredo.

— Então mande um ping! — gritou Frizz.

— Mas a Tally disse que não deveríamos...

— Você tem que mandar!

Aya engoliu em seco e mexeu o dedo anular.

— Moggle, pegue a aberração que está caindo! Rápido!

Ela cortou a conexão e torceu para que a mensagem não tivesse durado tanto a ponto de ser rastreada.

No alto, a pequena silhueta de Moggle disparou para longe da ruína em direção à figura que rodopiava. As duas se encontraram quase em cima do arvoredo e desapareceram na folhagem densa.

— Espero que não tenha sido tarde demais — murmurou Frizz.

O som das serras cortando o metal finalmente parou e os últimos ecos se misturaram aos gritos dos pássaros afugentados. O guindaste magnético se afastou alguns metros das ruínas e começou a descer como um enorme par de garras em direção a eles.

Tally estava nos controles com as duas criaturas inconscientes a bordo.

— Trouxe alguns aparatos de aerobol para vocês! Eles devem ter alguma trilha magnética por aqui para levar esse ferro-velho. Chega de andar!

— Isso é ótimo, mas você viu o que aconteceu com a terceira criatura? — berrou Aya.

Tally vasculhou o horizonte.

— Que engraçado. Para onde ela foi?

Aya esperou mais alguns segundos enquanto o guindaste descia, sem saber como explicar o que fizera.

A Honestidade Radical de Frizz poupou o trabalho.

— A criatura girou para fora do campo magnético das ruínas.

— Ela caiu?

Frizz balançou a cabeça.

— Não, nós mandamos a Moggle pegá-la.

— Boa ideia. — Tally sorriu. — Às vezes vocês da cidade não são totalmente inúteis assim.

— Só tem um problema. A Moggle estava lá no alto das ruínas com você, longe demais para escutar a gente. Tivemos que mandar um ping.

— *Vocês mandaram um ping?*

Ele concordou com a cabeça.

— Era isso ou deixá-la cair.

Aya engoliu em seco e se preparou para uma explosão de fúria típica de uma Cortadora.

Mas a voz de Tally estava calma e fria.

— Você tinha que mandar seu brinquedo atrás de mim, não é? Não lhe ocorreu que mandar uma câmera flutuante podia ter me denunciado? Ou que posso não querer ver tudo o que faço incluído em uma matéria idiota?

— Foi mal — sussurrou Aya, ainda à espera de uma explosão de raiva.

Tally apenas suspirou.

— OK, então é melhor irmos logo. Eles vão vir para cá em breve.

Ela ajoelhou para começar a tirar o aparato de aerobol das duas criaturas e jogou uma caneleira para Aya.

— Hã, Tally? — disse Aya, nervosa. — A gente não sabe usar isso.

— É só programar para gravidade zero. Eu reboco vocês.

Enquanto colocavam as caneleiras, Aya olhou para o lugar onde Moggle e a criatura tinham caído. Nada se movia no topo das árvores exceto por alguns pássaros que voltavam após a confusão. Ela desejava que pudesse ver pelo ponto de vista de Moggle só para saber se a figura e a câmera flutuante tinham sobrevivido.

Mas Tally provavelmente não gostaria da ideia.

Assim que Aya se vestiu, Frizz acionou o aparato de aerobol para ela. Uma estranha sensação de leveza tomou conta de seu corpo, como se espíritos invisíveis a tivessem agarrado pelos braços e pelas pernas. Ela deu um passo e se viu flutuando, sendo levada pela brisa.

— Pare de brincar! Pegue a minha mão — ordenou Tally.

— Mas a Moggle ainda não voltou!

— E você acha que eu me importo? Temos que ir!

— Mas posso mandar um ping para a Moggle nos seguir? Senão ela vai ficar esperando aqui!

— Não se preocupe, Aya-la — disse Tally ao pegar firme seu pulso. — Você continuará a existir, mesmo sem uma câmera vigiando.

Ela agarrou a mão que Frizz ofereceu e puxou os dois para o ar.

METAL

Eles dispararam pelo ar acima do topo das árvores, vasculhando o céu em busca de qualquer sinal de perseguição.

Tally estava certa: uma malha de cabos grossos fora espalhada pela cobertura da selva para servir de apoio magnético para o ferro que era recuperado das ruínas. A trilha tinha metal suficiente para conduzi-los. Comparadas com toneladas de metal, três pessoas em aparatos de aerobol não eram nada.

Mas voar sem uma prancha deixava Aya nervosa. Eden Maru fazia parecer fácil, mas ela se sentia desequilibrada no aparato de aerobol, como se estivesse pendurada por fios invisíveis, presos a seus braços e pernas.

Ainda mais desnorteante era a ausência de Moggle. A câmera era o segundo par de olhos de Aya e estava perdida, sozinha, provavelmente danificada, ficando cada vez mais para trás.

E Aya não tinha sequer uma câmera espiã.

— Estão vendo aquelas ruínas? — perguntou Tally. — É ali que Shay e Fausto devem nos encontrar.

À frente e à direita, onde um vislumbre do oceano reluzia sob a luz do sol, uma enorme torre surgia sobre a selva com o topo escondido pelas nuvens que se afastavam. Havia mais esqueletos de torres ao redor, todos em vários estágios de desmanche. Mesmo daquela distância, Aya podia ver as cascatas de fagulhas que saíam das serras que cortavam o metal.

Ali no alto da selva, Aya percebeu a distância que as ruínas abrangiam. Ela lembrou que as cidades dos Enferrujados abrigaram populações de 10 e 20 milhões de pessoas, muito maiores do que as do mundo moderno. E as figuras inumanas estavam desmantelando todas elas.

— Para que eles precisam de todo esse metal? — perguntou Aya.

Frizz virou para ela.

— Talvez seja aqui que as criaturas produzem aqueles projéteis que você encontrou. Elas podem transportá-los por trem magnético para as montanhas escavadas.

— Bela teoria, Frizz-la, mas duvido que seja tão simples assim — disse Tally. — David e eu andamos pelo planeta inteiro. Por todos os lugares que passamos, alguém estava sucateando as ruínas em segredo, agindo mais rápido do que as cidades.

— E são sempre as criaturas? — perguntou Aya.

— Até onde a gente sabe. Um amigo nosso viu as criaturas desmantelando as ruínas na minha cidade natal. Foi ele que nos contou sobre elas. — Tally olhou para Aya. — Então, esse amigo desapareceu, como teria acontecido com você se a gente não tivesse chegado.

— Isso explica por que todo mundo está desesperado atrás de metal — disse Frizz. — Nossa cidade até falou em perfurar o solo para descobrir o que os Enferrujados possam ter deixado nas minas.

Tally olhou de uma maneira fria para Frizz.

— Se eles tentarem isso, vão receber uma visita da nova Circunstâncias Especiais.

Ela fez uma pausa por um instante e, do nada, arrastou os dois para dentro do arvoredo. Eles afundaram através de densas camadas de galhos, cipós emaranhados e enormes teias de aranha pegajosas.

— Algo de errado? — sussurrou Aya.

— Alguém ouviu seu ping.

Aya olhou para o céu entre os galhos, mas não viu nada.

A superfície do traje de camuflagem de Tally começou a tremer. As manchas verdes se alteraram como se fossem quebradas em vários pedaços. Aos poucos, as escamas começaram a se espalhar e cobriram o macacão de Aya. Ela notou que Frizz também estava sendo envolvido pelo traje de camuflagem, que se abria como um par de asas.

— Isso vai proteger vocês de visores infravermelhos. Apenas não se mexam.

Uma sombra passou pela selva e bloqueou os poucos raios de sol que entravam pela folhagem. Antes que o traje cobrisse seu rosto, Aya notou que a sombra era provocada por dois carros voadores que passavam lentamente lá em cima.

O rangido dos cabos cedendo ao peso dos carros tomou conta da selva. Os pássaros foram afugentados e encheram o ar com o som de asas batendo. Aya sentiu o aparato de aerobol tremer com o aumento das correntes magnéticas e seu cabelo se eriçar.

Os carros pareciam ter parado logo acima. Aya ouviu vozes, provavelmente de criaturas flutuando em aparatos de aerobol, ao lado do veículo, e examinando a selva. Ela encarou o solo, tentando não respirar.

Mas as sombras finalmente foram embora e o ranger da selva sumiu no horizonte.

Após longos segundos de silêncio, Tally soltou Aya e Frizz. Quando o traje se recolheu para cobrir seu corpo, partes da pele de Tally ficaram à mostra. Aya notou as finas cicatrizes que cobriam seus braços.

— É por isso que não podemos mandar pings — disse Tally.

— Sabe, eles também podem ter notado você espancando os operários — disse Aya, respirando fundo. O abraço de Tally fez com que se sentisse como um papel amassado.

Tally sorriu.

— Tem razão, mas eles sabem que estamos em algum ponto dessa trilha. Temos que permanecer aqui embaixo até que aqueles carros sumam.

Os três ficaram flutuando ali, ouvindo o zumbido constante dos insetos na selva. Aya estava se acostumando cada vez mais ao aparato de aerobol. Treinou nadar no ar como as criaturas faziam, flutuando na brisa fresca do topo das árvores.

No alto do arvoredo, a selva era menos sinistra. Os cipós tinham flores e os raios de sol refletiam o colorido das asas dos insetos. Pássaros de cristas cor-de-rosa voavam acima, piavam e lutavam pelos melhores galhos, exibindo barrigas brancas e asas verdes. Um deles, com bico amarelo reluzente entre os pequenos olhos escuros, lançou um olhar suspeito para Aya.

Talvez, desde que a pessoa pudesse flutuar acima da lama e da sujeira, a selva não fosse tão ruim, apesar de tudo. Claro que todo esse esplendor apenas fez com que Aya sentisse ainda mais falta de uma câmera.

— Tally-wa, posso fazer uma pergunta? — disse Frizz, baixinho.

— Posso impedir?

— Provavelmente não. E se aqueles cilindros que a Aya encontrou não forem realmente armas?

— O que mais poderiam ser? — perguntou Aya.

Frizz fez uma pausa e olhou para os cabos esticados ao redor deles.

— E se forem apenas metal? Essa é a questão aqui, certo?

— Mas, Frizz, os cilindros tinham matéria inteligente, lembra? — falou Aya. — Isso prova que eram armas!

Ele balançou a cabeça.

— Isso prova que os cilindros tinham um sistema de orientação. E se fossem programados para voar até essa ilha?

— Por que alguém iria bombardear *a si mesmo*? — perguntou Aya.

— Eles não seriam obrigados a mirar nos prédios.

— Isso é verdade — falou Tally. — Aqui é uma ilha, afinal de contas. Os cilindros poderiam cair no oceano, o que os resfriaria após a reentrada na atmosfera, e então seria possível recuperar o metal.

Frizz girou em pleno ar para encará-la, com as mãos agitando as árvores ao redor.

— Você disse que as aberrações estavam recolhendo metal de todos os lugares. Então os impulsionadores de massa podem ser apenas uma solução para enviar o metal para cá.

— É mais fácil do que transportar em segredo por meio mundo. Talvez todas aquelas montanhas vazias que descobrimos já tenham disparado todo o seu metal — observou Tally.

Frizz concordou.

— Isso explicaria por que as criaturas estavam deixando o lugar que você encontrou, Aya-chan. Elas estavam quase prontas para mandar os cilindros para cá.

— Frizz! Por que você está do lado *dela*? — reclamou Aya.

Ele deu de ombros.

— A questão não é de que lado eu estou, e sim qual é a verdade.

— Qual o problema, Aya-la? Está com medo de que sua matéria esteja errada? — riu Tally. — Não me espantaria se estivesse. Se você enxerga o mundo somente através de câmeras flutuantes e canais de notícias, acaba não vendo o que está bem na frente.

Aya tentou responder, mas apenas gaguejou e olhou com raiva para Frizz.

Ele pigarreou.

— Bem, ainda não temos a mínima ideia de *por que* as criaturas querem todo esse metal.

— Elas não estão construindo nada aqui. Só vimos algumas fábricas e armazéns — disse Aya.

Tally ponderou por um instante.

— Você ouviu o que o Udzir disse sobre fazer sacrifícios, certo? Aquilo não pareceu um pouco *sinistro* para você? — perguntou Aya.

— Ele disse que queriam salvar a humanidade. — Tally suspirou. — Historicamente falando, isso pode significar qualquer coisa, desde energia solar até lesões cerebrais pelo mundo afora.

— *Ou* destruição pelo mundo afora!

— Com as cidades se expandindo em larga escala, eu e David ficamos tentados a causar alguma destruição também. — Tally balançou a cabeça. — Às vezes parece que estamos voltando a ser Enferrujados.

— Mas não é possível ser Enferrujado sem metal — disse Frizz, baixinho.

Tally olhou para ele.

— Você acha que as criaturas estão tentando diminuir a expansão?

Frizz deu de ombros.

— É preciso metal para os prédios e linhas de trem magnético, afinal de contas.

— E sem uma malha de aço, nada voa. Nem carros, nem pranchas, nem mansões chiques flutuantes — falou Tally.

— Mas as pessoas não voltariam simplesmente a minerar? — perguntou Aya.

— É mais fácil explodir um robô minerador do que a mansão de uma pessoa — disse Tally, baixinho.

Aya ergueu uma sobrancelha.

— Se alguém estivesse disposto a explodir coisas... em uma circunstância especial. — Tally deu de ombros. — Se é isso que as aberrações estão aprontando, talvez eu até fique do lado delas, desde que parem de sequestrar pessoas.

Aya olhou através da folhagem para as ruínas sendo desmanteladas e ficou atônita diante da ideia de que Frizz e Tally pudessem estar certos.

Se os impulsionadores de massa não eram armas, isso significava que o mundo não ia entrar em uma nova era de conflitos. Se as criaturas tinham descoberto uma maneira de parar a expansão das cidades para a natureza, era sinal de que alguns seres humanos eram realmente sensatos, e que Toshi Banana e similares podiam calar a boca de vez.

Mas, infelizmente, isso também significava outra coisa: que uma idiota de 15 anos de idade chamada Aya Fuse tinha estragado a maior notícia desde a libertação.

IGUAL A UM MACACO

Eles voaram sobre o topo das árvores, com Aya e Frizz segurando as mãos de Tally.

Revoadas brilhantes de pássaros saíram da selva e os macacos guinchavam lá de baixo enquanto o trio passava. Tally precisou arrastá-los até as árvores para esconderem-se dos carros voadores novamente, em meio a uma nuvem de borboletas com asas radiantes, maiores do que as mãos de Aya.

Mas ela sequer notou essas coisas.

A matéria do Destruidor de Cidades tinha parecido ser tão lógica: uma montanha inteira escavada como um *bunker* dos Enferrujados de três séculos atrás. Um impulsionador de massa apontado para o céu, pronto para disparar cilindros cheios de matéria inteligente e aço.

E se ela entendeu tudo errado?

Aya tentou se lembrar em que exato momento teve a certeza de que não precisaria de mais provas.

Quando percebeu como uma arma destruidora de cidades a tornaria famosa?

Os maiores escândalos sempre rendiam as maiores reportagens, apesar de tudo. Isso ela aprendera com Toshi Banana e seus alertas aterradores sobre novos grupos e cortes de pelo de poodles. Foi por isso que todos os canais da cidade apoiaram sua matéria sem questionar. Claro que apoiariam com a mesma empolgação se fosse provado que Aya estava errada.

Seu reinado por um dia como Rainha da Gosma não seria nada comparado a essa humilhação. Talvez a interface da cidade não se importasse com o motivo pelo qual se falava de uma pessoa — ela podia ser talentosa ou simplesmente linda, engenhosa ou apenas desmiolada, preocupada com o planeta ou revoltada com algo insignificante —, mas Aya se importava.

E não queria ser famosa por conta de um alarme falso.

Eles passaram as próximas horas seguindo pela rede de cabos, se escondendo dos guindastes magnéticos e carros voadores, voltando quando esbarravam com caminhos sem saída.

Não foi o mais agradável dos passeios. A ausência de Moggle incomodava como uma constante dor de dentes e o ar úmido e carregado parecia inundar os pulmões de Aya. O macacão de guardião estava ensopado de suor.

Quando Aya reclamou que ela e Frizz não tinham comido nada desde a noite anterior, Tally tirou barras energéticas dos bolsos do traje de camuflagem. Enquanto os dois comiam, ela encontrou e mastigou várias bananas-nanicas, totalmente verdes e com aparência intragável. Aparentemente, seu estômago Especial podia digerir qualquer coisa.

Aos poucos, eles avançaram até o grupo de arranha-céus. Uma série de guindastes repletos de sucata saía das torres e marcava o caminho.

Faltando apenas um quilômetro, Tally puxou Aya e Frizz para dentro da selva.

— Temos que ficar fora de visão pelo resto do caminho.

Aya resmungou.

— Quer dizer que temos que andar de novo?

— Não tenho tempo para vocês brincarem na lama. Apenas mantenham os aparatos calibrados para a gravidade zero e fiquem perto dos cabos.

Tally empurrou os dois com mais força para dentro da selva até que o sol da tarde desapareceu atrás do emaranhado de cipós e galhos.

— Você não vai rebocar a gente? — perguntou Aya.

— Aqui embaixo é meio apertado para dar as mãos. Apenas façam como os macacos. — Tally falou com desdém.

Para demonstrar, ela agarrou um galho próximo e puxou com força, tomando impulso através da vegetação densa. Ao passar por um tronco de árvore, Tally esticou a mão e balançou até parar.

— Viu? É fácil quando a pessoa está flutuando.

Aya trocou um olhar de soslaio com Frizz, soltou um suspiro e procurou um apoio para a mão. Um bambu próximo parecia forte o suficiente, mas ao chegar perto flutuando, ela viu uma criatura com quase um milhão de pernas subindo pelo caule. Com cuidado, evitando o bicho, segurou no bambu e puxou.

O movimento a lançou por alguns metros até que seu avanço foi contido pelo ar tropical carregado e ela parou perto de um tronco de árvore coberto por líquen. Aya virou de lado e deu um chute na árvore, flutuando ainda mais longe pela floresta fechada.

Era uma sensação estranha. Embora seu peso fosse carregado pelo aparato de aerobol, ela ainda tinha muita massa e inércia. Mover-se exigia bastante esforço, especialmente pelo ar úmido. Porém, assim que ganhava velocidade, parar ou mesmo mudar de direção eram igualmente complicados.

Também não ajudava o fato de todas as superfícies estarem escorregadias, grudentas ou cobertas por insetos, e de toda a vegetação ainda estar encharcada pela tempestade. Sempre que atravessava os arbustos, Aya molhava a roupa toda. Mas aos poucos ela pegou o jeito, o cérebro aprendeu a coordenar as tarefas de buscar por um caminho livre de obstáculos, encontrar o próximo objeto para tomar impulso, e evitar teias de aranha e arbustos encharcados.

Flutuando pela densa cobertura das árvores, Aya ficou maravilhada com a riqueza da selva e como ela se entrelaçava. Era algo muito mais complexo do que uma matéria de dez minutos poderia mostrar. Ela imaginou como seria difícil se tornar um guardião. Pelo menos estaria fazendo algo útil ao proteger algo lindo, em vez de divulgar falsas calamidades para um bando de extras entediados.

Após meia hora tomando impulso em cipós, troncos e galhos, Aya percebeu que estava sendo observada.

Uma tropa de uacaris-brancos estava empoleirada em árvores próximas e observava em silêncio enquanto ela e Frizz atravessavam o arvoredo e os cipós. Aya não podia culpá-los pelas expressões atônitas. Ela tinha plena noção dos séculos de evolução que os separava, de sua falta de feições símias e de...

Pés com polegares opositores.

Aya pegou no próximo cipó e parou.

— Você está bem? — perguntou Frizz ao parar ao lado.

Aya concordou com a cabeça.

— Sim, mas acho que acabei de descobrir por que elas fazem aquela modificação corporal bizarra.

— As criaturas? — perguntou e então riu. — Você quer dizer que consegue se concentrar enquanto balança no cipó como... — Frizz foi parando de falar e olhou para os pequenos rostos que os observavam entre a folhagem. — Um macaco?

Ela fez que sim outra vez. Um dos macacos se pendurou pelos pés com os dedos compridos em volta de um galho como uma das mãos.

— Até o Hiro notou quando a gente estava se escondendo e esperando pela Tally-wa... as criaturas são como *macacos*.

— O que vocês dois estão cochichando? Estamos quase chegando! — gritou Tally, impaciente lá na frente.

Aya percebeu que eles estavam falando em japonês e se curvou.

— Desculpe, Tally-wa, mas acho que descobrimos uma coisa. Se alguém se desloca pela selva usando um aparato de gravidade zero, um par de mãos extra é bem mais útil do que pés.

— Como as criaturas? — Tally ponderou por um instante e flutuou mais perto. — Acho que faz sentido ter mais mãos se a pessoa nunca vai tocar o chão.

— Então vai ver que elas estão coletando metal para uma malha gigantesca. Acha que as criaturas querem que as pessoas abandonem as cidades e morem na selva como uma espécie de *macacos* flutuantes?

— E recuar 5 milhões de anos no tempo? — Tally ergueu uma sobrancelha. — Isso é uma maneira muito radical de conviver com a natureza.

— A libertação é radical, Tally-wa — falou Frizz.

Tally suspirou.

— Por que todo mundo acha que a libertação é culpa *minha*?

Frizz olhou para ela e deu de ombros.

— Bem, foi você que começou.

— Não me culpe, eu não mandei o mundo inteiro ficar de pernas para o ar!

— Mas não imaginou que fossem acontecer algumas esquisitices? — perguntou Aya.

Tally revirou os olhos.

— Eu não imaginei que alguém fosse transformar os pés em mãos. Ou se deixar seguir por câmeras flutuantes o dia inteiro. Ou passar por uma cirurgia no cérebro para poder falar a verdade!

Frizz balançou a cabeça.

— Mas nós perdemos tantas coisas na Era da Perfeição que ficamos sem base. Então a gente está tentando e vendo no que dá!

Tally riu.

— E qual a novidade nisso, Frizz? A vida não vem com um manual de instruções. Portanto, não venha me dizer que *eu* sou a culpada pela humanidade não fazer sentido. — Ela deu meia-volta e apontou para as árvores. — De qualquer forma, estamos quase chegando aos arranha-céus. Provavelmente, Shay e Fausto já estão lá.

Acima deles, as torres reluziam sob o sol da tarde entre as árvores. Os andares superiores estavam tomados por vários guindastes magnéticos e o zumbido das serras cortando metal ecoava até eles, lá embaixo.

— Mas como vamos achá-los se não podemos mandar pings? — perguntou Aya.

Tally deu de ombros.

— A gente tenta alguma coisa e vê no que dá.

A PILHA

A selva foi aberta ao redor da base das torres, mas havia pilhas de aço sucateado espalhadas pelas antigas ruas dos Enferrujados.

Aya se lembrou de uma velha brincadeira de crianças em que a pessoa jogava várias varetas no chão e tinha que retirar uma sem mover as demais. Mas em vez de varetas, havia enormes vigas de metal incrustadas em concreto velho e cabos enferrujados.

Não havia sinal das criaturas no nível do chão. Os operários se encontravam no alto das torres, cortando mais metal para a pilha.

— Está vendo o prédio mais alto? — Tally apontou. — Fiquem escondidos até chegarmos lá.

— Você quer dizer para a gente rastejar pela pilha? — Aya olhou para Frizz. — Mas eu ouvi dizer que tem esqueletos de Enferrujados em algumas ruínas.

Tally riu.

— Isso é no norte. Aqui nos trópicos, a selva come tudo. — Ela se enfiou na pilha e avançou pelo entulho e aço.

— Ah, que agradável — comentou Aya e seguiu.

Passar pelos prédios desmantelados era um pouco parecido com andar pela selva. A chuva deixou as vigas molhadas e escorregadias, e o líquen cresceu nas laterais enferrujadas.

Porém, o aço era mais implacável do que a folhagem e o arvoredo. Ao flutuarem atrás de Tally, passando por vigas e pedaços pontudos de concreto, Aya e Frizz ganharam uma coleção de arranhões como se estivessem rastejando por um espinheiro.

— Quando voltarmos para casa, me lembre de tomar uns remédios contra tétano — disse Frizz ao examinar um corte na palma da mão.

— O que é tétano? — perguntou Aya.

— É uma doença que a pessoa pega na ferrugem.

— A ferrugem passa doença? — Aya gritou e afastou as mãos de uma antiga viga de aço à frente. — Não é de estranhar que os Enferrujados tenham sido extintos.

— Shh! — reclamou Tally. — Vem alguma coisa aí.

Através do emaranhado de metal, Aya viu a silhueta de um guindaste magnético carregando um enorme pedaço de arranha-céu, como se fosse um predador com a ossada em aço de um gigante morto na boca. As pontas recém-serradas reluziam sob a luz do sol.

— Imagino aonde eles planejam pousar aquilo — disse Frizz, baixinho.

O guindaste parou bem acima do trio e Aya sentiu a pilha tremer. As vigas vibraram diante da pressão de toneladas de metal velho sobre os campos magnéticos.

De repente, a vibração parou...

— Epa — disse Frizz.

O pedaço do arranha-céu caiu das garras do guindaste.

Aya agarrou a viga mais próxima e puxou com força, disparando para longe.

O esqueleto de aço desabou bem acima dela, o metal bateu e rangeu, a pilha inteira vibrou com a colisão. Caiu uma chuva de ferrugem e pó de concreto sobre Aya, nuvens de poeira capazes de irritar os olhos. Ela viu as vigas de aço envergando ao redor, retorcidas com o peso de mais metal adicionado à pilha.

— Aya! — Ela ouviu Frizz chamar.

Aya virou e viu que o paletó de Frizz estava preso em um emaranhado de velhos cabos. As pontas retorcidas pareciam anzóis furando o tecido. Enquanto ele lutava para soltar os braços, as mangas viraram do avesso e prenderam suas mãos.

Aya deu meia-volta e tomou impulso na direção de Frizz, pegou seus ombros e puxou com toda a força. Ao som de roupa rasgando, ele se soltou e o paletó ficou em frangalhos.

Acima deles, o esqueleto de aço ainda estava se assentando e provocava uma chuva de entulho sobre suas cabeças. A pilha cedia ao redor e a ferrugem se soltava das vigas, que se retorciam em novas formas.

Frizz e Aya voaram quase sem enxergar pela nuvem de pó de concreto e ferrugem por um caminho cada vez mais estreito entre as vigas. Através da poeira, ela percebeu Tally esperando de costas contra uma barra de aço tão larga quanto a sua altura, presa entre duas vigas como um palito mantendo aberta a boca de um gigante...

E cedendo aos poucos sobre a pressão.

— Anda *logo*! — gritou Tally.

Aya chutou com força a viga mais próxima e, junto com Frizz, passaram voando pela cortadora.

Tally pulou atrás deles e abandonou a barra de aço, que escorregou de lado fazendo um barulho de unhas arranhando metal. A barra dobrou e se soltou, quicando de volta ao centro da pilha.

Quando toda a enorme estrutura desmoronou, uma série de dentes metálicos mordeu o espaço que Frizz e Aya tinham acabado de abandonar. O novo pedaço de metal rolou aos poucos até parar sobre a pilha e soltou mais nuvens de concreto no ar.

Os três flutuaram até a torre mais próxima.

— Uau, essa passou perto — murmurou Aya.

— De nada — disse Tally enquanto massageava os ombros.

Aya se lembrou de como ficara intimidada ao ver Tally pela primeira vez. Não era apenas a sua força que impressionava — de alguma forma, ela percebeu o movimento da pilha e colocou uma barra de aço no lugar certo para dar a Frizz os longos segundos que precisava para escapar.

Tally era realmente especial, mesmo que Moggle não tivesse estado ali para registrar a cena.

Aya fez uma pequena saudação.

— Obrigada, Tally-sama.

Frizz ficou simplesmente olhando para a pilha desmoronada, calado e atônito. O rosto estava branco de poeira como um ator usando pó de arroz.

— Sem problema, vocês dois conseguiram manter a cabeça no lugar. — Tally fez um gesto de aprovação.

— Por pouco. — Aya olhou para cima em direção ao guindaste indo embora. — Eles estavam *tentando* nos matar?

— Eles nem nos viram.

— Você me salvou, Aya — disse Frizz, baixinho.

— Não fui só eu... — começou a responder, mas Frizz pegou seus ombros e a puxou para dar um beijo. Os lábios dele tinham gosto de pó de concreto e suor.

Quando eles se afastaram, Aya olhou para Tally, que revirou os olhos.

— Que bom ver que vocês dois estão bem.

— Estamos ótimos. — Aya sorriu para Frizz e olhou para um arranhão no cotovelo. — Tirando o fato de que vou pegar aquela doença dos Enferrujados.

— Fique calma, Shay tem remédio para qualquer coisa. — Tally olhou para cima. — E aí vem ela.

Aya ergueu os olhos para o topo da torre em pedaços. A ruína subia a perder de vista e fachos de luz do sol atravessavam as paredes desmoronadas. Ela ouviu ecos distantes de metal sendo cortado e entulho caindo pelos andares vazios e quebrados.

Enquanto olhava, silhuetas começaram a surgir na escuridão como ondas no ar. Elas adquiriram formas humanas ao descerem e cercarem Aya, Tally e Frizz. Estavam sobre pranchas voadoras totalmente camufladas.

A imagem trêmula de um braço puxou o capuz de um traje de camuflagem e revelou o rosto de Shay.

— Uau, vocês três estão um lixo!

— Como chegaram aqui? — perguntou Hiro ao retirar o próprio capuz. — Passaram por um triturador de pedra?

— Quase isso. — Aya apontou para a pilha que ainda rangia. — Por pouco não fomos esmagados debaixo daquela...

Ela parou. Havia *cinco* silhuetas que vestiam o traje: Hiro, Ren, Fausto, Shay... e mais alguém.

Um rapaz tirou o capuz e revelou um rosto feio e cheio de cicatrizes.

— Você nos encontrou — disse Tally, baixinho.

Ele deu de ombros.

— Foi um pouco complicado depois que você escapou antes do planejado, mas calculei que viria ao lugar de sempre.

Tally virou para Aya e Frizz com um sorriso no rosto.

— Esse é David. Ele está aqui para resgatar a gente.

O LUGAR DE SEMPRE

David levara as pranchas voadoras, assim como a comida de verdade, produzida nas cidades. O ar foi tomado pelos sons de gente comendo e pelo cheiro de refeições instantâneas.

Aya e os demais se instalaram em um andar praticamente intacto na metade do arranha-céu Enferrujado. A equipe de operários mais próxima estava a cem metros acima do grupo, com o som das serras cortando o metal ao fundo, mas não havia chance de eles serem descobertos: o equipamento de resgate de David incluía muitos trajes de camuflagem. O modelo de Aya parecia tão macio no contato com a pele quanto pijamas de seda, embora as escamas da camada exterior fossem duras como aço. Todos estavam praticamente invisíveis do pescoço para baixo, com os corpos se confundindo com as paredes desmoronadas enquanto as cabeças flutuavam de maneira assustadora conforme comiam.

— David nos seguiu até aqui caso a gente não conseguisse escapar por conta própria — explicou Tally entre uma garfada e outra de MacaCurry.

Aya olhou para David. Ela se lembrava dele da aula sobre a libertação, obviamente. O nome era mencionado no famoso manifesto de Tally, em que ela declarava seu plano para salvar o mundo. Durante a Era da Perfeição, David tinha sido um dos Enfumaçados, um grupo que morava na floresta, lutava contra os Especiais do mal e ajudava os fugitivos das cidades. Então era natural que Tally o quisesse por perto agora que vivia no mato também, mas Aya não conseguia entender por que ele estava usando uma máscara de feio.

— Como se alguém conseguisse manter vocês três presos. Minha verdadeira missão era trazer equipamento extra e um carro voador — disse David.

— Teve algum problema para nos localizar? — perguntou Tally.

David balançou a cabeça.

— Nunca fiquei a mais de 50 quilômetros atrás de vocês. O plano teria funcionado perfeitamente se não tivessem decidido pular do carro. — Ele olhou para Frizz.

— Tudo bem, eu já expliquei a Honestidade Radical para eles — disse Hiro ao engolir o macarrão.

— Por que vocês da cidade *cismam* com cirurgias? — murmurou David.

— Mas como vocês se acharam? Pensei que a gente não pudesse mandar pings — perguntou Aya.

— Quando entrei na cidade, parecia que havia sinalizadores queimando no topo dessas ruínas. — David riu, olhando através da parede desmoronada para as fagulhas que caíam. — Achei que vocês estavam me chamando!

— Era assim que a gente entrava em contato com o David antigamente — explicou Shay.

— Depois que descobri o que eram as fagulhas, eu esperei aqui de qualquer forma. Só para o caso de vocês decidirem vir ao lugar de sempre.

— Você sempre soube como me achar — disse Tally com um sorriso amável.

Aya franziu a testa.

— Só não entendo uma coisa, David. Por que você está disfarçado?

— Como é que é?

— Por que você ainda está usando...? — Aya começou a falar. — Ah, isso não é plástico adaptável? Você é realmente um feio?

David revirou os olhos e Shay falou baixinho:

— David nunca fez nenhuma cirurgia. Mas eu não usaria a palavra "feio"... Tally pode comer você viva.

— Eu apenas imaginei que ele fosse um Cortador, mas com... — Ela começou, porém foi calada pelo olhar ameaçador de Tally.

Aya voltou a comer o MacaThai e desejou ter prestado mais atenção às aulas sobre a libertação.

David apontou para uma pequena antena parabólica no chão.

— Estamos prontos para chamar ajuda se você precisar, Tally. Aquela antena está em conexão com um satélite de comunicação e faz transmissões diretas como um laser. Ninguém vai ouvir nada.

Todos olharam para Tally, que parou com os pauzinhos a meio caminho da boca.

— Não quero nenhuma ajuda por enquanto. Ainda não sabemos qual a intenção das criaturas. E começo a pensar que a matéria do Destruidor de Cidades de Aya-la tenha sido um alarme falso.

Todos os olhares se voltaram para Aya, que estava com a boca cheia de macarrão. Ela engoliu devagar, torcendo para que Tally continuasse a falar. Parecia um milhão de vezes mais vergonhoso ter que explicar o erro por si própria.

— É, os impulsionadores de massa podem não ser armas — falou Aya finalmente.

— O que mais eles seriam? — perguntou Hiro.

— Uma maneira de frear as cidades ao livrar o mundo do metal e mandá-lo para cá. — disse Tally. — Sem metal barato não há expansão.

— Você está de brincadeira! Quer dizer que aquelas aberrações estão do *nosso* lado? — exclamou Shay.

— Faz sentido — disse Fausto. — Eles podem até mesmo se livrar do metal de maneira permanente. Basta lançá-lo em órbita. Os cilindros não *precisam* ter que descer.

Hiro soltou um suspiro de revolta.

— Você quer dizer que se enganou a respeito da matéria, Aya?

— *Eu* me enganei? Foram você e Ren que vieram com a ideia do Destruidor de Cidades!

— Porém, a matéria era *sua*, Aya! Nós só demos uma sugestão!

— Mas antes que vocês dois começassem a falar sobre velocidade de reentrada e TNT, eu só queria divulgar as Ardilosas surfando no trem magnético!

Frizz franziu a testa.

— Pensei que você tivesse dito que não ia divulgar isso...

— Vocês medíocres podem fazer *silêncio*? — disse Tally, subitamente com um tom de voz ameaçador. — Querem que aquelas criaturas lá em cima ouçam a gente?

Aya ficou calada e olhou com raiva para Hiro. Já era muito ruim ser culpada por todos os canais da cidade pela matéria estúpida; ela não precisava aturar as acusações do próprio irmão. Olhou para Frizz e torceu para que ele entendesse o que quisera dizer.

— Não se esqueça de que ainda não temos certeza de nada — disse Tally. — Eles podem estar construindo uma centena de impulsionadores de massa aqui, prontos para bombardear todas as cidades do mundo. Talvez a gente tenha que explodir alguma coisa, afinal de contas.

— Estamos quase na Linha do Equador — disse Fausto.

— O Equador? — Tally balançou a cabeça. — O que isso tem a ver com a situação?

— Quanto mais próximo da Linha do Equador, mais rápido a Terra gira e a força centrífuga aumenta. — Fausto fez um gesto de rotação sobre a cabeça. — É como um estilingue dos Pré-Enferrujados. Quanto mais comprido, mais velocidade imprime à pedra. Aqui é o melhor lugar para disparar algo em órbita.

— Então vai ver que *há* impulsionadores aqui! — Aya falou. Talvez sua matéria não fosse uma mentira completa...

— Não fique tão animada, Aya-chan. — Ren ficou de pé e foi até o maior buraco na parede. — Eu não vi nenhuma montanha nessa ilha.

— As mais próximas que notei estão a mais de 100 quilômetros ao norte — disse David.

— Se o impulsionador de massa for escavado ao nível do mar, o projétil é disparado de uma altura muito baixa — explicou Ren. — E em uma ilha tropical há o risco de inundação. Seria um pesadelo.

Aya suspirou. Aquela ilha não era o melhor lugar a partir do qual destruir o mundo. E a sensação de culpa a deixava mais triste com esse fato. Se ao menos as figuras inumanas estivessem tramando *algo* que ameaçasse o planeta ali...

— Então por que eles estão sucateando as ruínas? — Frizz parou para ouvir o eco das serras pela torre. — E por que estão com pressa? No carro voador, Udzir falou que nos soltaria logo.

— Quando ele falou isso? — perguntou Tally.

— Ah, acho que foi na hora em que falamos japonês.

— Obrigada por me informar! — Tally balançou a cabeça. — E eu aqui passando o dia como babá de vocês dois enquanto aquelas criaturas estão se preparando para fazer... alguma coisa!

Ela levantou e estalou os dedos para chamar a prancha voadora. Os outros Cortadores e David ficaram de pé.

— Ótimo, já não aguentava mais esperar — disse Shay.

Aya levantou.

— É, vamos lá obter algumas respostas.

Tally virou para ela.

— Aonde você pensa que vai?

— Ué, com você?

— Esqueça. Vocês quatro vão ficar aqui.

— Aqui? — reclamou Aya. Tinha uma matéria para refazer! — Mas e se vocês não voltarem? Ou se as criaturas acharem a gente?

— Nesses trajes de camuflagem eles nunca verão vocês. — David apontou para a antena parabólica. — E se não voltarmos até o anoitecer de amanhã, vocês podem chamar ajuda.

Tally subiu na prancha. A superfície vibrou um pouco e então desapareceu. Os quatro puxaram os capuzes e logo se tornaram meras ondulações no ar.

— Até mais tarde, medíocres! — A voz de Shay surgiu do nada.

As quatro silhuetas flutuaram e saíram em silêncio pelos buracos da parede quebrada.

— Espere, Tally-wa... — O grito de Aya foi sumindo.

— Eles já foram embora — disse Frizz ao colocar uma das mãos no ombro dela.

Aya afastou o gesto e foi até a parede desmoronada do arranha-céu para olhar a selva. O sol tinha se posto sobre as árvores e o aeroporto das criaturas acendeu no horizonte. As silhuetas dos armazéns e fábricas reluziam contra a escuridão da selva.

Todas as respostas estavam bem diante dela. Tudo o que precisava fazer era correr atrás.

Aya olhou para a própria mão, praticamente invisível na luva de camuflagem...

— Aya-chan, você está pensando em fazer alguma estupidez? — perguntou Hiro.

— Não. — Ela fez uma expressão de determinação. — Estou pensando que não me importo com o que Tally Youngblood diga. Essa ainda é a minha matéria.

SEGUNDA CHANCE

— Você é desmiolada — disse Hiro.

— Olhe lá fora. A base das criaturas não é tão distante assim. E nós temos trajes de camuflagem!

— Mas os Cortadores levaram todas as nossas pranchas — disse Ren. — A gente vai ter que *andar* até lá?

— Bem... — Aya franziu a testa e olhou para o chão. — Temos partes suficientes de aparato de aerobol para três de nós. Podemos nos mover bem rápido com isso.

— Você quer que a gente flutue pela selva à noite? — perguntou Frizz. — Já foi bastante complicado quando era possível enxergar!

Ren assentiu.

— Tem animais selvagens lá embaixo, Aya-chan. E cobras e aranhas venenosas.

Aya gemeu. Por que todo mundo de repente estava tão medroso?

— Você só está envergonhada por ter se enganado a respeito da matéria — disse Hiro.

— Não é por isso que estou... — Aya começou a falar e então olhou para Frizz. — OK, é uma *tremenda* vergonha, mas ainda existe uma matéria para ser feita e nós ainda somos divulgadores, certo?

— Na verdade, eu sou mais um fundador de grupo — murmurou Frizz.

— A importância da matéria não vem ao caso — disse Ren. — Nós nem ao menos temos uma... — Ele parou e olhou para Aya. — Hã, cadê a Moggle?

— É claro! — exclamou Aya. — A Moggle pode me rebocar em um aparato de aerobol, talvez até dois de nós. Assim, podemos voar pela floresta acima dos cipós e dos bichos venenosos.

— Mas ela continua lá naquela ruína — disse Frizz.

— Você perdeu a Moggle *de novo*? — gritou Hiro.

Aya balançou a cabeça.

— A Moggle não está perdida, OK? Só ficou esperando nessa ruína que encontramos. Precisamos mandar um ping.

— Essa é uma ideia idiota por duas razões — disse Hiro. — Primeiro, se mandarmos um ping, as criaturas vão descer e capturar a gente. Segundo, um ping não vai além de um quilômetro aqui na selva, sem a interface de uma cidade para repeti-lo.

— Ele tem razão, Aya — falou Ren, abrindo os braços. — Não há nada a fazer a não ser esperar pela Tally.

Aya suspirou e desmoronou no chão.

Se não conseguisse dar um jeito de refazer a matéria, ela seria lembrada para sempre como a feia que desperdiçara a maior notícia desde a libertação, uma divulgadora inútil que precisou de Tally Youngblood para descobrir a verdade por trás dos fatos.

O nome Aya Fuse seria eternamente um sinônimo para mentira.

Ela ergueu os olhos. Por algum motivo, Frizz estava murmurando baixinho com os dentes trincados.

— Você está bem?
— Não é nada... — Frizz fez uma careta. — Quer dizer, *praticamente* nada.

Aya reconheceu a expressão de dor e sorriu.

— Você tem uma ideia, não é?

Ele fez que sim com cabeça e mordeu o lábio.

— É perigosa demais!

— Vamos! Conta para mim! — implorou Aya.

— Transmissão linear! — disparou Frizz, indicando a antena parabólica que David deixara para trás. Ele esfregou as têmporas. — A gente só precisa apontar na direção certa.

Ren assentiu devagar.

— Como David disse, as criaturas não vão ouvir nada.

O sol tinha se posto e o horizonte estava pontilhado pelas luzes dos refletores e pela chuva de fagulhas. A primeira brisa fresca do dia soprou do oceano trazendo o cheiro de maresia.

— Aqui parece ser o lugar — falou Frizz ao apontar para a escuridão. — Duas torres em uma clareira, uma com o dobro da altura da outra.

— Mas as criaturas estão lá de novo. — Aya viu as fagulhas caindo da torre mais alta. — Elas não vão nos escutar?

Ren olhou para a antena parabólica.

— A transmissão só vai atingir uma pequena área e aqueles operários têm um prédio para desmantelar. Por que estariam tentando ouvir sinais aleatórios de rádio?

— Acho que você tem razão. — Aya mexeu os dedos freneticamente, brincando com os controles do traje de camuflagem. As escamas se alteraram e formaram a textura de um caule de árvore ao redor do corpo. O aparato de aerobol ficou completamente escondido debaixo do traje.

— Está vendo aquele guindaste? — Ren apontou para a máquina que saiu da ruína. — Se a Moggle seguir aquele cabo e fizer uma curva lá, chegará aqui em vinte minutos.

Aya concordou com a cabeça e lembrou o caminho tortuoso que Tally percorrera até ali. Embaixo do topo das árvores, a rede de cabos era invisível, porém, dessa altura, o movimento dos guindastes e carros voadores revelava o desenho da malha como se fosse um mapa reluzente estendido na escuridão.

— Vou ficar aqui e guiar a Moggle enquanto vocês esperam lá embaixo. — Ren apontou para uma pilha de entulho espalhada pela selva. — Abaixem os capuzes que vou mandar a Moggle procurar por um par de cabeças brilhando na visão infravermelha.

— Nós somos três — disse Hiro.

Aya virou para encará-lo.

— Foi mal, Hiro, mas a Moggle não consegue rebocar três pessoas.

— Você se esquece que sei voar com um aparato de aerobol. Não *preciso* ser rebocado. — Hiro flutuou e deu uma pirueta no ar para provar. — E não vou deixar minha irmã caçula me passar para trás duas vezes na mesma semana.

Ela sorriu.

— Fico contente que esteja comigo, Hiro.

Ren levou a antena parabólica até a parede de fora, ajoelhou-se e a apoiou sobre uma pilha de entulho. Ele virou com cuidado o disco metálico para a ruína distante.

Luzes brilharam nos controles, mas Ren manteve o olhar no horizonte, ajustando a antena aos poucos, vasculhando a escuridão com o facho invisível.

Longos instantes se passaram assim, com os dedos de Ren movendo o disco tão devagar quanto o ponteiro dos minutos. Não havia som na sala a não ser o barulho das serras metálicas acima.

— Ainda não acredito que a gente se enganou a respeito da matéria — murmurou Hiro.

Aya sorriu.

— Obrigada por dizer *a gente*, Hiro, mas você tinha razão. Foi minha culpa.

— Você está com sorte de ter uma segunda chance — resmungou ele.

— Talvez...

— Não, com certeza — disse Ren ao olhar para os controles piscando. — Finalmente consegui uma resposta!

— A Moggle está bem? — perguntou Aya.

— Parece que sim daqui. Até as baterias estão recarregadas. Ela deve ter encontrado um lugar ao sol!

Quando Aya se deu conta, estava sorrindo. Ela possuía uma câmera flutuante outra vez.

— Vamos andando — falou Hiro. Ele flutuou até um buraco no chão e sumiu de vista ao mergulhar. Frizz o seguiu, tomando impulso para baixo com as mãos.

Antes de pular, Aya virou para Ren.

— Você vai ficar bem aqui, sozinho?

— Claro, só não me deixem aqui por muito tempo. — Ele deu um tapinha na antena parabólica. — Se ninguém voltar em 24 horas, eu vou divulgar isso para o mundo todo.

VOO NOTURNO

Eles desceram pelo esqueleto de ferro da torre e passaram na escuridão pelos pisos destruídos, como se fossem mergulhadores explorando um antigo navio afundado. O barulho das serras desapareceu lá em cima enquanto as trevas cresciam ao redor de Aya.

Com Moggle a caminho, ela finalmente poderia compensar aqueles momentos em que estivera sem uma câmera ao voar sobre a floresta. Não que imagens da natureza tornassem alguém famoso, pelo contrário. Como Miki dissera, o princípio da fama era ser óbvio e a selva escondia muita coisa.

Mas Aya queria registrar seu esplendor discreto mesmo assim.

— Por *aqui*? — perguntou Hiro quando ela pousou no térreo, apontando para a pilha de aço e entulho.

— Sim, mas espere um minuto, um guindaste está descendo.

Eles ficaram nas sombras e observaram até que o guindaste magnético soltasse a carga de ferro-velho. O metal rangeu e dobrou, pulverizando o concreto enquanto o novo entulho se ajustava sobre a pilha.

— OK, vamos rápido antes que outro venha — falou Frizz.

Hiro tinha disparado pelo labirinto tortuoso sem olhar para trás. Aya jurou aprender a usar direito um aparato de aerobol algum dia. Flutuar em gravidade zero era mais veloz do que se arrastar, porém ainda era muito devagar quando pilhas de aço estavam sendo jogadas ao redor.

Avançar pelo entulho pareceu levar uma eternidade. Enquanto as torres ficavam para trás, cabos soltos pendurados nas vigas agarravam Aya na escuridão. Apenas a blindagem do traje de camuflagem a protegeu de vários cortes que podiam transmitir tétano. E era inevitável imaginar que surgiria outro guindaste acima, trazendo uma massa gigante de ferro-velho para esmagá-los.

A selva finalmente foi ficando mais próxima. Os cipós se misturavam ao emaranhado de metal ao redor de Aya e o zumbido dos insetos abafava o barulho distante das serras. Ela mal conseguia enxergar, mas o grito baixinho dos pássaros a guiou até o limite da pilha.

— Uau, é completamente diferente à noite. — A voz de Frizz surgiu das trevas.

Era verdade — a selva tinha se transformado. O calor opressor passou e uma centena de sons indefinidos ecoava pela escuridão. O ar estava carregado pelo intenso perfume de plantas noturnas. Sombras vistas de relance passavam pelas estrelas.

— Tirem os capuzes. A Moggle está esperando localizar nós três na visão infravermelha — falou Hiro.

Aya puxou o capuz e imediatamente atraiu um enxame de insetos. A nuvem era tão espessa que o primeiro fôlego que tomou com o susto atraiu vários deles para sua boca. Ela cuspiu.

— Esses mosquitos estão me tirando do sério!

O som de um tapa veio da direção de Frizz.

— Temos que tomar remédios contra a malária quando voltarmos para casa.

— O que é malária? — perguntou Aya.

— Uma doença transmitida pela picada de um tipo de mosquito.

— Argh! Não tem nada nessa selva que *não* passe uma doença?

— Ei, Frizz. — A voz de Hiro chamou da escuridão. — Como é que você sabe dessas coisas, afinal?

— Quando eu estudei sobre cirurgias cerebrais, fiz algumas aulas de medicina. Talvez eu me torne um médico assim que a Honestidade Radical ficar velha.

— Ela *já* é velha — falou Hiro.

— Um médico? — Aya espantou um zumbido perto da orelha. — Eu não sabia disso.

Frizz riu.

— Mesmo com a Honestidade Radical, tem um monte de coisas que você não sabe sobre mim.

— Esperem um pouco! Vocês ouviram isso? — sussurrou Hiro.

Eles ficaram calados e um som surgiu entre o zumbido da selva. Algo hesitante e cauteloso que avançava pelos cipós e fazia ranger os galhos acima deles.

Aos poucos foi chegando mais perto.

— Hã... olá? — chamou Aya baixinho.

Um reflexo da luz das estrelas surgiu entre o emaranhado de cipós. Ela reconheceu as lentes balançando alegremente no ar.

— Ei, para variar eu ainda consigo enxergar! — disse Aya, sentindo um sorriso surgir no rosto.

Ela finalmente possuía uma câmera flutuante outra vez.

Eles voaram tão rápido que nem os mosquitos conseguiram alcançá-los.

Aya passou um braço por Moggle e outro bem apertado por Frizz. A câmera flutuante os rebocou pelo topo do arvoredo enquanto seguia a rede de cabos até a base das criaturas. Hiro voou junto e ficava visível apenas nos breves momentos em que o traje de camuflagem tapava as estrelas no céu.

Suspensa sobre o mar escuro de selva, com o vento incessante percorrendo o corpo, Aya sentiu que a jornada era quase como surfar um trem magnético. Mas isso era melhor do que qualquer trem porque as correntes magnéticas eram invisíveis e silenciosas, então, ela podia ouvir os sons dos pássaros, morcegos e criaturas desconhecidas passando em ambos os lados.

Aya imaginou onde as Ardilosas estariam agora. Provavelmente ainda escondidas, esperando que a fama indesejada passasse. Sentia falta delas e, de um jeito curioso, Tally Youngblood lembrava o jeito de Lai — ou seja lá qual fosse seu nome agora. Lai estava em guerra com a reputação e os méritos; Tally lutava contra a programação Especial em sua cabeça. As duas queriam desaparecer, mas continuavam fazendo coisas que as tornariam famosas.

E ambas eram praticamente desequilibradas. Aya se lembrou do olhar assassino que recebera ao chamar David de feio. Do que mais deveria chamá-lo? De lindo?

Será que Tally *gostava* dele? Mas ela disse que não beijava ninguém desde...

— Aya? — A voz de Hiro surgiu do lado. — Estamos chegando.

Aya vasculhou o horizonte escuro e viu carros voadores e guindastes em todas as direções com os faróis e refletores convergindo para a base das criaturas.

Hiro surgiu momentaneamente no campo de visão e acenou com a mão escura como o céu para que eles se abaixassem na cobertura das árvores.

Todos desceram, Moggle foi diminuindo a velocidade, e a escuridão da floresta os envolveu. Aya fechou bem o capuz quando pararam, para que não entrasse nenhum inseto.

— Está vendo aquele guindaste? — perguntou Hiro.

Atrás deles, um guindaste se aproximava carregado de ferro-velho. A selva gemia e rangia ao reclamar da pressão exercida pelas toneladas de metal sobre os cabos espalhados pelo arvoredo. Gritos inquietos e asas batendo agitaram o ar úmido e perfumado.

— É bem difícil não ver — disse Aya. Nuvens de insetos dançavam ao redor dos refletores e ela se perguntou se a pintura de Moggle a deixaria tão invisível quanto os trajes de camuflagem. — Talvez seja melhor a gente descer mais.

— Não, a gente tem que segui-lo ao entrar — falou Hiro.

— Segui-lo?

— Seja lá qual for o plano das criaturas, ele envolve metal, certo? Vamos ver para onde estão levando aquele ferro-velho.

Aya observou a aproximação constante da máquina. Havia enormes vigas nas mandíbulas junto com fios e canos — eram as entranhas de metal dos prédios dos Enferrujados. Parecia uma imensa fera terminando uma refeição.

— OK, mas mesmo com a camuflagem, temos que ter cuidado — disse Frizz.

— Sem problemas — devolveu Hiro. — Viu como os faróis percorrem toda a borda e apontam para fora? Se flutuarmos debaixo do guindaste, ficaremos bem no meio deles.

Aya assentiu.

— E as luzes vão atrapalhar a visão de qualquer um que olhe para nós lá em cima.

Com as sombras se mexendo pela selva, Aya se aproximou da árvore ao lado e sentiu o traje de camuflagem imitar o caule áspero. Os cabos cederam ao redor, os galhos entortaram e rangeram, e o aparato de aerobol tremeu diante das correntes magnéticas.

Quando as mandíbulas do guindaste passaram por cima deles, Aya ficou com a garganta apertada. Enquanto o pó de concreto caía, ela teve que se convencer de que as criaturas não jogariam o ferro-velho de qualquer maneira na selva.

Pelo menos era o que ela esperava.

Finalmente o conjunto de faróis ficou diretamente acima deles.

— Agora! — disse Hiro ao disparar para cima.

Aya agarrou Moggle.

— Vamos, Frizz!

A câmera flutuante puxou os dois para o alto e Aya perdeu a visão por um momento. Mas logo ela e Frizz chegaram à escuridão da parte inferior do guindaste. Os faróis apontavam para fora em todas as direções, zumbiam com energia e faziam o ar fresco da noite tremer com o calor.

— Bela vista, hein? — falou Hiro.

Aya olhou para a selva reluzente embaixo deles.

Vários pássaros fugiam diante da aproximação dos sustentadores, enquanto nuvens de insetos seguiam seu avanço com as asas brilhando em tons de azul e laranja, e animais noturnos observavam assustados com olhos atentos a estranha máquina que voava acima.

— Espero que esteja gravando, Moggle — sussurrou Aya.

— Lá está a base — disse Frizz.

Havia uma linha reluzente no horizonte à frente deles. A base das figuras inumanas estava a poucos quilômetros de distância agora.

PRODUÇÃO EM MASSA

A selva ficou para trás, como se terminasse em uma linha perfeita. De repente, a malha magnética chegou ao fim.

Os cabos não eram mais necessários porque havia enormes pedaços de aço fincados no chão de terra batida. De poucos em poucos metros, vigas de metal haviam sido enfiadas até a metade no solo como velas tortas de um bolo de aniversário sem fim.

— Olha só para essa malha magnética. Isso é que é ter metal sobrando! — falou Frizz.

— É tão tosca. Essas vigas ainda estão enferrujadas, como se tivessem sido arrancadas agora mesmo das ruínas — disse Hiro.

Aya franziu a testa. Até então eles não tinham visto nenhum caminho ou trilha magnética, apenas fossas de drenagem com a água da tempestade pela metade daquela manhã.

— Esse lugar inteiro dá a impressão de que eles chegaram aqui há poucos dias.

— Ou que estão prestes a sair — falou Hiro.

— Shh! — Frizz apontou para baixo.

Uma figura inumana se moveu lá embaixo pegando impulso de uma viga até outra, como um pássaro pairando entre galhos.

— Ela deve ser nova — sussurrou Hiro. — Viu como tem que pegar impulso para se mover? Não é uma boa técnica de aerobol. Ela deve ter ajustado para gravidade zero, como vocês dois.

— Não sei — disse Aya, que achou o voo da mulher gracioso como um movimento de coreografia bem ensaiado. — Eu vi um bando de aberrações do alto do carro voador e todos se movimentavam dessa forma.

Hiro falou com desdém.

— Para que usar aparatos de aerobol se a pessoa não vai operar da maneira correta?

— Boa pergunta — disse Frizz, baixinho.

O guindaste foi embora e seguiu por uma fileira de edifícios baixos, todos idênticos à exceção dos telhados pintados com padrão de camuflagem.

Aya sentiu um calor emanando dos prédios e percebeu que os telhados ondulavam e sacudiam como velas.

— São apenas grandes tendas — sussurrou Frizz.

— Então esse lugar é realmente temporário. Não é uma cidade de forma alguma — disse Hiro.

O guindaste parou com as mandíbulas exatamente em cima de uma enorme pilha de ferro-velho. Robôs carregadores entravam e saiam, levando embora vigas individuais e cabos emaranhados.

Diante de algum tipo de sinal inaudível, todos os robôs carregadores se afastaram.

— Olhem lá embaixo — falou Frizz.

As mandíbulas do guindaste se abriram e a massa de ferro-velho caiu sobre a pilha. Metal bateu contra metal, produzindo um som furioso, e a massa reluziu sob os refletores enquanto se dobrava e assentava. O guindaste começou a girar sobre a cabeça deles e apontou de volta para a floresta.

— É aqui que a gente desce. Viu alguém por perto? — perguntou Aya.

— Qualquer operação tão perigosa assim provavelmente é automatizada — falou Hiro. — Além disso, estamos usando trajes de camuflagem. Apenas calibrem os aparatos um pouco acima da gravidade zero para que fiquem mais perto do chão.

Ele caiu. A silhueta ficou aparente sob os faróis.

— Hiro, cuidado! — sussurrou Frizz.

Aya calibrou o aparato.

— Vamos, Moggle.

Ela tomou impulso no fundo do guindaste e flutuou até pousar suavemente ao lado da pilha. Os três ficaram agachados ali, os trajes se misturaram ao emaranhado de ferro-velho enquanto o guindaste voltava para a selva. A luz dos faróis foi embora e os deixou na escuridão.

— Viu? Não há refletores aqui. É tudo automático — disse Hiro.

Ele começou a flutuar em direção aos prédios da fábrica.

— Hiro! — chamou Aya. — Os pequeninos estão voltando!

Os robôs carregadores que eles tinham visto de cima vieram de todas as direções para a pilha de ferro-velho. Pareciam com mãos gigantes que flutuavam e cada dedo de metal era tão comprido quanto Aya.

Um estava indo diretamente para Hiro com os dedos abertos.

Ele disparou para cima e o robô ficou flutuando logo abaixo, ainda apontando para a pilha.

— Ei, olhem, eles não podem me ver!

Hiro deu algumas piruetas no ar e a camuflagem virou um redemoinho flutuante enquanto outro robô passou por baixo.

Frizz riu.

— Os robôs só devem ter visão infravermelha. Estamos completamente invisíveis!

Aya franziu a testa. Invisível ou não, Hiro estava curtindo demais aquelas roupas. As tendas enormes não ficavam muito longe e eles já tinham visto uma criatura ali fora no escuro.

Outro robô carregador flutuou ao lado de Aya e a ignorou ao apontar para a pilha. Moggle pulou de suas mãos, mas o robô estava muito concentrado para notá-la e mexeu no emaranhado até que os enormes dedos encontraram uma viga. Eles se fecharam ao redor do metal e puxaram, arrastando um nó de cabos que quase derrubou Aya.

— Ei, cuidado! — disse ela. O robô a ignorou e levou a viga em direção às tendas baixas.

— Vamos. — Frizz puxou Aya e quicou ao dar um passo quase em gravidade zero. — Esses troços podem voar na sua direção e nem notar.

Aya concordou com a cabeça.

— Acho que ser invisível é meio perigoso.

Eles deram outro longo pulo até a borda da tenda mais próxima, onde Hiro e Moggle olhavam pelo vão entre a lona e a terra.

A tenda cobria um poço bem-iluminado, com aproximadamente 10 metros de profundidade. Havia vigas enferrujadas por toda parte reluzindo sob os refletores. Uma criatura usando máscara de respiração flutuava e borrifava do alto uma espécie de gosma sobre uma pilha de ferro-

-velho. Parecia a espuma de um extintor de incêndio, só que era prateada e fervilhava.

A gosma começou a borbulhar e o metal passou a se contorcer. Pedaços de concreto e ferrugem foram cuspidos, nuvens de pó encheram o ar.

— Ei, Aya, lembra daquela matéria chata que você divulgou sobre reciclagem há um ano? — sussurrou Hiro.

— Sim. — O nariz de Aya captou um cheiro parecido com o de chuva prestes a cair. — Devem ser nanoestruturas, são parecidas com matéria inteligente, mas não tão inteligentes. Com elas é possível purificar aço antigo ou criar ligas mais fortes.

— Nanoestruturas podem devorar prédios inteiros se não houver cuidado. É por isso que estão trabalhando em um poço, caso percam o controle — disse Hiro.

— Então as aberrações podem usar as nanoestruturas como armas, certo?

Hiro falou com desdém.

— Se é isso que você quer ouvir.

— Só estou dizendo que o que eles estão fazendo lá embaixo não é exatamente sushi. Espero que esteja gravando, Moggle.

A criatura nadou pelo ar até uma viga enferrujada que um robô carregador tinha acabado de trazer e a borrifou com a nanoestrutura prateada. Outra onda de calor emanou da tenda.

O robô se afastou da massa de metal retorcido e foi em direção à outra pilha de ferro-velho que já havia sido tratada. As nanoestruturas borbulhantes estavam se dissipando e deixaram um pedaço reluzente de aço. O robô fechou os dedos enormes em volta do metal e o retirou da tenda.

— Vamos ver o que acontece a seguir — disse Hiro.

* * *

Debaixo da próxima tenda havia outro poço com uma pilha de aço purificado em uma ponta e, na outra, uma dúzia de objetos curvos, feitos de cabos finos e entrecruzados como esqueletos de arame.

— Nanoformas — disse Hiro.

— Você falou sobre elas na sua matéria sobre os buracos na parede, certo? — disse Aya, assentindo.

— Sim, mas eu divulguei aquilo há anos. — Hiro fez uma pausa. Eles observaram o robô carregador levar o pedaço de metal pelo poço. Outra criatura flutuante acompanhou o trajeto fazendo gestos com os dedos.

— Isso parece divertido — falou Aya ao olhar sobre o ombro para ter certeza de que Moggle estava gravando. — Viu como aquele robô segue todos os movimentos da própria mão?

A nanoforma ficou branca de tanto brilhar. Tinha aproximadamente 15 metros de comprimento e curvas como o casco de um barco.

— Os buracos na parede são compostos por nanoformas — explicou Hiro.

— Hum, isso sempre me deixou curioso — falou Frizz.

O pedaço de metal dentro da nanoforma começou a ficar vermelho. As bordas amoleceram como um cubo de gelo derretendo. Saiu uma onda de calor de dentro da tenda.

Aya apertou os olhos, que ardiam. A impressão era a mesma de estar próxima demais a uma fogueira.

— Uau, por que a minha parede nunca fica quente assim?! — exclamou Frizz.

— Porque você nunca fez algo tão grande assim — disse Hiro.

Agora o metal fluía pela nanoforma como um líquido viscoso enquanto adquiria seu formato, enchendo os espaços entre os cabos como a pele recobrindo um esqueleto. Quando se espalhou por toda a nanoforma, o aço começou a esfriar e voltou a se solidificar. A criatura já estava guiando o robô carregador para colocar outro pedaço de metal dentro da próxima nanoforma.

— Fica então a questão: o que todos esses objetos formam quando são reunidos? — perguntou Frizz.

Aya olhou para as peças. Todas tinham leves curvas, mas ela não conseguia entender como se juntariam.

— Parecem com cascos de barcos.

— Ah, a canoa de puro aço que está tão em moda... — disse Hiro com desdém.

— Eu disse que *parecem* com barcos.

— Não adianta ficar adivinhando. Vamos andando até chegarmos ao fim — disse Frizz.

A próxima tenda era muito maior, tão larga quanto um campo de futebol.

O poço embaixo tinha pelo menos 40 metros de profundidade e era cheio de peças de metal já finalizadas e um emaranhado de circuitos. Várias criaturas flutuavam no interior, cada uma manipulando um par de robôs carregadores em formato de mão. O metal quente batendo e se fundindo enchia o ar de rangidos e borbulhas.

Enquanto avançava de mansinho pela tenda, Aya viu como o sistema funcionava. Cada figura inumana acrescentava uma nova peça e então passava adiante, mal parando entre um trabalho e outro.

— Uma linha de montagem como uma velha fábrica Enferrujada — falou Frizz.

— Só que muito maior graças àquelas mãos robóticas — disse Hiro.

Aya assentiu ao lembrar o termo Enferrujado para esse sistema: produção em massa. Em vez de criar coisas apenas quando as pessoas precisavam, como fazem os buracos na parede, as fábricas dos Enferrujados produziam enormes quantidades de *produtos*. O mundo inteiro competia para esgotar os recursos o mais rápido possível.

Os primeiros cem anos de produção em massa criaram mais bugigangas e brinquedos que todos os séculos da História, mas também cobriram o planeta com lixo e esgotaram seus recursos. Para piorar, a produção em massa era a maior forma de transformar as pessoas em extras. Elas ficavam o dia inteiro realizando a mesma tarefa a toda hora, cada trabalhador era uma parte minúscula da máquina. Anônimo e invisível.

Ao se aproximarem do fim da tenda, finalmente ficou evidente o formato das peças produzidas ali. Havia uma delas naquele lugar, quase da mesma altura da profundidade do poço, com laterais curvas que eram mais grossas no meio. A peça era lisa e aerodinâmica, a parte de cima terminava em uma ponta aguda. Tinha protuberâncias para controlar o voo nas laterais, como as barbatanas de um tubarão.

Aya também se lembrou de uma aula de História que ninguém poderia esquecer e se deu conta de que o plano das criaturas não precisava mesmo de impulsionadores de massa, matéria inteligente ou qualquer coisa mais avançada do que a velha tecnologia dos Enferrujados.

A coisa terrível diante dela era um míssil — um tradicional Destruidor de Cidades, pura e simplesmente.

E de poucos em poucos minutos, outro míssil saía da linha de montagem.

MÍSSIL

— Viu, eu estava certa mesmo — murmurou Aya.

Hiro concordou devagar com a cabeça.

— Mas eu queria que não estivesse.

— Porém, isso aqui não faz nenhum sentido — disse Frizz. — Por que construir todos aqueles impulsionadores de massa e aí então usar mísseis tradicionais?

— Talvez deixar cair cilindros de aço do céu não fosse maligno o bastante para eles — disse Hiro. — Imagine tudo o que os velhos mísseis Enferrujados levavam: nanoestruturas, microrganismos de guerra biológica, até mesmo bombas nucleares.

Aya engoliu em seco.

— Então, a questão não é esgotar as reservas de metal ou mesmo destruir algumas cidades. É...

— Matar todo mundo — concluiu Hiro.

— Assim eles tiram metal de ruínas do mundo inteiro, disparam até aqui e lançam de novo contra nós? — Frizz fez que não com a cabeça. — Isso não é um pouco complicado?

— Você ouviu o que o Fausto disse. O Equador é o melhor ponto de lançamento — falou Hiro.

Aya concordou com a cabeça e sentiu uma onda de alívio misturado com culpa. A matéria era verdadeira, só que ela fora muito otimista. Bombas nucleares, nanoestruturas, microrganismos — seja lá o que for que os mísseis levassem, seria cem vezes pior do que metal caindo do céu.

— Mas bastou apenas um único míssil Enferrujado para destruir uma cidade inteira. Por que estão fabricando tantos? — perguntou Frizz.

— A humanidade sobreviveu à praga do petróleo — disse Aya, tremendo. — Talvez eles queiram ter certeza de que vão matar todo mundo dessa vez.

— Temos que avisar a Tally — disse Hiro.

— Como? — perguntou Aya. — Ela provavelmente está a mais de um quilômetro de distância. E as aberrações vão nos pegar se apenas tentarmos mandar um ping.

— Então temos que voltar para a ruína e usar aquele transmissor para divulgar a existência desse lugar para o mundo inteiro.

— Mas Tally disse para esperar!

— Ela pensou que as criaturas pudessem estar do seu lado, mas pelo visto não estão do lado de *ninguém* — disse Hiro.

Frizz balançou a cabeça.

— Mas e se nós estivermos errados? Você quer cometer o mesmo erro duas vezes, Aya?

Frizz e Hiro a encaravam como se ela fosse responsável pela segurança do mundo inteiro. Mas Aya ainda achava que a matéria era dela. Certa ou errada, a história se lembraria de Aya Fuse como a pessoa que a divulgara.

Ela suspirou.

— OK, antes que a gente faça alguma coisa, vamos ter certeza absoluta. Precisamos ver mais de perto.

No fundo do poço, havia três robôs carregadores próximos ao míssil recém-construído. Esticando os dedos de metal, eles o viraram de lado com cuidado e levaram para fora da fábrica.

Aya vasculhou a escuridão, mas não viu nada além das silhuetas distorcidas das vigas saindo do chão.

— Não tem ninguém por perto.

— Esses robôs devem ser automatizados — disse Hiro ao apontar com um dedo da mão negra. — Olha para onde eles estão indo.

Havia um prédio mais alto ao longe. Muito mais sólido do que a escuridão, ele estava encoberto nas trevas.

Hiro flutuou à frente, enquanto Aya e Frizz agarraram Moggle. A câmera flutuante os rebocou rente ao solo através das vigas.

— É meio estranho que a gente tenha visto tão pouca gente — observou Frizz.

— Acho que é por causa dos mosquitos. Se nós não estivéssemos com esses trajes, já teríamos sido devorados.

— Talvez, mas você não acha que quem planeja destruir o mundo com bombas nucleares não usaria repelente?

Aya se lembrou do que vira dentro do carro voador — várias criaturas enfrentando o vento e a chuva ao navegarem pelas vigas. Mas nessa noite tranquila não havia ninguém do lado de fora. Será que estavam todos ocupados fabricando armas?

Enquanto se aproximavam do prédio na escuridão, os robôs carregadores colocaram o míssil em pé de novo, devagar. Duas portas enormes se abriram e revelaram um imenso espaço no interior. A luz laranja dos refletores vazou pelo chão de terra batida.

Os robôs levaram o míssil para o interior.

Os três flutuaram até a borda da imensa passagem e olharam para dentro do prédio.

— Nada além de um bando de peças. Sem gente até onde eu vejo — disse Hiro, baixinho.

As portas começaram a se fechar.

— O que faremos? — perguntou Frizz.

— Temos que ver esse troço mais de perto — disse Aya. Ela se esgueirou pela porta que se fechava devagar, seguida por Frizz e Hiro. Eles entraram momentos antes das portas baterem com um estrondo que ecoou pelo prédio.

— Que beleza. Ficamos presos agora — sussurrou Frizz.

O míssil estava diante deles ainda sendo segurado pelos três robôs carregadores.

Dezenas de pequenas plataformas flutuavam no ar como robôs garçons em uma festa, só que imóveis. Em cima delas havia instrumentos, ferramentas, peças eletrônicas e objetos completamente misteriosos aos olhos de Aya.

— Filme isso — disse ela para Moggle.

— Esse deve ser o próximo passo na linha de montagem, onde eles fazem todo o trabalho delicado à mão — falou Hiro.

— Então onde estão as criaturas? Não vimos nenhuma desde a última tenda — perguntou Frizz.

— Acho isso meio preocupante.

O som de um assobio encheu a sala.

Frizz assentiu.

— Totalmente preocupante.

Aya olhou para cima. Flocos parecidos com neve caíam do céu, só que brilhantes. Perto do teto flutuava um enxame de pequenos robôs que borrifava nuvens brancas e reluzentes.

Ela pegou um dos flocos e o viu derreter na palma da mão. Com a luva do traje de camuflagem, não foi possível dizer ser era quente ou frio.

— Talvez seja uma espécie de espuma contra incêndio — sugeriu Hiro.

Aya franziu a testa.

— Mas não há nada pegando fogo.

— Talvez eles se preocupem *demais* com a segurança — sussurrou Hiro.

— Não acho que a questão seja segurança. Olhe para nós! — disse Frizz.

Aya virou para Frizz e ficou de olhos arregalados. Pontos brilhantes tinham surgido por todo o traje de camuflagem. Ela viu outro floco cair no ombro dele, derreter e deixar uma suave marca branca. Seus próprios braços estavam cobertos por flocos luminosos.

— Vocês dois estão completamente visíveis. — Hiro olhou para si mesmo. — Eu também!

Frizz balançou a cabeça.

— Eles sabem que estamos usando trajes de camuflagem!

— Isso quer dizer que sabem onde estamos... — A voz de Aya sumiu. Os três robôs carregadores se afastaram do míssil, viraram ao mesmo tempo e se aproximaram flutuando pelo ar.

Os dedos enormes se abriram...

MÃOS

— Moggle, eu preciso de você! — gritou Aya.

Hiro já tinha voado para o teto. Um dos robôs virou para segui-lo, enquanto os outros dois foram em direção de Aya e Frizz.

— Pule! — Frizz agarrou a mão dela e tomou impulso com força contra o chão.

Eles dispararam pelo ar, rodopiando freneticamente um ao redor do outro como um par de aerobolas amarradas. Os flocos giravam em volta dos dois como uma nevasca brilhante.

— Solte... *agora*! — gritou Frizz.

Ele soltou a mão de Aya e os dois voaram em direções opostas. Os robôs carregadores passaram entre eles, porém erraram por poucos centímetros.

Rodopiando de ponta-cabeça, Aya viu um trecho da parede vindo em sua direção. Ela dobrou os joelhos e chutou com os dois pés, com o máximo de força. O metal retumbou e tremeu com o impacto quando Aya quicou para longe.

— Moggle, aqui! — berrou Aya de novo.

A câmera flutuante ziguezagueou pelo ar embaixo dela com a pintura preta pontilhada de branco. Voou sem saber para onde ir como se os flocos brilhantes tivessem afetado sua visão.

— Por aqui! Siga a minha voz!

Um robô carregador foi na direção de Aya com os dedos abertos e esticados para ela...

Moggle acertou Aya como um soco no estômago e a tirou do alcance do robô.

Ela gemeu e se contorceu. Seus braços agarraram a câmera e seus dedos tentaram achar apoio nas laterais lisas. A mão gigante virou para segui-la, mas o robô era lento, pois fora projetado para carregar peso, não para perseguir pessoas.

— Suba! Depressa!

A câmera flutuante obedeceu e subiu em direção ao telhado. Os dedos dos robôs se fecharam debaixo dos pés dependurados de Aya.

Hiro mergulhou com as mãos unidas e passou por ela ao descer. A camuflagem estava coberta pela neve branca, era uma constelação cintilante no formato de Hiro. Outro robô o seguia de perto, deixando um rastro de redemoinhos de neve brilhante.

— Frizz? — chamou Aya, procurando por ele, que dava saltos pelo ar enquanto uma mão gigante estava a poucos metros atrás.

— Por ali, Moggle! — gritou. A câmera tremeu em seus braços e virou para qualquer lado, quase saindo de suas mãos, e então rumou em linha reta para o telhado. — Não, *não para cima*!

Aya ouviu Frizz gritar lá embaixo e olhou. Ele quicou em uma parede e foi em direção aos dedos de um robô. A mão se fechou ao redor enquanto Frizz se debatia.

— Hiro! Você tem que ajudar Frizz!

— Não posso! — gritou ele de volta, agitando braços e pernas freneticamente. — Tem algo de errado com meu aparato!

— Desça, Moggle! — Aya soltou um berro frustrado. — Agora!

A câmera finalmente obedeceu e deu um mergulho repentino. Os pés de Aya sacudiam atrás dela e um tornozelo bateu contra a palma de metal do robô que a perseguia, a dor a fez ver estrelas. Quando conseguiu enxergar de novo, Moggle ainda continuava mergulhando em direção ao chão.

— Não tão rápido!

Mas, de repente, a câmera se tornou um peso morto de metal. Moggle perdeu a energia completamente e arrastou Aya como uma âncora para o chão duro e sujo.

— Moggle! Acorda!

Não houve resposta e Aya a soltou, tentando girar o corpo para abaixar os pés e tomar impulso para pular outra vez. No entanto, de alguma forma, ela não estava mais com gravidade zero. O aparato de aerobol encontrava-se tão inerte quanto Moggle.

Aya continuou a descer cada vez mais depressa. O chão levantou como um imenso punho e um estrondo percorreu seu corpo.

E, por um longo instante, Aya nadou em um mar de escuridão...

UM VELHO AMIGO

Algo grande e duro espremeu Aya e comprimiu seus pulmões. Ela se deu conta de que era o chão. Estava deitada sobre a terra batida, com a gravidade restaurada, e cada respiração doía como se tivesse uma faca entre as costelas.

— Aya?

Ela abriu os olhos e se virou, sentindo dor. Havia um rosto sem expressão olhando para Aya, sem nada além de silhuetas cinzentas onde deveriam estar uma boca e olhos, salpicado de pontos brancos brilhantes... uma máscara de traje de camuflagem.

— Frizz? — disse, ofegante. Descobriu que falar também doía. — O que aconteceu?

— Parece que pegaram a gente.

— Ah, é. — Aya se lembrou dos últimos minutos enquanto tremia ao respirar. Catalogou todos os pontos que doíam: costelas, ombros, tornozelo esquerdo. Sentiu o traje de camuflagem formar texturas aleatórias, estava danificado pela queda. Mas a blindagem provavelmente a salvou de ferimentos mais graves. — Vocês dois estão bem?

— Sim, mas a sua queda foi bastante feia — disse Hiro. Ela gemeu.

— Não me diga. Acho que tem algo errado com a Moggle.

Frizz assentiu.

— O traje de Hiro também parou de funcionar.

— Sua câmera flutuante não foi danificada — disse uma voz estranha em inglês.

Aya ficou de pé e procurou quem tinha falado.

Mas não havia ninguém ali a não ser Frizz e Hiro.

Visto do piso do enorme prédio iluminado por uma luz laranja, o míssil inacabado parecia um arranha-céu. Os três robôs carregadores estavam caídos no chão de terra ao redor deles, com os dedos gigantes para cima, como as patas de aranhas mortas.

A neve brilhante parara de cair, mas o solo apresentava um brilho tênue, assim como os trajes de Frizz e Hiro, e os próprios braços e pernas de Aya. Tinham deixado de ser invisíveis e brilhavam como vaga-lumes.

— As criaturas interferiram com o magnetismo — sussurrou Hiro. — Não estamos mais com gravidade zero.

— Já percebi. — Depois de um dia inteiro flutuando com o aparato de aerobol, Aya sentiu como se pesasse uma tonelada.

— Pedimos desculpas pelos ferimentos, mas sabemos o quão perigosos vocês podem ser — disse a voz estranha de novo.

Aya ficou surpresa ao descobrir que a fonte das palavras estava bem ali no chão, a menos de um metro de distância.

— Moggle? — disse baixinho.

— Perdoe-nos pelas modificações em sua câmera flutuante — disse Moggle com a voz esquisita e inesperada. — Nós a encontramos danificada na selva. Enquanto efetuamos os reparos, instalamos esse chip de voz.

Aya gemeu ao se lembrar da reunião com Moggle perto das ruínas. Pela primeira vez ela não tinha piscado os faróis noturnos, o que não era nada típico.

— Tínhamos a esperança de que você se reuniria à sua câmera — continuou a voz. — E assim teríamos uma chance de falar diretamente.

— Você esteve observando a gente esse tempo todo!

— Perdoe-nos pelo truque e pelos ferimentos. Foi necessário desabilitá-los temporariamente e trazê-los para um ambiente controlado.

— Ambiente controlado? — disse Aya com desdém. — Você quer dizer uma prisão?

— De maneira nenhuma! É uma honra tê-los aqui. Nossa colega oferece sua profunda gratidão, por falar nisso. Sua câmera flutuante salvou a vida dela quando caiu das ruínas.

— É, que belo agradecimento esse aqui. — Aya ficou sentada e sentiu dores pelo corpo.

— Se nos permitir explicar, achamos que vai descobrir que nossos objetivos e os seus se complementam.

Aya riu.

— Foi mal, mas nossos objetivos não incluem a destruição do mundo!

A voz fez uma pausa e então respondeu:

— É uma pena, mas algumas crianças tolas enganaram você. Talvez dê ouvidos a um velho amigo.

Aya franziu a testa. Um velho amigo? Quem eles pensavam que ela era? E por que estavam falando em inglês, afinal de contas?

O prédio tremeu quando as enormes portas abriram uma pequena brecha. Através dela, Aya viu várias criaturas nervosas flutuando com agulhas de prontidão nos dedos.

Na frente delas apareceu um homem esquisito com cabelo desgrenhado e bizarras roupas esfarrapadas. As portas fecharam rapidamente assim que ele passou.

Aya ficou atônita, pois nunca tinha visto alguém tão *feio*. A pele estava queimada de sol e as feições eram deformadas. O homem deu um inacreditável sorriso radiante com dentes tortos para ela.

Ele riu e falou em inglês:

— Sei que viria atrás de mim, Young Blood!

— Hã, eu acho que a gente não se conhece. E do que você me chamou?

— Sua voz é... — O homem chegou mais perto e passou os olhos aguçados pelos três. — Se puder me mostrar seu rosto, Young Blood.

Aya soltou uma risada curta e dolorosa.

— Você acha que eu sou...?

— Ela não é Tally Youngblood! — Frizz explodiu e virou para Aya. — As criaturas acham que somos Cortadores.

Frizz retirou o capuz. Aya fez o mesmo e, depois de um momento de indecisão, Hiro suspirou e também retirou o dele.

O homem olhou atônito para os três.

— Viu? Não creio mesmo que a gente se conheça. — Aya se curvou até o limite que as costelas machucadas permitiram. — Meu nome é Aya Fuse.

— Mas vocês... — o homem gaguejou e apontou para a própria vestimenta suja e esfarrapada. — Vocês usam as roupas dos Seshiais e os flutuantes disseram que vieram me resgatar, mas não têm rostos de Seshiais!

— Decerto, parece que cometemos um erro — concordou a nova voz de Moggle.

Aya assentiu.

— Nós não somos Cortadores, mas somos amigos da Tally.

— A Young Blood é uma velha amiga minha também! — O estranho homem sorriu e deu um tapinha em seu ombro. — Meu nome é Andrew Simpson Smith.

DOIS COELHOS COM UMA CAJADADA SÓ

A situação começou a fazer certo sentido.

Assim que o carro voador retornou via piloto automático, as aberrações devem ter percebido que Tally Youngblood havia retornado. Quem mais além de Especiais pularia sobre a selva? E Frizz, afinal de contas, falara o nome de Tally para Udzir. Foi por isso que as criaturas deixaram Aya, Frizz e Hiro rondarem o acampamento. Estavam com medo de confrontá-los e esperaram que os três estivessem encurralados antes de atacarem. Com trajes de camuflagem, o trio parecia exatamente com Cortadores.

Mas tinha uma coisa que Aya não conseguia entender...

— Como *você* conhece a Tally? E o que está fazendo aqui?

Andrew Simpson Smith deu um sorriso orgulhoso.

— Young Blood caiu do céu perto da minha aldeia há três anos e meio.

— Ela caiu do céu perto da sua *aldeia*?

Andrew concordou com a cabeça.

— É bem longe daqui. Fica entre os homenzinhos.

— Os homenzinhos? — Aya o examinou melhor. Será que passara por uma cirurgia para deixar os dentes assim tão tortos? As roupas tinham pedaços de pele pendurados como se tivesse sido feita a partir de animais mortos. — Você é de algum tipo de grupo que encena a vida dos Pré-Enferrujados?

Ele fez uma expressão confusa.

— Eu não entendi. Talvez você não fale a língua dos deuses tão bem quanto eu? — O homem se aproximou. — Muitos dos flutuantes também falam mal.

Aya suspirou e decidiu falar um inglês bem simples.

— Você veio da cidade de Tally?

— Meu povo mora na natureza, mas agora sabemos usar os ímãs e outras magias. Nós ajudamos a Young Blood a vigiar outras cidades para ter certeza de que não vão machucar a Terra. Foi assim que conheci os flutuantes — disse Andrew com firmeza.

Aya assentiu devagar.

— Ela disse que tinha um amigo que foi raptado pelas aberrações. É você, certo?

— Sim. — Andrew acrescentou baixinho: — Os flutuantes não gostam de ser espionados.

— Andrew, que tal explicar o que você aprendeu sobre nós. — Moggle falou de novo.

Aya revirou os olhos para a câmera flutuante. Será que as criaturas achavam que esse maluco Pré-Enferrujado seria capaz de convencê-la de alguma coisa?

Mas o homem concordou com uma expressão solene.

— Você conhece o formato do mundo, Aya?

— Hã, como é que é?

— Ele não é chato como aparenta, mas redondo como uma bola.

Hiro ficou surpreso e soltou uma gargalhada, mas Frizz se curvou e disse:

— Sim, já ouvimos falar disso antes.

— Você é sábio então. — Andrew se agachou perto de onde Moggle estava no chão e passou um dedo sujo pela couraça curva e pintada de preto. — Todos nós moramos na superfície desse círculo. Cada vez mais gente a toda hora, mais cidades e menos natureza.

— Nós sabemos. — Frizz se agachou ao lado dele. — Chamamos isso de expansão.

— Expansão. — Andrew concordou com a cabeça. — A palavra dos deuses para crescimento, mas a bola do mundo não cresce.

— Sim, nós estamos meio que presos ao que temos — disse Frizz.

Andrew sorriu.

— É nesse ponto que os flutuantes são espertos. E se nós construíssemos uma nova cidade... *aqui*?

O dedo pairou no ar a poucos centímetros da superfície de Moggle.

Frizz ficou calado por alguns instantes e então falou:

— No espaço?

Andrew concordou devagar com a cabeça e abriu as mãos como se estivesse se aquecendo sobre Moggle.

— Há um lugar estável sobre as nossas cabeças chamado *órbita*. Um anel que envolve o mundo.

— Eu não acredito nisso — disse Hiro, baixinho.

Andrew riu.

— É difícil no começo, eu sei. Mas aprendi com a Young Blood que o mundo não tem beirada nem fim. Vocês têm que aprender a enxergar além dos homenzinhos.

— Os *homenzinhos*? — perguntou Hiro.

Frizz ergueu os olhos para a torre de metal acima deles.

— Você estava certa mesmo, Aya, quando viu essa coisa ser construída. Você disse que parecia com um barco!

Aya olhou para o míssil, ou barco, ou seja lá o que fosse, e balançou a cabeça.

— Mas é igualzinho a uma daquelas armas dos Enferrujados!

— Os Enferrujados tiveram mais do que apenas um sonho — disse a voz inumana.

Aya se deu conta de que o som não tinha vindo de Moggle e virou. Udzir e outras duas criaturas flutuavam acima dela.

Udzir continuou.

— Depois que os primeiros destruidores de cidades foram criados, eles foram redesenhados para enviar pessoas ao espaço. Morte e esperança em uma mesma máquina.

— Esse é o motivo de tudo isso? O espaço? — perguntou Aya, baixinho.

— É por isso que vocês são péssimos usando aparatos de aerobol! — exclamou Hiro. — Não estão usando para se deslocar com rapidez, e sim para praticar andar em gravidade zero!

— Então vocês acreditam *mesmo* na órbita! — falou Andrew, contente. — É um lugar onde todo mundo flutua!

Aya fechou os olhos e se lembrou da própria jornada pela selva.

— E é por isso que vocês passaram por cirurgias para virarem aberrações. Em gravidade zero não faz sentido ter pés, então vocês têm mãos extras.

Udzir franziu a testa enquanto andava no ar.

— Nós não somos "aberrações", Aya Fuse. Cada mudança que fizemos nos adaptou melhor para o nosso futuro lar. Nós somos os primeiros extraterrestres. — Ele se curvou. — Nós nos chamamos de Extras.

Aya mal conteve uma gargalhada.

— Eu lhe garanto que encaramos nosso lar com muita seriedade — disse Udzir com firmeza.

— Desculpe, é que em minha cidade "extra" significa... bem, deixa para lá.

— Então vocês *estão* do mesmo lado que Tally. Todo aquele metal vai sair da Terra para valer — disse Frizz.

Udzir concordou com a cabeça.

— Dois coelhos com uma só cajadada. Nós atrasamos a expansão aqui na Terra e a redirecionamos para o espaço. É hora de a humanidade deixar o lar antes que o destrua.

— Deste modo, vocês vão permanecer em órbita em vez de irem para outro planeta qualquer? — perguntou Frizz.

— Seremos habitantes orbitais permanentes. Perto o bastante da Terra para adquirir mais suprimentos via impulsionadores de massa, perto o suficiente do Sol para ter energia de sobra. E com ecossistemas em miniatura para reciclar nosso oxigênio e nossa água.

— Os Enferrujados nunca conseguiram se salvar dessa forma — disse outro dos Extras. — Eles estavam sobrecarregados com o próprio número de pessoas e guerras. Mas agora a humanidade é menor e mais unida. Nós temos outra chance.

— A não ser que a Tally Youngblood e os Cortadores nos detenham — acrescentou Udzir ao virar para Aya. — Devemos agradecer a *você* por essa possibilidade.

— A mim? Por que simplesmente não contam para todo mundo o que estão fazendo? Se não estivessem se escondendo e sequestrando pessoas, aposto que a Tally-wa estaria completamente do seu lado!

— Temos muito respeito pela Tally Youngblood, mas não podíamos revelar nossos planos. Você acha que as cidades nos deixariam retirar o metal das velhas ruínas? Ou construir uma frota de naves que poderiam facilmente ser adaptadas como destruidores de cidades?

— É melhor mandar um ping para a Tally explicando — falou Frizz. — Ela provavelmente já está aqui e, se vir aquelas naves, vai pensar a mesma coisa que nós!

— Até agora ela não nos escutou. Esperamos que você tente, Aya Fuse — disse Udzir.

Ela concordou devagar com a cabeça, deixando as últimas dúvidas de lado. Os Extras não estavam tentando destruir o mundo, e sim salvá-lo. Os aparatos de gravidade zero, os pés de macacos, a espaçonave acima deles — tudo fazia sentido.

Era a maior notícia desde a libertação...

— Tentarei, mas com uma condição: devolvam a minha câmera.

— Eu já deveria saber — suspirou Udzir.

Ele gesticulou e Aya sentiu os braços e pernas mais leves. O aparato de aerobol voltou a funcionar. Hiro flutuou e Moggle saiu meio hesitante do chão.

— É você mesmo? — perguntou ela.

Moggle piscou os faróis noturnos.

Aya sorriu, piscou para que os pontos de luz sumissem e ligou a tela ocular.

— Tally-wa? Você está por aí? Tenho novidades.

Não houve resposta.

Aya balançou a cabeça.

— Ela deve estar a mais de um quilômetro de distância. Você pode aumentar meu sinal?

— Podemos tentar, mas se seu ping seguir pela nossa rede, Tally pode não acreditar que seja mesmo... — Udzir ficou sem voz.

Lá fora, um estrondo baixo ecoou pela noite como um trovão distante. Aya sentiu o som pela sola dos pés e as paredes do prédio tremeram ao redor. Ela ouviu um alarme estridente ao longe.

— Isso parece a Young Blood — disse Andrew, baixinho e Aya concordou com a cabeça.

Tally finalmente estava explodindo alguma coisa.

INCÊNDIO

— Vamos, Aya! — disse Hiro ao estender a mão para ela. — Eu sou a pessoa mais rápida aqui.

Ela concordou, pegou a mão enluvada e gritou:

— Moggle, traga o Frizz!

As portas enormes já estavam se abrindo. Hiro a levantou e voou para a passagem. As costelas machucadas arderam de dor e seus pés balançaram embaixo do corpo.

— Vai devagar! — disse, arfando.

— Foi mal, irmãzinha, mas não temos tempo.

Hiro disparou noite adentro e fez uma grande curva. Aya ficou sem fôlego enquanto as costelas rangeram.

— Talvez fosse melhor você ir na frente. Você vai chegar lá mais rápido sem mim — ela gemeu.

— Seu inglês é melhor do que o meu. E Tally vai ouvir você!

— Mas ela me odeia! Ou acha que sou uma idiota, pelo menos.

Hiro gargalhou.

— Eu duvido, Aya. E ela vai ter que acreditar na sua história. Você não mudaria de ideia sobre as aberrações a não ser que tivesse certeza.

— Porque isso significa que minha matéria era uma completa mentira?

— Exatamente — disse Hiro, e então apontou com a mão livre. — Epa.

O horizonte à frente foi iluminado por uma série de clarões. O estrondo das explosões chegou alguns segundos mais tarde. Ao longe surgiram nuvens de fumaça brilhando com a luz vermelha do fogo abaixo. Quase parecia uma mansão em festa, só que o trovão era mais possante que o estouro dos fogos de artifício de segurança.

— Acho que é ali que estão as espaçonaves dos Extras — disse Hiro.

Aya só conseguiu resmungar. Hiro estava ziguezagueando entre os Extras que saíram flutuando e puxava Aya de um lado para o outro. O pulso retorcido na mão do irmão e as costelas gritando a cada curva.

Carros voadores surgiram ao redor deles. Alguns dispararam em direção aos clarões no horizonte com as hélices agitando o ar.

— A situação pode ficar feia. Vai virar uma batalha se a gente não detiver logo a Tally — disse Hiro.

Aya concordou com a cabeça e mexeu o dedo anular.

— Tally-wa! Sou eu!

— Ainda estamos longe demais. — Hiro desceu para perto das vigas fincadas no chão. Aya pôde senti-las passando, enquanto os ímãs do aparato do irmão ganhavam impulso com o metal. Cada aumento na velocidade ameaçava arrancar o ombro do lugar.

Eles deixaram as construções e as tendas para trás. Hiro arrastou Aya por uma ampla planície aberta e vazia, exceto pelas vigas.

— Olhe! — A mão livre do irmão apontou para baixo. A terra estava escurecida por grandes marcas de fogo e o nariz de Aya captou o cheiro de algo queimado.

— Eles deviam testar os foguetes aqui.

— Espero que isso signifique que estamos chegando perto!

O próprio ar estava tremendo ao redor deles agora. Aya sentiu as explosões reverberando pelo corpo. As vigas formavam longas sombras com os clarões e metade do céu foi tomada pela fumaça.

— Aya? — A voz de Frizz soou no ouvido dela. — Eu e a Moggle estamos logo atrás de você. — Ele fez uma pausa. — Bem, talvez não *logo* atrás de você... Hiro está voando como um desesperado. Mas estamos chegando o mais rápido possível.

— OK, Frizz, só garanta que a Moggle registre umas boas... droga!

Aya foi puxada quando Hiro subiu bruscamente, o que torceu suas costelas machucadas. Havia um enorme paredão preto diante deles, tão largo quanto ela conseguia enxergar. Os dois ultrapassaram o topo e então começaram a voar sobre a cobertura do arvoredo em chamas. As árvores sacudiam freneticamente no fogo que se espalhava...

Porém, Aya percebeu que na verdade aquilo não era selva, e sim uma infinita rede de camuflagem espalhada abaixo deles, com textura de cipós e arbustos floridos tão detalhados quanto um gigantesco traje de camuflagem. Contudo, as chamas eram reais e queimavam pela vastidão escura, formando uma tempestade de calor e fumaça que tomava conta do ar e incomodava os olhos.

No ponto onde a camuflagem já havia queimado, Aya viu o topo de algumas naves dos Extras aparecendo pela rede. A ponta aguda dos narizes estava derretida e tão preta quanto cinzas.

Hiro e a irmã voaram mais alto do que as chamas mais próximas, levados por longos segundos pelo próprio impulso da subida, mas logo começaram a cair.

— O traje de camuflagem! — gritou Aya ao tentar puxar o capuz com a mão livre. Viu que Hiro estava fazendo a mesma coisa.

Eles mergulharam por dentro do fogo, rente às naves de metal, deixando um rastro de fumaça. O ar quente queimou os pulmões de Aya, que sentiu o cheiro de alguns fios soltos de cabelo em chamas. Mesmo com a blindagem do traje de camuflagem, a pele ardia com o calor.

Mas Hiro voltou a puxá-la, saindo da floresta de aço e chamas. Ela olhou ao redor e viu *centenas* de naves, uma imensa frota espalhada por todas as direções.

Uma dezena de carros de Extras flutuava sobre o local e jogava espuma contra o incêndio para todos os lados. Porém, novos focos surgiam mais rápido do que eram apagados.

Um estrondo ecoou pelo campo e reverberou pelo corpo de Aya, que viu a onda de choque se espalhar, um círculo crescente de fogo e fumaça. No centro estavam os destroços de uma nave, uma torre de aço rasgada e retorcida por dentro, caindo de lado devagar...

A nave caiu no solo com um som agudo de metal e espalhou uma nova camada de fogo pelo chão. O combustível do foguete em chamas envolveu a base de outra nave e subiu pela lateral como um pavio aceso.

Aya afastou o olhar, mexeu o dedo e gritou:
— Tally!

O nome saiu rouco e quase inaudível dos pulmões cheios de fumaça. Mas, um momento depois, veio uma resposta baixa em meio ao tumulto estrondoso...

— Aya?
— Tally-wa! Sou eu!
— Por que você não está lá atrás nas ruínas? Aqui é perigoso.

Aya tossiu.

— Já notei!

Agora, Hiro e ela estavam descendo como uma pedra quicando sobre água, mergulhando no mar de fumaça e chamas.

— Você tem que parar! — disse Aya, rápido. — Eu estava errada sobre...

Ela tossiu ao ser envolvida novamente pelo fogo. Não via nada além de fumaça e das silhuetas escuras das naves dos Extras ao redor. O traje de camuflagem começou a enrijecer em volta da pele, o calor estava rompendo a blindagem.

— Onde você *está*, Aya? — disse a voz de Tally. O sinal estava mais forte.

Hiro pegou a irmã com força e a puxou para fora da fumaça outra vez.

— Estou voando sobre as naves!
— Que naves?

Aya tossiu de novo e se recriminou por ser tão idiota.

— Os *mísseis*! Estou bem em cima deles, mas não são realmente mísseis!
— Você perdeu o juízo? Saia daí!
— Acho que ela está por aqui — falou Hiro ao fazer uma curva que quase arrancou o ombro de Aya. Eles voaram logo acima dos narizes das naves em um curso estável, finalmente sob controle.

Ocorreu outro estrondo retumbante, dessa vez mais perto, que tirou o fôlego de Aya. Ela não conseguiu segurar a mão de Hiro e disparou para longe em zigue-zague, sendo arrastada em gravidade zero pela ventania provocada pelo incêndio e pelos campos magnéticos das naves.

— Você tem que parar, Tally! — Aya posicionou as mãos como uma Ardilosa ao surfar um trem magnético para retomar a direção de Hiro. — Espere a gente chegar até você e aí eu explico.

— Alguns desses mísseis já estão com o tanque cheio! Eles podem ser lançados assim que pararmos!

— Mas não são mísseis, são naves! Pare de explodir as coisas e me deixe explicar!

— Esqueça! Se apenas *um* desses mísseis for lançado, uma cidade inteira morre. Saia daqui *agora*!

Hiro desceu em direção a Aya com o braço esticado, mas ela girou para longe e o irmão passou de mãos abanando.

— Se você não prometer que vai parar, eu vou ficar bem aqui — disse ela secamente. — E você pode explodir a gente também!

— Não posso sacrificar cidades inteiras por sua causa. E eu te conheço, Aya-la. Você vai salvar a própria pele. Tem dez segundos.

— Não vou ceder!

— Duvido.

Hiro deu meia-volta e disparou em direção à irmã com a mão esticada outra vez. Aya soluçou, frustrada. Quem acreditaria que uma feia mentirosa como ela iria se sacrificar?

— Eu também estou aqui — disse outra voz. — E não vou embora.

— Frizz? Vocês *todos* perderam o juízo?

— Os Extras não estão tentando matar ninguém — disse ele com firmeza.

— Mas e se você estiver errado? — berrou Tally.

— Eu tenho *certeza*, e você sabe que não posso mentir, Tally.

Hiro pegou a mão de Aya e a puxou para cima e longe das chamas. Ela se contorceu para procurar por Frizz. Lá estava ele, agarrado a Moggle no meio do campo. Mal dava para ver a camuflagem brilhando contra o inferno.

— Tally, por favor, ele não vai sair de lá! — soluçou Aya.

Tally soltou um longo suspiro e então disse:

— Comece a se mexer, Aya-la. Você tem dois minutos para me convencer.

Um clarão surgiu no horizonte e Hiro foi em sua direção.

REDIVULGANDO

Duas silhuetas em trajes de camuflagem esperavam no limite da selva, empoleiradas no paredão que envolvia a frota dos Extras.

Tally abaixou o capuz ao pousarem. Seus olhos escuros reluziam na claridade do incêndio.

— Fausto e Shay estão esperando por um sinal nosso. Daqui a noventa segundos eles vão lançar mais bombas a não ser que eu diga o contrário. Então comecem a explicar.

Aya engoliu em seco.

— Os Extras... quer dizer, as aberrações, não são o que pensamos.

— Então para que servem tantos mísseis? — disse David ao abaixar o próprio capuz.

— Não são mísseis, são naves.

Tally franziu a testa.

— *Naves?*

— Tudo se encaixa, Tally-wa, você tem que escutar! O fato deles pegarem o metal do mundo inteiro e flutuarem no ar! As mãos extras... porque eles não precisam de pés lá em cima!

Hiro pegou a mão da irmã e murmurou:

— Aya, mais devagar.

— Ou pelo menos faça sentido. Você tem apenas setenta segundos sobrando — disse Tally.

Aya fechou os olhos e tentou arrumar a história na cabeça. Mais peças se encaixavam agora, todas as tramas que acompanhava desde que pisara pela primeira vez na montanha escavada.

— Quando eu testei aquele cilindro para a minha reportagem, a matéria inteligente estava programada para guiá-lo para cima... mas não para descer. E lembra o que o Fausto disse? Que os impulsionadores de massa eram ideais para disparar os cilindros na atmosfera permanentemente? É exatamente isso que as criaturas estão fazendo. Só que elas não desejam acabar com os recursos do mundo, e sim usá-los lá em cima.

— Usá-los para quê?

— Para viver. Seu amigo Andrew explicou para a gente! Eles vão construir hábitats orbitais com todo aquele metal e matéria inteligente. A intenção por trás dos impulsionadores de massa é disparar matéria-prima.

— Todas as montanhas que encontramos estavam vazias porque o metal já tinha sido disparado? — perguntou David, pausadamente.

Aya assentiu e apontou para o campo pegando fogo.

— E tudo isso são naves, são foguetes para levar os Extras ao céu. As Ardilosas disseram que uma pessoa morreria ao ser disparada por impulsionadores de massa a toda velocidade. É por essa razão que a base fica aqui no Equador, o lugar mais fácil para chegar até a órbita.

— E eles usam aparato de aerobol para treinar para a gravidade zero — disse Hiro em um inglês irritante de tão lento.

— Em órbita, um par extra de mãos é mais útil do que pés — falou David. Ele virou para Tally. — Faltam 25 segundos.

Aya viu a beleza cruel de Tally ser tomada por uma expressão de dúvida. De acordo com Frizz, ela nunca consertou a programação da mente. Tally foi *projetada* para desprezar todo mundo que não fosse Especial e pensar que a humanidade sempre estava tentando destruir o planeta. E se a cirurgia no cérebro a impedisse de ver o que os Extras realmente estavam planejando?

Como Udzir dissera, os foguetes eram a morte e a esperança em uma mesma máquina. Tudo dependia de como a pessoa os considerasse. Aya não era sequer Especial e tinha ficado confusa antes da explicação de Andrew. Estava convencida de que os Extras eram uma ameaça ao mundo pela educação que recebera e pela própria matéria mentirosa.

Quando uma pessoa conta a mesma história várias vezes, fica mais fácil continuar acreditando nela.

Tally balançou a cabeça com os olhos bem fechados.

— Se a gente parar de atacar, mesmo por alguns minutos, eles podem lançar uma quantidade desses troços suficiente para destruir o planeta.

David pousou uma das mãos no ombro dela.

— Mas por que eles fariam isso? Nem mesmo os Enferrujados conseguiram. Eles podem ter construído os mísseis e apontado...

Tally abriu os olhos.

— Mas nunca apertaram o botão. Shay! Fausto!

— Sim, ouvimos. — Veio a voz de Shay. — Sem mais bombas por hoje.

Aya estremeceu e soltou um longo suspiro.

Tally virou para olhar a frota dos Extras com uma expressão mais amena. A rede de camuflagem ainda queimava e todas as naves pareciam chamuscadas e escurecidas, mas apenas um punhado havia sido destruído. Elas caíram no chão e derramaram combustível em chamas como rios de fogo na escuridão.

Ainda havia centenas de naves de pé, talvez milhares. O suficiente para levar uma cidade inteira para o céu.

— OK, Cortadores, talvez a gente devesse ajudá-los com o incêndio — disse Tally com uma voz exausta.

— Por que não? Combater um incêndio é quase tão divertido quanto provocar um! — disse Shay.

Tally colocou o capuz de volta sobre o rosto e subiu na prancha que a esperava. O traje de camuflagem assumiu um tom laranja brilhante como o uniforme de um bombeiro e ela disparou sobre o campo que queimava.

Aya viu mais duas pranchas surgirem da floresta de silhuetas de metal. Elas se juntaram aos carros voadores dos Extras, que atacaram o que restou da rede de camuflagem em chamas com disparos de espuma. Borrifaram qualquer nave que estivesse próxima demais do combustível derramado que pegava fogo.

— Eles desmataram a selva aqui — falou David. — Assim que a rede de camuflagem for consumida, o fogo não terá muito o que queimar. — Ele puxou o capuz sobre o rosto. — Ainda assim, vocês dois fiquem aqui. Acho que já foram tostados o suficiente por uma noite.

Aya concordou sem abrir a boca. O traje de camuflagem estalava ao caminhar, as escamas estavam derretidas e a cor ficou para sempre no tom de cinza-avermelhado do fogo e da fumaça.

— Diga para Tally que não foi culpa dela. Nós pensamos a mesma coisa — falou Aya para David.

Ele virou para Aya e deu de ombros.

— Não é de estranhar, pois todos nós crescemos em um mundo que quase foi destruído pelos Enferrujados. É difícil lembrar que eles fizeram algo mais do que lutar uns contra os outros. Mas obrigado.

— Pelo quê? Por deturpar a verdade e fazer com que vocês viessem aqui esperando encontrar monstros destruidores de mundos?

— Não, por ajudar Tally a se reprogramar um pouquinho mais. — A prancha de David subiu com ele e disparou pela tempestade de fogo.

— Você se saiu bem, Aya-chan — falou Hiro.

Ela ergueu os olhos para o irmão.

— Está brincando?

Hiro fez que não com a cabeça.

— Estou falando sério. Você finalmente aprendeu a divulgar uma matéria sem estourar o tempo.

Aya deu uma pequena risada que provocou uma nova onda de dor pelas costelas. Ela gemeu e massageou as laterais do corpo. Tinha uma luxação no ombro direito por ter sido rebocada até ali na velocidade do aerobol e parecia que o pulso havia passado por uma máquina de fazer sushi.

— Olhe — disse Hiro.

Moggle estava avançando pelos restos fumegantes da rede de camuflagem com Frizz a reboque. A fumaça girava em torno dos dois.

— Vocês estão bem? — Aya mandou um ping.

— Um pouco chamuscados, mas conseguimos algumas imagens sensacionais — falou Frizz.

Aya balançou a cabeça e, pela primeira vez, não se importava se algo havia sido gravado. Pelo menos todas as tramas das últimas duas semanas faziam sentido. A verdade fora montada como uma nave dos Extras, a partir de peças isoladas de ferro-velho. Era um alívio não ter que encarar fatos incômodos e sua própria falta de Honestidade Radical.

Quando Frizz pousou e a pegou delicadamente nos braços, uma sensação de paz tomou conta de seu corpo machucado, como uma cena perfeita sendo editada.

Ela finalmente tinha consertado a matéria.

MIL FAMOSOS

— Lembre-me de novo por que eu estou fazendo isso.
— Para demonstrar seu apoio. — Aya ajustou as luzes do vestido de Tally e deu um passo para trás a fim de admirá-las. — Você é a pessoa mais famosa do mundo, Tally-wa. Se contar para todo mundo que apoia os Extras, eles vão ganhar muito mais recrutas.
— E menos problemas por todo aquele metal que pegaram — acrescentou Fausto. Ele ajustou a gravata. — E por sequestrarem quem os viu.
— Além disso, Tally-wa, nós não vamos a uma festa há *séculos*! — disse Shay, ajeitando o cabelo.

Tally apenas resmungou e olhou com incerteza para seu reflexo na imensa tela de parede de Aya. O vestido de gala era feito de material inteligente e veludo tão escuro quanto a noite, reluzente como a luz das estrelas. Perfeito para a Festa dos Mil Famosos.

— Não fique tão aborrecida. Você costumava usar roupas assim o tempo todo — disse Shay.
— É, na época em que eu era uma avoada.

Aya balançou a cabeça ao tentar visualizar Tally eternamente contente e sem noção. Mesmo no vestido de gala, ela ainda era uma completa Cortadora. Seu rosto e braços nus estavam cobertos por tatuagens dinâmicas e cicatrizes.

— Sabe, ainda há tempo para dar um jeito nelas se você quiser — disse Aya, baixinho.

— Nem pensar. — Tally passou o dedo pelo braço. — Elas me lembram de coisas que não quero esquecer.

— Você está linda — disse David. Ele usava um dos antigos paletós de seda de Hiro, depois de ter declarado que ficava nervoso com qualquer coisa que saísse de um buraco na parede. David estava nervoso desde que chegara de Cingapura com Tally naquela tarde, como se a cidade fosse muito cheia para ele.

O apartamento de Aya *estava* um pouco cheio naquela noite. Todos os nove estavam presentes — Aya, Frizz, Hiro e Ren; Andrew, David e os três Cortadores. Todos os envolvidos na matéria "Deixando o Lar", que tinha sido divulgada havia dois dias. O grupo inteiro estava entre os mil mais famosos. Em nenhum lugar, a não ser na Mansão Movimento, havia segurança o suficiente para manter longe as câmeras dos paparazzi.

Pelo menos ali tinha espaço para todo mundo. Desde que voltara para casa, Aya descobrira que o apartamento tinha dobrado de tamanho em proporção com a sua fama. Talvez a reputação não fosse tudo na vida, mas havia certas vantagens em ser a terceira pessoa mais famosa na cidade.

— Ainda não entendo por que temos que ir a essa festa estúpida — disse Tally. — Eu não poderia fazer algum tipo de pronunciamento via canal?

Aya franziu a testa.

— Isso não seria nada divertido e não ajudaria tanto assim os Extras.

— Além disso, a gente meio que está em dívida com eles por conta de várias espaçonaves — falou David.

— Pode ser. — Tally deu um último olhar aborrecido para o vestido de gala.

Shay riu.

— Eles tiveram sorte de não usarmos nanoestruturas.

Quando eles saíram, havia enxames de câmeras flutuantes à espera.

— OK, eu oficialmente odeio essa cidade — disse Tally.

Aya respirou fundo, mas não conseguiu discordar. Já estava ficando chato ser seguida para qualquer lugar, receber pings constantemente e ser cercada por câmeras, ter o penteado imitado pelas crianças e o nariz debochado nos canais dos difamadores. Tinha ocasiões em que Aya se perguntava se um dia voltaria a ter alguma privacidade.

Até mesmo a própria câmera flutuante a deixava nervosa nesses dias. Ren a desmontara e retirara as modificações feitas pelos Extras, mas Aya ainda tinha pesadelos com traições e enxames de Moggles falantes.

Mas era inútil fingir que não curtia a reputação de apenas um dígito. Afinal de contas, lá estava ela com seus amigos famosos, todos a caminho da festa de Nana Love com um sorriso no rosto e Moggle a tiracolo para registrar cada segundo.

— Como a gente vai passar por essas coisas? — perguntou Tally.

— Bombas? — sugeriu Fausto.

— Nanoestruturas! — gritou Shay.

— Nenhuma das opções acima! — disse Aya. — Não é preciso explodir tudo sempre, Tally-wa. Nessa cidade a pessoa tem uma bolha de reputação.

— Uma o quê?

— Basta começar a andar que elas vão dar espaço.

Tally deu alguns passos à frente e a parede de câmeras flutuantes se curvou para longe do limite de 50 metros da Mansão Movimento. David pegou Tally pelo braço e a puxou adiante. Logo eles saíram noite afora, cercados por uma esfera praticamente perfeita de câmeras.

— Isso é muito estranho. Todas as cidades são assim? — perguntou Andrew Simpson Smith.

— Na verdade, não — respondeu Tally. — Depois da libertação, essa aqui ficou especialmente idiota.

— A economia de reputação não é idiota! — disse Hiro. Ele andava praticando inglês com Andrew Simpson Smith nos últimos dias e adorava soltar longas frases. — A vontade de ser famoso motiva as pessoas, o que deixa o mundo mais interessante!

— Eu já vi essa motivação em ação, Hiro. Também gera muita mentira — disse Tally com desdém.

Aya suspirou e se perguntou quando Tally iria esquecer o assunto. A maioria dos canais já havia deixado de lado os erros em sua matéria sobre o Destruidor de Cidades. Eles tinham coisas melhores para divulgar, agora que Aya Fuse mostrara um novo futuro digno de especulação, um novo tipo de Extra.

E, ao contrário de certas pessoas, ela não explodira nada.

A mansão de Nana Love tinha muita coisa sensacional para se ver.

Os Neogourmets compareceram em peso para mostrar o novo aerogel comestível e adaptável, que flutuava, mudava de formatos e sabores enquanto a noite rolava, disputando espaço aéreo com as câmeras flutuantes.

Todos os Viciados em Cirurgia estavam fingindo ser Extras com olhos grandes e pele pálida, embora a maioria não tivesse transformado os pés em mãos. Aparatos de aerobol calibrados para gravidade zero também se tornaram moda, embora Hiro não parasse de murmurar que todos precisavam de um pouco de treinamento.

Câmeras cintilantes, recém-inventadas para a festa, estavam por toda a parte. Flutuando na altura dos olhos como vaga-lumes intrometidos, cada uma registrava apenas poucos pixels, que eram reunidos pela interface da cidade como uma imagem contínua. Todo mundo na cidade poderia navegar pela festa como se tivesse mandado sua própria câmera invisível.

Claro que não demorou muito para as câmeras cintilantes incomodarem Tally, que derrubou um punhado no chão com tapas. O resto recuou para criar uma respeitosa bolha de reputação. Em pouco tempo, Tally sumiu pelo interior da mansão de Nana Love com os outros Cortadores a tiracolo.

— Boa noite, Aya — disse uma voz familiar em inglês.

Aya ergueu o olhar e viu Udzir flutuando ao lado de Moggle, vestido em um sári de gala e segurando uma taça de champanhe com os dedos do pé.

Ela se curvou e escondeu a expressão. Os Extras ainda a assustavam, mesmo depois de Udzir ter explicado a cirurgia em detalhes. A pele pálida era para ajudar na produção de vitamina D com o mínimo de luz do sol. Até os olhos separados faziam sentido, pois os primeiros hábitats orbitais seriam tão apertados que a percepção normal de profundidade não seria necessária.

Ainda assim, o efeito no geral era perturbador.

— Espero que esteja curtindo a festa — falou Aya.

— Deveras. Foi gentil de sua parte conseguir um convite.

— Não fui eu. — Como o novo rosto da humanidade extraterrestre, a reputação de Udzir estava entre os cem primeiros lugares. Todo mundo brincava que ele era o único Extra que não era, no sentido exato da expressão, um extra.

— De qualquer forma, Aya, agradeço a minha presença aqui à sua matéria. — Ele fez uma pequena saudação em pleno ar. — Você ajudou imensamente a nossa causa.

— Só fico contente que a situação tenha se acertado antes que a Tally-sama queimasse toda a sua frota.

— Nós também. Embora, no fim das contas, o drama do nosso resgate tenha sido mais valioso do que as naves que perdemos. A fama é uma coisa estranha.

— Tem razão. Estão conseguindo muitos recrutas?

— Com certeza. — Ele olhou sobre o ombro de Aya. — Até mesmo na noite de hoje.

— Oi, Enxerida.

Aya virou e ficou boquiaberta.

— Lai? Como você...?

— Entrou aqui? — perguntou Lai e então sorriu. — Da mesma forma que você: com um convite.

Aya ficou atônita. Não passou pela cabeça verificar a reputação das Ardilosas recentemente, mas é claro que, com uma nova versão da matéria sendo divulgada...

— Posição 957, visto que você estava prestes a perguntar — informou Lai.

— Ah, você deve estar odiando isso.

Lai deu de ombros.

— Não vai importar muito em órbita. — Ela ergueu os olhos para Udzir, que tinha virado para falar com outra pessoa. — Só espero que o Sr. Alien Famoso perceba que não há tempo para fama na nova fronteira.

Aya riu e então imaginou Lai com quatro mãos e olhos de peixe. Sentiu um arrepio e tirou a imagem da cabeça.

— Eu ainda sinto muito por ter filmado você às escondidas.

— E eu sinto muito por ter usado o impulsionador de massa para disparar você. — Lai fez uma pausa. — Espere um pouco... não, é mentira. Aquilo foi *divertido*.

Aya riu de novo.

— É, foi sim. E como vão as Ardilosas?

— Provavelmente todas estão assistindo a essa festa em suas telas de parede.

Aya franziu a testa.

— Sério? Mas a Festa dos Mil Famosos não parece ser uma coisa que as Ardilosas curtiriam.

Lai deu de ombros e se aproximou ao ver Moggle lá em cima.

— Você quer uma dica de matéria?

— Uma matéria? — Aya não tinha pensado muito sobre o que divulgaria a seguir. Depois do fim do mundo e do nascimento de uma nova fronteira, tudo parecia fora do clima. Às vezes ainda pensava em se tornar uma guardiã. — É, pode ser.

— OK, mas você tem que prometer que não vai contar para ninguém antes que cortem o bolo.

Aya ergueu uma sobrancelha. Uma das tradições da Festa dos Mil Famosos era o enorme bolo cor-de-rosa servido por Nana Love quando dava meia-noite. Todos os famosos se reuniam naquele momento para repartir suas fatias de fama.

— Hã, OK.

Lai espantou algumas câmeras cintilantes, colocou os lábios quase no ouvido de Aya e falou em um sussurro bem baixo.

— Eu injetei no bolo matéria inteligente que a Eden preparou. Enquanto a gente conversa, ela está se espalhando e vai deixar o açúcar meio... instável.

— *Instável?*

— Shh! — Lai riu. — Quando a Nana cortar, o açúcar vai meio que explodir. Não de uma forma letal... só vai espalhar o bolo.

Aya ficou de queixo caído ao tentar imaginar os rostos mais famosos da cidade sujos de cobertura cor-de-rosa.

— Mas isso é...

— Absolutamente genial? Eu concordo — disse Lai, indo embora com um sorriso. — Só se lembre de sua promessa, Enxerida. Você me deve um segredo.

Aya mandou um ping para descobrir a localização de Frizz e foi encontrá-lo na varanda do andar de cima. Ele estava sozinho, olhando os jardins às escuras.

— Tenho uma pergunta de caráter ético para você, Frizz.

Ele virou para Aya. Os olhos de mangá brilhavam com as luzes dos fogos de artifício de segurança no céu.

— Um dilema ético? *Nessa* festa?

Aya olhou ao redor: não havia nenhuma câmera cintilante no ar e Moggle era o único modelo flutuante por perto. Naquela noite, as câmeras tinham sido proibidas de entrar no jardim, o que provavelmente justificava o fato da varanda estar vazia.

— O que aconteceria se você, Frizz, fosse um divulgador e soubesse que algo aconteceria, digamos, em uma festa? E que poderia ser uma coisa capaz de envergonhar o anfitrião, mas você prometeu não contar a ninguém?

— Hum, é apenas vergonha que estamos falando, certo?

— Sim, mas é muita vergonha.

Ele deu de ombros.

— Eu provavelmente manteria a minha promessa.

Aya suspirou e olhou para a cidade, cujas janelas brilhavam com as luzes dos canais. Todo mundo estava assistindo à Festa dos Mil Famosos em suas telas murais.

— Às vezes eu queria poder contar meus segredos para você.

— Talvez você possa em breve.

Aya franziu a testa.

— O que quer dizer?

— Venho pensando muito no que a Tally falou sobre eu ser um covarde por não dizer a verdade por conta própria. — Ele apontou para a têmpora. — Talvez a Honestidade Radical *esteja* ficando velha.

— Mas o grupo está maior do que nunca agora!

— Exatamente. Eles não precisam mais de mim.

Aya ficou surpresa ao tentar imaginar Frizz sem seus acessos de sofrimento.

— Não sei, Frizz-chan. Eu meio que preciso de você por perto para me manter honesta.

Ele passou o braço pelos ombros de Aya e a puxou para perto.

— Não se preocupe, eu vou continuar por aqui, e não deixarei a honestidade de lado, apenas a Honestidade *Radical*.

Aya apoiou o corpo no dele.

— Mas se você não é obrigado a dizer a verdade, como vou saber se ainda gosta do meu narigão? Eu não vou consertá-lo, você sabe. A Tally-wa me fez prometer.

— É, ela me contou. Mas não se preocupe, uma pequena cirurgia cerebral não vai mudar a minha opinião sobre você.

Eles ficaram um bom tempo no balcão ouvindo o ir e vir dos risos e da música do interior da mansão.

Era estranho ficar à margem da comemoração. Desde criança, Aya sempre assistira ao desenrolar da Festa dos Mil Famosos nos noticiários, se imaginando como uma das poucas privilegiadas. Porém, agora que estava ali de verdade, tudo o que queria era ficar sozinha com Frizz e olhar a cidade sobre o jardim vazio e sem câmeras de Nana Love, imensamente feliz que ninguém mais quisesse privacidade naquela noite.

O tumulto atrás dela era apenas uma festa, afinal de contas. Gerações de avoados tinham ocupado a mesma mansão, usaram praticamente as mesmas roupas e disseram quase as mesmas coisas. Câmeras cintilantes e reputações não mudaram isso...

Um baque suave veio do andar debaixo e Aya olhou.

Era David, que tinha rolado até ficar de pé. Ele devia ter pulado de uma das janelas.

Tally Youngblood veio logo atrás, caindo com a delicadeza de uma flor de cerejeira. As mãos e os pés agarraram peitoris e vidraças para suavizar a queda. Ela pousou gentilmente, deu o braço a David e os dois avançaram pelo jardim.

Frizz se aproximou.

— Estava me perguntando sobre esses dois.

— Porém, você ouviu o que ela disse — sussurrou Aya. — Ninguém desde...

Mas Tally estava apoiada em David e o puxou para dentro da escuridão com os ombros colados no ar fresco da noite.

— Moggle, você está gravando isso? — Aya começou a dizer, mas balançou a cabeça. — Deixa para lá.

Ela virou para Frizz e o conduziu para fora da varanda com um sorriso.

— Anda, é quase meia-noite. Vamos ver o pessoal cortar o bolo.

Este livro foi composto na tipografia Sabon LT Std,
em corpo 11/16, e impresso em
papel off-white no Sistema Cameron da
Divisão Gráfica da Distribuidora Record.